Alistair MacLeod

Land der Bäume

Roman

Aus dem Englischen von
Brigitte Jakobeit

S. Fischer

Die Übersetzung wurde von
Canada Council for the Arts
gefördert.

2. Auflage Juni 2001
Die Originalausgabe erschien 1999 unter dem Titel
›No great mischief‹ bei McClelland & Stewart, Toronto

Satz: Pinkuin Satz und Datentechnik, Berlin
Druck und Bindung: Clausen & Bosse, Leck
Printed in Germany
ISBN 3-10-048813-X

Dieses Buch gehört Anita,
»mo bhean 's mo ghraidh«.
Ein Dank gilt auch unseren Kindern:
Alexander, Lewis, Kenneth, Marion, Daniel
und Andrew.
Nicht zu vergessen Donald,
den wir verloren haben.

1 Während ich diese Geschichte niederschreibe, glänzt der Südwesten Ontarios golden im September. In der hell leuchtenden Herbstsonne prangt die fruchtbare Landschaft, als sei sie einem Gedicht von Keats entsprungen. Entlang dem Highway 3 biegen sich die Straßenstände unter Körben voller Obst und Gemüse oder Eimern mit Blumen und Pflanzen. Schilder preisen »Obst zum Selberpflücken« an, und das tun hier ganze Familien: Sie bücken und strecken sich, tragen schwankend überquellende Erntekörbe oder stehen auf Leitern, die in Apfel- und Birnbäume ragen.

Auf einigen der größeren Farmen wird die Obsternte von Wanderarbeitern eingebracht; auch sie oft mitsamt der Familie. Sie pflücken nicht für sich, sondern für Lohn, den sie bei sich tragen, wenn sie weiterziehen. Hier sind sie nicht zu Hause. Viele stammen aus der Karibik, einige sind Mennoniten aus Mexiko, andere Frankokanadier aus New Brunswick und Quebec.

Über das bereits kahle Land kriechen die Traktoren der Farmer, sie pflügen die Reste der alten Ernte unter und bereiten damit eine neue vor. Hoffnungsvoll dankbare Möwenschwärme folgen ihnen heiser krächzend.

Einmal, als meine Großmutter zu Besuch war und mit ansah, wie außerhalb von Leamington überreife Tomaten untergepflügt wurden, brach sie in Tränen aus. Sie weinte wegen der »schrecklichen Verschwendung«, wie sie es nannte, und musste regelrecht daran gehindert werden, auf die Felder zu laufen, um die Tomaten vor dem Schicksal zu bewahren, das ihnen in den näher rückenden Furchen drohte.

Sie war eintausendfünfhundert Meilen von ihrem Einkochtopf entfernt und hatte jahrzehntelang im Sommer und Herbst ihre wenigen kostbaren Pflanzen in steiniger Erde und verkürzten Wachstumsphasen hochgepäppelt. Im Herbst pflückte sie auch die paar übrig gebliebenen grünen Tomaten, legte sie auf die Fensterbänke und drehte sie immer wieder um, in der Hoffnung, dass sie in der schwächer werdenden, schräg durch die Fensterscheiben fallenden Sonne doch noch reiften. Für meine Großmutter waren sie wertvoll, rar und schwer zu bekommen. Die sinnlos verschwendeten Tomaten außerhalb von Leamington deprimierten sie tagelang. Ich nehme an, sie konnte nichts dafür. Man kann sich die Dinge nicht aussuchen, die einen manchmal in den ungelegensten Momenten bedrücken.

Das geht mir jetzt durch den Kopf, während ich im Auto diese prächtige, goldgelbe Straße entlangfahre, unterwegs nach Toronto. Ich mache diese Tour meistens samstags und starte dann morgens sehr früh, obwohl es eigentlich keinen Grund für so einen frühen Aufbruch gibt. Im Herbst und im Frühling nehme ich die längeren, aber landschaftlich schöneren Strecken: Highway 2 und Highway 3, manchmal sogar die Highways 98 oder 21. Sie schlängeln sich gemächlich dahin, und es hat fast etwas Tröstliches, wenn man an Häusern vorbeifährt, wo die Hunde noch zum Straßenrand herunterrennen und die Räder der vorbeibrausenden Autos anbellen – als sei es, zumindest für sie, ein echtes Ereignis. In den härteren Jahreszeiten Sommer und Winter bleibt der Highway 401. Diese Straße ist die wichtigste Verkehrsader Ontarios und verläuft kerzengerade von den Vereinigten Staaten aus bis zur Grenze von Quebec, in dem manche vielleicht schon ein anderes Land sehen. Es ist eine Straße, die für den Transport von möglichst vielen Menschen und Gütern gebaut wurde, und sie ist so flach, langweilig und zweckmäßig ausgefallen wie nur möglich. Sie ist, denke ich, eine Art Sinnbild, wenn nicht des rechten Weges, so doch für das Geradlinige und »einzig Wahre«. Es gibt nur an wenigen Stellen Auffahrten, aber wenn das eigene Ziel direkt am Weg liegt, wird sie einen so verlässlich befördern wie ein Fließband die Tomaten. Wer ihr treu folgt, den wird sie treulich leiten, und er wird sich nie und nimmer verirren.

Der erste Blick auf Toronto ist immer eine ziemliche Überraschung, egal, aus welcher Richtung man kommt. Es ist fast, als müsste man sich ein anderes Reaktionsvermögen zulegen, um sich dem dichten, zähflüssigen Verkehr anzupassen, und man muss sich genauer auf sein Ziel konzentrieren.

Im Innenstadtbereich entlang der Yonge Street marschieren Antiatomkraft-Demonstranten mit Schildern in Richtung Westen. »Eins, zwei, drei, vier«, singen sie, »wir wollen keine Atomraketen hier.« »Zwei, vier, sechs, acht – über Strahlen haben wir keine Macht.« Parallel zu ihnen marschiert auf der anderen Straßenseite eine nicht minder entschlossene Gruppe und wirft finstere Blicke über die mühsam aufrechterhaltene Abtrennung. »Pazifisten, die Kommunisten lieben euch«, »Wenn euch dieses Land nicht passt, geht woanders hin«, »Kanada, für immer und ewig«, proklamieren ihre Schilder.

In der Gegend der Queen Street West – zwischen Yonge Street und Spadina Avenue – sehe ich mich genauer um und fahre langsamer, denn es könnte sein, so denke ich, dass ich ihn auf der Straße treffe, weil er mir vielleicht entgegengeht, ungeachtet der Richtung, aus der ich komme. Aber heute ist er nicht zu sehen, deshalb fahre ich ein kurzes Stück durch Seitenstraßen mit angeketteten Mülltonnen und gelegentlich angeketteten Hunden, über Glasscherben, die so fein gemahlen und platt gedrückt sind, dass sie keinem Reifen mehr ernsthaft schaden. Die provisorischen Feuerleitern und Hintertreppen hängen planlos und plump an den Gebäuden, und aus den offenen Türen und Fenstern dringt eine bunte Klangkulisse: Musik und Lieder aus verschiedenen Ländern, laute Stimmen, an der Grenze zum Streit, und das Geräusch von noch mehr zersplitterndem Glas.

In der herbstlichen Nachmittagssonne schließe ich das Auto ab und trete zwischen Mauern auf die Straße, die mit Schnäppchenjägern, brüllenden Ladenbesitzern und Müllsuchern bevölkert ist. In den schmutzigen Schaufenstern preisen handbeschriebene Pappschilder offenbar alles unter dem wirklichen Wert an.

Zwischen den Ladeneingängen befinden sich oft andere Türen, die so nichts sagend wirken, dass ein zufälliger Passant sie leicht übersieht. Meistens sind sie braun gestrichen und haben – wenn überhaupt – Nummern, bei denen nicht selten eine Ziffer fehlt oder die krumm an ihren Nägeln hängen. Öffnet man diese Türen, sieht man – wenn überhaupt – eine Reihe von Briefkästen, von denen einige mit grauem Klebeband befestigte Namen tragen. Doch fast alle diese Häuser haben eine Holztreppe, die steil zu einem Korridor hinaufführt, den eine gelbe Vierzig-Watt-Birne beleuchtet, und entlang diesem Flur – und manchmal entlang dem weiteren Flur darüber – wohnen Leute in Zimmern, die über den Läden liegen. Entgegen der gängigen Meinung sind nur wenige Bewohner auch Ladenbesitzer. Es sind vielmehr Menschen, die so gut wie nichts ihr Eigen nennen. Im Allgemeinen gehört ihnen nicht einmal das Mobiliar, so schäbig es auch sein mag, und wenn sie umziehen – und das tun sie oft –, suchen sie nicht in den Gelben Seiten nach einer Auswahl an Umzugsfirmen.

Unter den Bewohnern gibt es einige Pärchen, doch die meisten leben allein, und fast immer sind es Männer, die ihren Zenit überschritten haben. Manchmal sind ganze Korridore nur von Männern belegt, vor allem in den Häusern, in denen die Wohnungen sehr klein sind oder nur aus einem einzigen Raum bestehen. In solchen Fluren findet sich an einem Ende eine kleine Toilette, die allen Bewohnern der Etage dient. Es ist die Art von Toilette, wo das Schloss nie funktioniert, und die Leute, die dort ihre Notdurft verrichten, stemmen einen Fuß gegen die Tür, damit sie zu bleibt. Manchmal ruft ein potenzieller Benutzer vor der verschlossenen Tür: »Ist da jemand drin?«, so wie er es vielleicht in der morgendlichen Hektik einer Großfamilie vor dem Frühstück tun würde. Drinnen ist das Toilettenpapier durch eine raffinierte Konstruktion ineinander verflochtener Ringe angekettet, und die schwache Glühbirne wird von einem Drahtkäfig umschlossen, damit niemand sie stiehlt und auf sein Zimmer mitnimmt. An dem alten Sperrmüllwaschbecken lässt sich einer der Wasserhähne nie ganz zudrehen, und das stetige Tröpfeln hinterlässt meist einen gelblichen Fleck. Heißes Wasser ist oft knapp und in den oberen Etagen manchmal gar nicht vorhanden.

Hinter den geschlossenen Türen hört man gedämpfte Geräusche. Das deutlichste ist vielleicht jenes von hustenden und spuckenden Männern. Fast alle sind ziemlich starke Raucher, manche sitzen in Unterwäsche auf der Bettkante und drehen sich Zigaretten. Dann ist da das Geräusch von Radios und tragbaren Minifernsehern, die auf Tischen stehen oder oben auf den fast leeren Kühlschränken. Die meisten Bewohner essen ziemlich wenig. In vielen Zimmern gibt es keinen Herd oder zumindest keinen mit funktionierendem Backofen. Tomatensuppe wird auf Herdplatten heiß gemacht und mit Crackern angereichert. Oft hängt der Geruch nach verbranntem Toast im Raum, und manchmal stehen Gläser mit Pulverkaffee oder Schachteln mit Teebeuteln auf Fensterbrettern oder altertümlichen Heizkörpern neben einer Packung Kekse, die derart mit Konservierungsmitteln versetzt sind, dass sie dort monatelang ohne jedes Zeichen der Veränderung überdauern können.

Solch einen Hauseingang betrete ich jetzt und lasse die Sonne hinter mir auf der Straße. Und solch eine Treppe steige ich hinauf, zum Korridor im ersten Stock. In den vergangenen Jahren hat er schon dreimal hier gewohnt; er kam immer wieder zurück und traf irgendwelche Abmachungen mit dem Vermieter, für den er, irgendwann einmal, Gelegenheitsarbeiten übernommen hatte. Der Vermieter nimmt ihn fast jedes Mal auf, denn er ist relativ zuverlässig, und zudem verbinden sie ein paar Jahre einer wie auch immer gemeinsamen Vergangenheit. Der Vermieter, der seinen Bewohnern in braunen Papiertüten Weinflaschen verkauft, hat seinen eigenen Sack an Problemen, den er mit jedem teilt, der ihm bereitwillig zuhört. Es ist nicht leicht, sagt er, mit Mietern, die in der Nacht ausziehen und dann ihre Miete nicht zahlen; die das Mobiliar, das er und seine Frau ihnen zur Verfügung stellen, einfach klauen und verkaufen; oder die Nachschlüssel anfertigen lassen und dann an Freunde verleihen. Es ist nicht leicht, sagt er, wenn die Polizei ihn abends zu Hause anruft und ihm, während er vor dem Fernseher sitzt, Ruhestörungen meldet; es ist auch nicht leicht für ihn, wenn Leute im Streit um Wein mit Küchenmessern aufeinander losgehen; oder wenn sie tot in ihren urindurchnässten Betten gefunden werden, erstickt und gestorben am eigenen Erbrochenen, und er keine Verwandten kennt, die er benachrichtigen könnte. Normalerweise, sagt er, werden die Leichen für wissenschaftliche Zwecke freigegeben. »Und das«, fügt er hinzu, »ist das Gute bei Ihrem Bruder: Ich weiß immer, wen ich benachrichtigen kann – für alle Fälle.« Er ist ein kleiner, korpulenter Mann, der als Kind aus Europa kam und es seitdem zu großem Wohlstand gebracht hat. Er ist stolz auf seine Kinder, die alle studiert haben und auf den Fotos in seiner Brieftasche mit ebenmäßigem Gebiss lächeln.

Während ich den Korridor entlanggehe, beunruhigt mich wie immer die Furcht, was mich erwarten könnte. Bleibt mein Klopfen ohne Antwort und die Tür verschlossen, lege ich mein Ohr dicht ans Schlüsselloch und horche auf seinen ungleichmäßigen Atem. Höre ich ihn nicht, gehe ich wieder hinunter auf die Straße und durchkämme die Kneipen in der Umgebung, in denen Gläser mit gezapftem Bier in Pfützen stehen, die keiner aufwischt und die langsam zu Boden tropfen; Kneipen, in denen die Männer Schwierigkeiten haben, den Reißverschluss an der Hose zu schließen, wenn sie im Zickzack aus der Toilette taumeln.

Doch als ich heute klopfe, antwortet er fast sofort: »Herein.«

»Die Tür ist abgeschlossen«, sage ich nach einem Versuch.

»Oh, einen Moment«, entgegnet er. »Einen kleinen Moment.« Drei unsichere Schritte sind zu hören, dann ein fürchterlicher Krach, gefolgt von Stille.

»Ist alles in Ordnung?«, frage ich.

»Aber ja«, kommt die Antwort, »einen Augenblick noch. Ich bin gleich da.«

Das Schloss dreht sich, die Tür geht auf, und ich trete ein. Er steht da, umklammert mit seinen beiden großen Händen fest den Türknauf, und als die Tür nach innen auf ihn zuschwingt, taumelt er seitwärts. Er ist in Socken, seine braune Arbeitshose wird von einem breiten braunen Ledergürtel gehalten. Über der weißen, inzwischen vergilbten Wollunterwäsche, die er zu jeder Jahreszeit anzieht, trägt er kein anderes Hemd.

»Ach«, sagt er und spricht wie immer in einer Mischung aus Englisch und Gälisch. »Ach, *'ille bhig ruaidh*, da bist du ja endlich.« Er tritt einen Schritt zurück, zieht die Tür mit sich und hält den Knauf zur Stütze weiter umklammert. Über seiner linken Augenbraue klafft eine Wunde, die offenbar entstand, als er krachend auf den Eisenrahmen stürzte, der am Fußende seines Bettes unter der Matratze vorsteht. Neben dem Ohr rinnt das Blut von seinem Gesicht und dann über Kinn und Hals, bis es in den Haaren auf seiner Brust unter dem Unterhemd verschwindet. Aber nichts tropft auf den Boden, obwohl man fast erwartet, dass es irgendwann aus den Hosenbeinen läuft. Im Augenblick jedoch scheint es den Konturen seines Gesichts zu folgen wie ein Gebirgsbach dem Land, bevor er ins Meer stürzt.

»Hast du dir wehgetan?«, frage ich und suche etwas Papiertuchähnliches, um den Blutschwall zu stillen.

»Nein«, erwidert er. »Wieso fragst du?« Und dann folgt er der Richtung meines Blicks, nimmt die linke Hand vom Türknauf und berührt seine Wange. Verwundert betrachtet er das Blut auf seinen Fingerspitzen. »Nein«, wiederholt er. »Es ist nichts, nur ein Kratzer.«

Er gibt den Türknauf frei und taumelt rückwärts, bis er mit schrillem Quietschen auf die protestierenden Federn des ungemachten Bettes in eine sitzende Position plumpst. Ohne den Türknauf zittern seine Hände heftig, aber jetzt, da er auf der Bettkante sitzt, legt er sie neben sich und hält sich an dem eisernen Bettgestell fest. Er umklammert es so verkrampft, dass seine großen kaputten Knöchel weiß werden, dann endlich kommen seine zitternden Hände zur Ruhe.

»Solange ich etwas zum Festhalten habe«, sagt er, vor- und zurückschwankend, »geht es schon.«

Ich sehe mich in dem kleinen vertrauten Zimmer mit seiner spartanischen Ordnung um. Nichts deutet darauf hin, dass er heute schon etwas gegessen hat, und Lebensmittel sind anscheinend nicht vorhanden. In einem Abfallkorb neben der Spüle liegt eine jener bernsteinfarbenen Flaschen, in denen überzuckerter, billiger Wein verkauft wird. Sie ist leer.

»Willst du etwas zu essen?«, frage ich.

»Nein«, antwortet er, dann, nach einer Pause, »essen nicht.« Das Wort »essen« betont er lächelnd. Seine Augen sind so dunkel wie die meinen, und sein einst schwarzes Haar ist jetzt von prächtigem, üppigem Weiß. Sein Haar ist das Einzige an ihm, das weiter gewachsen ist, es wuchert in Wellen über der Stirn, und weil es nicht geschnitten wurde, hängt es ihm über die Ohren und tief in den Nacken. Es ist fast ein Merkmal, wie bei so vielen Männern, die zu wenig essen und zu viel trinken. So als wäre der Alkohol eine geheimnisvolle Pflanzennahrung, die dazu führt, dass die obersten Blätter sprießen, während die Pflanze selbst verkümmert.

Er sieht mich erwartungsvoll an und lächelt sein vertrautes warmes Lächeln. »Mein Scheck kommt erst am Montag«, sagt er.

»In Ordnung«, erwidere ich. »Ich gehe nochmal zum Auto. Bin gleich wieder da.«

»Gut«, sagt er. »Lass die Tür auf.«

Im Korridor gehe ich an den ruhigen, geschlossenen Türen vorbei und die Treppe hinunter auf die Straße. Die Sonne scheint hell, was nach der schummrigen Beleuchtung im Inneren fast überrascht. Ich gehe den schmalen Weg zwischen den Gebäuden zu meinem Auto, öffne den Kofferraum und hole die Brandyflasche heraus, die ich am Abend zuvor für genau diesen Fall gekauft habe. Brandy wirkt immer am schnellsten. Ich stecke die Flasche in mein Sportsakko, presse sie fest mit dem linken Arm an meine Rippen und gehe dann dieselbe Strecke wieder zurück. Die Tür ist angelehnt, er sitzt immer noch auf dem Bettrand und hält sich fest, um das Zittern seiner Hände zu unterdrücken.

»Im Küchenschrank steht ein Schnapsglas«, sagt er, als ich die Brandyflasche auspacke. Ich gehe zum Küchenschrank, um es zu suchen, finde es aber schnell, denn viel mehr ist nicht vorhanden. Das Glas ist ein Souvenir von Cape Breton, mit dem Umriss der Insel und einigen Ortsnamen. Meine Kinder haben es im Sommer vor zwei Jahren als Teil eines Barsets gekauft und ihm geschenkt. »Das wird Onkel Calum gefallen«, sagten sie, noch zu jung, um etwas so Spitzfindiges wie Ironie zu beabsichtigen.

Ich gieße Brandy in das Schnapsglas, gehe zum Bett hinüber und reiche es ihm. Er nimmt die rechte Hand vom Rahmen und greift nach dem Glas, aber es entgleitet ihm auf der Stelle, prallt gegen meinen Oberschenkel und fällt zu Boden, ohne zu zerbrechen. Ich sehe und spüre den Brandyfleck, dessen dunkler Umriss sich jetzt auf meinem linken Hosenbein ausbreitet. Schnell legt er die Hand wieder aufs Bett, als hätte er sich verbrannt.

Mit dem henkellosen Becher läuft es nicht viel besser, auch wenn er ihn kurz mit beiden Händen packen kann, ehe er sich den Inhalt in den Schritt und zwischen die Beine kippt, bis er im Bett versickert. Ich gehe ein drittes Mal zum Küchenschrank und hole eine Plastikschale, unzerbrechlich, wie Mütter sie für Kinder in Hochstühlen kaufen. Ich gieße etwas Brandy in die Schale und bringe sie ihm. Er legt seine zwei großen Hände darunter und hebt sie an die Lippen, während ich den mir zugewandten Rand festhalte. Er gibt Schlürfgeräusche von sich, als er den Kopf zurücklegt und der Brandy durch seine Kehle gluckert. Da er die Schale zu weit nach hinten kippt, spritzt Brandy auf sein Gesicht, läuft am Kinn hinab und mischt sich mit dem immer noch aus der Wunde fließenden Blut. Ich gieße noch einen Schluck Brandy in die Schale und reiche sie ihm. Die Wirkung setzt fast augenblicklich ein. Das aufgeregte Zappeln seiner Hände lässt nach, seine dunklen Augen werden klarer. So wie bei einem Patienten Angst und Zittern nachlassen, wenn er Betäubungsmittel bekommt.

»Ach, *'ille bhig ruaidh*«, sagt er. »Wir haben viel durchgemacht, du und ich, und tragen uns nichts nach. Erinnerst du dich noch an Christy?«

»Ja«, entgegne ich. »Natürlich erinnere ich mich an sie.«

»Ach, arme Christy. Sie hat immer ihren Teil erfüllt.« Er stockt und wechselt dann das Thema. »In den letzten paar Tagen habe ich oft an *Calum Ruadh* gedacht«, sagt er mit einem fast entschuldigenden Schulterzucken.

»O ja«, sage ich.

»Er war unser Ururgroßvater, richtig?«

»Ja, genau.«

»Ach ja«, seufzt er. »Ich frage mich, wie er wohl aussah.«

»Keine Ahnung«, erwidere ich, »außer dass er angeblich groß war und natürlich *ruadh*, rot. Wahrscheinlich sah er aus wie wir alle.«

»Vielleicht wie du«, sagt er.

»Hm, du bist doch groß«, lächle ich, »und du trägst seinen Namen, Calum.«

»Ja, das stimmt, aber du hast seine Haarfarbe.« Er überlegt. »Ob sein Grab wohl noch dort ist?«

»Ja, aber inzwischen ist es sehr nah am Klippenrand. Die Landspitze wird abgetragen. In manchen Jahren schneller, in manchen langsamer, je nach den Stürmen.«

»Ja, das kann ich mir vorstellen«, sagt er. »Es war dort immer ziemlich stürmisch. Man könnte meinen, sein Grab wandert langsam ins Meer hinaus, nicht wahr?«

»Ja, so kann man es auch sehen. Oder das Meer kommt, um ihn zu holen. Aber der große Felsblock mit der Inschrift steht noch dort. Wir haben die Buchstaben nachmeißeln lassen und sie dann mit einer neuen salzwasserfesten Farbe ausgemalt. Das wird eine Zeit lang halten.«

»Ja, eine Zeit lang. Aber irgendwann werden auch diese Buchstaben ausgewaschen sein und jemand muss sie nachmeißeln – wie gehabt.« Er überlegt. »Als würde er sich im Laufe der Zeit immer tiefer in den Stein graben.«

»Ja«, antworte ich.

»Immer tiefer in den Felsen, bevor er vielleicht irgendwann ins Meer fällt? Weißt du noch, wie die Gischt, wenn es ordentlich stürmte, vom Meer auf den Fels spritzte, bis er glänzte?«

»Ja.«

»Und du konntest die Buchstaben deutlicher erkennen, wenn der Felsblock nass war?«

»Ja, stimmt«, sage ich. »So war das.«

»Nun, bei Sturm waren sie deutlicher zu sehen als bei klarem Wetter. Das ging mir gerade durch den Kopf. Ich kann mich nicht entsinnen, ob ich früher jemals darüber nachgedacht habe.«

Er steht auf und nimmt den henkellosen Becher vom Boden mit. Inzwischen steht er sicherer, und seine Hände zittern nicht mehr. Er nimmt die Brandyflasche und kippt einen Schluck in den Becher, den er noch vor wenigen Augenblicken nicht halten konnte. Er wechselt von einem Zustand in den nächsthöheren. Bald wird er ein stabiles Niveau erreichen, auf dem er vielleicht eine Stunde verweilt, bis er – je nachdem, wie viel Alkohol er noch trinkt – langsam die andere Bergseite hinuntergeht. Am späten Nachmittag und frühen Abend spuckt er vielleicht Blut oder steht schwankend im düsteren Licht, wenn er in die Spüle zu pinkeln versucht und mit der rechten Hand am Hosenschlitz herumfummelt, während er sich mit der linken an der Wand abstützt. Dann werde ich ihn verlassen müssen und meinen Scheinwerfern durch die Stadt zurück auf die Autobahn folgen. Und jeder von uns wiederholt seine eigene kleine Geschichte.

»Hatte ich das nicht schon erwähnt, als du letztes Mal hier warst?«, fragt er in meine Gedanken hinein und kehrt wieder zum Thema *Calum Ruadh* und dessen Grabstein zurück.

»Nein«, entgegne ich erst, weil ich ihm die Peinlichkeit ersparen möchte, aber dann: »Doch, du hast davon gesprochen.«

»Ach ja«, seufzt er, »*'ille bhig ruaidh*. Möchtest du einen trinken? Einen mit mir trinken?« Er bietet mir meinen eigenen Brandy an.

»Nein«, sage ich. »Nein, ich glaube nicht. Ich sollte die Finger davon lassen. Ich habe eine lange Fahrt vor mir. Ich muss noch zurück.«

»Ach ja, du musst noch zurück.« Er steht auf, die Brandyflasche immer noch in der Hand, und geht zu dem Fenster, das den Blick auf die Seitenstraße freigibt, die planlosen Feuerleitern, den verstreuten Müll und das zermahlene Glas.

»Dort draußen ist es heute bestimmt schön«, sagt er, als betrachtete er ein anderes Land. »Ein schöner Septembertag. Die Grindwale tummeln sich vor *Calum Ruadhs* Landspitze. Ich sehe sie vor mir: wie sie leuchten, ganz schwarz und glänzend. Aber sie sollten lieber nicht zu weit hereinschwimmen. Erinnerst du dich an den einen, der gestrandet ist?«

»Ja, ich weiß noch.«

»Und wie wir gehofft haben, dass der Sturm ihn wieder mit hinausnimmt, aber er liegen blieb.«

»Ja, er kam nicht mehr ins Wasser.«

»Nein«, sagt er und wendet sich vom Fenster ab, »kam er nicht. Erinnerst du dich an unsere Eltern?«

»Ich bin mir nicht sicher«, entgegne ich. »Ein paar Einzelheiten. Ich weiß aber nicht, welche Erinnerungen wahr sind und welche ich mir aus den Erzählungen anderer zurechtgelegt habe.«

»Ach ja«, sagt er. »Dann ist es bei deiner Schwester Catriona wohl genauso.«

»Ja, genauso.«

Er nimmt wieder einen Schluck. Diesmal direkt aus der Flasche, die sich jetzt rapide leert.

»Arme Oma, armer Opa«, sagt er. »Sie waren gut zu euch. So gut, wie sie konnten.«

»Ja, das stimmt.«

»›Kümmere dich immer um deine Familie‹, sagte Oma oft.« Seine Laune schlägt augenblicklich um, er wirkt plötzlich wütend und misstrauisch. »Ich nehme an, deswegen bist du auch hier?«

Der unvermittelte Wechsel erwischt mich unvorbereitet, ich fühle mich gefangen im Netz meiner eigenen Schuld und meiner Geschichte.

»Nein«, widerspreche ich. »Aber nein. Wirklich nicht. Nein, so ist es ganz und gar nicht.«

Ich sehe ihn an und versuche seine Stimmung einzuschätzen; er steht vor mir und schwankt leicht auf seinen bestrumpften Fußballen. Die goldene Septembersonne fällt schräg durch das Fenster hinter seinem Rücken und lässt ihn wie ein Schattenbild erscheinen, während die Staubfusseln in den Strahlen flimmern. Er erinnert an einen Schauspieler im Scheinwerferlicht einer Nachmittagsvorstellung. Er wirkt gelassen, aber immer angriffsbereit, und trotz der vielen Jahre Alkoholmissbrauch reagiert sein Körper noch auf die alten, angespannten Signale. Jetzt wippt er auf die

Zehen vor und dann zurück auf die Hacken, die Brandyflasche hält er geschickt in der linken Hand, als könnte er sie jeden Moment werfen. Die Finger seiner rechten Hand öffnen und schließen sich langsam und rhythmisch: Faust – Hand, Faust – Hand. Dann lacht er – der kritische Augenblick ist vorüber.

»Ach ja«, seufzt er. »Ja, *'ille bhig ruaidh*. Es hätte ja sein können. Geh und hol noch etwas zu trinken. Meinetwegen Brandy, Wein oder Bier, und dann süffeln wir uns zusammen durch den Tag. Und die Nacht.«

»Na schön«, sage ich, gehe vielleicht etwas zu schnell zur Tür und schäme mich im selben Moment, dass es mich offenbar so drängt, das Zimmer zu verlassen, wo ich doch so viele Meilen gefahren bin, um hier anzukommen.

»Was möchtest du? Bier? Wein?«

»Oh«, sagt er. »Das bleibt sich ziemlich gleich. Wirklich.«

»Gut, ich bin bald wieder da.«

»Nur keine Eile«, sagt er. »Lass dir Zeit. Ich gehe nirgendwohin, außerdem habe ich noch das hier.« Er schwenkt die bernsteinfarbene Brandyflasche samt Inhalt in der linken Hand hin und her. »Ich werde hier sitzen und warten.«

Draußen auf dem Korridor schließe ich die Tür hinter mir und atme vor Erleichterung tief durch. Es ist das Durchatmen von Studenten, wenn sie die Tür des Prüfungszimmers hinter sich schließen, oder von Patienten, die eine Zahnarztpraxis verlassen, nachdem man ihnen mitgeteilt hat: »Die Füllungen machen wir in zwei Wochen – heute nicht mehr.« Oder von einem Zeugen, der im Gerichtssaal aus dem Kreuzverhör entlassen wird.

Während ich im Korridor stehe, höre ich, wie er auf der anderen Seite der Tür anfängt zu singen. Leise, aber beherzt – er singt in der Art, wie Betrunkene oder fast Betrunkene oft mit sich selber reden:

»Chi mi bhuam, fada bhuam,
Chi mi bhuam, ri muir lain;
Chi mi Ceap Breatuinn mo luaidh
Fada bhuam thar an t-sail.«

Er singt *»Cumha Ceap Breatuinn«*, »Klagelied für Cape Breton«, eines jener Volkslieder, die meistens in großen Gruppen gesungen werden oder so, dass einer die Strophe singt und die Gruppe den Refrain. Es bedeutet sinngemäß:

Ins Weite hinaus
Über Fluten ich späh;
Cape Breton, mein Schatz,
Seh ich jenseits der See.

Mit jedem Schritt den Korridor entlang bewege ich mich außer Hörweite des Sängers, aber als ich unter der Vierzig-Watt-Birne langsam die steile, triste Treppe hinuntersteige, geht das Lied weiter, und ich stelle beinahe erstaunt fest, dass es nicht mehr von ihm kommt, sondern von irgendwo tief in mir. Es steigt in mir auf, bis meine Lippen sich fast reflexartig bewegen:

»Gu bheil togradh ann am intinn
Bhi leibh mar a bha
Ged tha fios agam us cinnt
Ribh nach till mi gu brath.«

Mein Herz sehnt sich hin,
Wo ich einst war;
Doch ist's mir im Sinn,
Ich kehr nie mehr zurück.

Es ist, als gäbe es keinen Bruch zwischen seinem Schluss und meinem Beginn; und obwohl der Inhalt ein anderer ist, fallen mir Strophen und Refrain mühelos ein, in der Art, nehme ich an, wie sich ein nicht mehr ganz junger früherer Pfadfinder an den Text von »She'll Be Coming Round the Mountain« oder »Oh, My Darling Clementine« erinnert. Tief verwurzelte, in uns ruhende Klänge, die in den unerwartetsten Momenten erwachen.

Ich bin ein Mensch des zwanzigsten Jahrhunderts, denke ich, als ich auf die Straße trete. Und dann fällt mir noch eine Redewendung meiner Großmutter ein: »*Ob es mir passt oder nicht.*« Ich bin ein nicht mehr ganz junger Mann in diesem September, und vom zwanzigsten Jahrhundert ist tatsächlich nicht mehr viel übrig. Wenn ich bis an sein Ende reise, bin ich am Jahrhundertwechsel fünfundfünfzig, was alt oder jung sein mag, je nachdem, welchen Standpunkt und welche Haltung man gegenüber Alter und Zeit vertritt. »Wir werden lange, lange leben«, prophezeite mein Großvater dem *clann Chalum Ruaidh*, »wenn man uns lässt – und wenn wir es wollen.« In der Septembersonne straffe ich meine Schultern, als wollte ich für die Rolle ein »Mensch des zwanzigsten Jahrhunderts« in einem in Kürze aufgeführten Stück vorsprechen. »Ach«, raunt die Stimme meines ältesten Bruders, »ach, *'ille bhig ruaidh*. Da bist du ja endlich. Wir haben viel durchgemacht, du und ich, und tragen uns nichts nach.« Die Stimme verstummt. »In den letzten Tagen habe ich oft an *Calum Ruadh* gedacht. Ich frage mich, wie er wohl aussah?«

»Keine Ahnung«, entgegne ich. »Ich weiß nur, was man mir erzählt hat.

»Ach«, sagt die Stimme. »Bleib bei mir. Bleib noch ein bisschen hier. Du bist immer noch der *gille beag ruadh*.«

2 Immer noch der *gille beag ruadh,* »der kleine rote Junge« oder »der kleine Rotschopf«. Seit ich zurückdenken kann, nannte man mich so. Ich entsinne mich, dass ich es sogar für meinen Namen hielt und eher darauf reagierte als auf »Alexander«, wie es in meiner Geburtsurkunde steht. Selbst am ersten Tag in der Grundschule, als ich neu eingekleidet hinter meiner Zwillingsschwester saß und meine frisch gekauften Kreiden in zu sauberen, aber schwitzenden Händen hielt, reagierte ich nicht, als mein richtiger Name von der Liste aufgerufen wurde.

»Das bist du«, sagte mein Cousin und stieß mich über den Gang hinweg.

»Wer?«, fragte ich.

»Na du«, sagte er. »Das ist doch dein Name.«

Dann nahm er die Angelegenheit selbst in die Hand, meldete sich und sagte, auf mich zeigend, direkt zur Lehrerin: »Das ist der, *gille beag ruadh*, Alexander.«

Alle lachten, weil ich meinen eigenen Namen verschlafen hatte, und die Lehrerin, die nicht aus der Gegend stammte, errötete ziemlich heftig, da sie den gälischen Ausdruck vermutlich nicht verstand. Glücklicherweise aber gehörten wir zu der Generation, die nicht mehr geschlagen wurde, wenn sie Gälisch sprach – »die Prügel sind nur zu eurem Besten«, wie es damals wohl hieß, »damit ihr Englisch lernt und gute kanadische Bürger werdet.« Meine Lehrerin dagegen fragte nur: »Heißt du Alexander?«

»Ja«, antwortete ich, nachdem ich ein Fünkchen Gefasstheit zurückgewonnen hatte.

»In Zukunft antwortest du bitte, wenn dein Name aufgerufen wird«, sagte sie.

»Jawohl«, versprach ich mir selbst und machte mir im Kopf streng eine Notiz, künftig auf den fremden Klang zu achten.

In der ersten Pause kamen mehrere größere Jungen auf mich zu, und einer sagte: »Bist du *gille beag ruadh*?«

»Ja«, antwortete ich, zunächst aus reiner Gewohnheit, aber dann, in Erinnerung an die eben gelernte Lektion: »Nein, bin ich nicht. Alexander. Ich heiße Alexander.«

Aber das änderte offenbar nichts, denn er sang: »Des *Calum Ruadhs* Haar ist rot. Es bringt euch nur den Flammentod.«

Ich spürte meine Unterlippe unter der neuerlichen Attacke zittern und fürchtete schon, ich könnte in Tränen ausbrechen.

»Lass ihn zufrieden«, sagte ein anderer größerer Junge aus der Gruppe. »Du gehörst doch selber zum Clan.« Mit diesen Worten fuhr er mir durchs Haar und führte die Gruppe weg. Ich rannte zu meiner Schwester, die ein paar Meter weiter auf mich wartete, und wir gingen auf der Rutsche spielen, eine schöne Beschäftigung für die Pause, die man uns wärmstens empfohlen hatte.

Der *Calum Ruadh*, der heute in Toronto in Gedanken und Gesprächen so gegenwärtig scheint, war, wie schon erwähnt, mein Ururgroßvater. Er kam 1779 aus dem schottischen Moidart in die Neue Welt. Manchmal sieht es aus, als wüssten wir viel über ihn, und dann wieder sehr wenig. »Alles ist gradweise über Kreuz«, sagen sie dann. Ohne jede Ironie. Es gibt Fakten und vielleicht auch Phantasien, die sich mit unseren Wahrnehmungen und Absichten ändern.

Dies sind scheinbar die Fakten: In Moidart war er mit Anne MacPherson verheiratet, die beiden hatten sechs Kinder, drei Jungen und drei Mädchen. Die Kinder waren noch recht klein, da erkrankte Anne MacPherson und starb am »Kindbett« und ließ ihn mit dem zurück, was meine Großeltern »seine Sorge« nannten, damit meinten sie die mutterlosen Kinder. Später kam Catherine MacPherson, die jüngere Schwester seiner verstorbenen Frau, um ihm den Haushalt zu führen und sich um ihre Nichten und Neffen zu kümmern, bis sie schließlich deren Vater heiratete. Sie zeugten sechs weitere Kinder, wieder drei Jungen und drei Mädchen. Jeder, der die Geschichte Schottlands kennt, besonders die der Highlands und der Western Isles in der Zeit um 1779, versteht unschwer die Gründe für ihre Auswanderung.

In Nordamerika hatten sie bereits Freunde und Verwandte. Viele davon hielten sich in der Gegend am Cape Fear River in North Carolina auf – fast allesamt Männer, die zu der Zeit im amerikanischen Unabhängigkeitskrieg kämpften. Einige der Älteren standen auf der Seite der Revolutionäre, denn sie hatten beschlossen, in der Neuen Welt für ein neues Leben zu kämpfen; andere unterstützten die Briten, weil sie der britischen Sache eisern die Treue hielten. Nachts sangen sie einander gälische Lieder vor, über die Bergwiesen hinweg, auf denen sie am nächsten Tag kämpften. Über die Täler von North Carolina hinweg sangen sie ihren Freunden und Verwandten aus den Highlands auf Gälisch zu: »Kommt doch herüber, gesellt euch zu uns.« »Ihr steht auf der falschen Seite.« »Seid nicht dumm.« »Die Zukunft gehört uns.«

Im Jahr 1779 war *Calum Ruadh* fünfundfünfzig, und zur Zeit des »45er Aufstandes«, als der Ruf ergangen war, man solle »sich erheben und Charlie folgen«, war er einundzwanzig gewesen. Auch damals hatten Freunde und Verwandte gesungen und einander gesagt: »Seid nicht dumm.« »Ihr steht auf der falschen Seite.« »Eure Loyalität ist verfehlt.« »Überlegt es euch.« Von oben und von allen Seiten gab es Druck.

Offenbar hatten er und seine Familie schon seit einiger Zeit darüber gesprochen fortzugehen und in aller Ruhe Pläne geschmiedet, Kontakt mit einem Auswanderungsagenten aufgenommen und vereinbart, ihn und sein Schiff in einer der kleinen geschützten Buchten entlang der Küste zu treffen, wo er Familien wie die ihre aufsammelte. Die Reise ging nach Nova Scotia, ins »Land der Bäume«, auch wenn *Calum Ruadhs* Ziel Cape Breton hieß, wo es, wie man ihm in einem auf Gälisch geschriebenen Brief versichert hatte, Land für ihn gäbe. Er brauche nur zu kommen.

Die Abfahrt war für den 1. August geplant, bei günstigen Winden würde die Überfahrt etwa sechs Wochen dauern. Doch in den Wochen vor der Abreise wurde die frühere Catherine MacPherson krank, und sie wussten nicht, was sie tun sollten. Am Ende beschlossen sie aufzubrechen, zumal sie schon das Vieh verkauft und die wertvollen Dachbalken weggegeben hatten, die zu der Zeit in der Gegend schwer zu bekommen waren. Ironischerweise tauschten sie ein Land mit zu wenig Bäumen gegen eines, in dem es vielleicht zu viele gab. Sie standen unten am Strand und warteten – *Calum Ruadh*, seine kranke, aber hoffnungsfrohe Frau und die zwölf Kinder. Seine älteste Tochter war bereits mit Angus Kennedy verheiratet, einem Mann von der Insel Canna, der ebenfalls mit ihnen wartete. Im Nebel der Phantasie sieht man sie vor sich, sie treten von einem Fuß auf den anderen und suchen den Horizont ab, während sich Freunde und Verwandte durch die Schatten bewegen. »Vielleicht macht ihr einen großen Fehler.« »Ihr könntet eine Dummheit begehen.« »Die Zukunft ist ungewiss.«

Da warteten sie, *Calum Ruadh* hielt seine Fiedel in der Hand, sein Fuß ruhte auf der hölzernen Seekiste mit den ordentlich unterteilten Fächern. Alle hatten einen kleinen Proviant bei sich und etwas Geld in den Schuhen versteckt. Er konnte nicht wissen, dass die Französische Revolution nahte und ein Junge namens Napoleon erst zehn war und noch nicht ausgezogen, um die Welt zu erobern. Obgleich ihn später nicht überraschte, wie groß die Zahl seiner Verwandten war, die vor und bei Waterloo fielen und immer noch gälische Schlachtrufe ausstießen, als sie für die Briten gegen die zähen Franzosen kämpften. General James Wolfe aus dem 45er Aufstand, an den er sich vielleicht nicht mehr erinnerte, war seit zwanzig Jahren tot, gefallen mit Schotten aus den Highlands auf den Plains of Abraham – mit denselben Hochländern, die er noch vierzehn Jahre zuvor hatte ausrotten wollen.

Es ist unwahrscheinlich, dass *Calum Ruadh* im August 1779 viele Gedanken an Wolfe verschwendete. Vermutlich gingen ihm näher liegende Sorgen durch den Kopf, denn immerhin wollte er Moidart verlassen – ein weiterer MacDonald, der Moidart den Rücken kehrte – wenn auch diesmal nicht, um sich zu erheben und Charlie zu folgen, obwohl das Bild und die Musik von damals vielleicht in den dunklen Winkeln seiner Gedanken spukten.

Während sie an der Küste warteten, rannte die Hündin, die ihnen jahrelang gedient hatte und der Obhut von Nachbarn überlassen worden war, wie rasend umher, denn sie spürte, da stimmte etwas nicht, sie wälzte sich im Sand und jaulte aufgeregt. Und als die Familie langsam zu dem kleinen Boot hinauswatete, das sie ans wartende Schiff bringen sollte, schwamm die Hündin ihnen nach, ihr Kopf schnitt einen Keil durchs Wasser, und ihr panischer Blick ruhte auf der scheidenden Familie, zu der sie doch eigentlich gehörte. Als die Familie zu dem verankerten Schiff gerudert wurde, schwamm sie immer weiter, trotz der auf Gälisch ausgestoßenen Drohungen und Mahnungen, sie solle sofort umkehren; sie entfernte sich mehr und mehr von der Küste, bis *Calum Ruadh* es nicht länger aushielt, sein Drohgeschrei in Anfeuerungsrufe überging und er mit einem Griff über die

Bootsseite ihren pitschnassen, eisigen und bibbernden Körper ins Boot hievte. Als sie nass an seiner Brust zappelte und ihm aufgeregt das Gesicht schleckte, sagte er auf Gälisch zu ihr: »Kleiner Hund, all die Jahre warst du bei uns, wir werden dich jetzt nicht im Stich lassen. Du kommst mit uns.«

»Das mit dem Hund«, höre ich meinen Großvater noch heute sagen, »ist mir irgendwie immer sehr nahe gegangen.«

Es war eine schlimme Überfahrt. Die Quartiere unter Deck waren eng und offenbar einmal den Transportschiffen nachgebaut, mit denen man die Soldaten aus den Highlands zum Kriegseinsatz in die Neue Welt verschiffte, und zum anderen waren sie den Quartieren auf Sklavenschiffen nachempfunden, die zwischen Afrika und derselben Neuen Welt verkehrten. Überfüllung war die Folge purer ökonomischer Gier.

Bei schönem Wetter konnten die Passagiere an Deck gehen, sich bewegen und waschen, doch bei der stürmischen Überfahrt im August jenes Jahres war das nicht möglich, die Leute mussten unten bleiben und in ihrem eigenen Gestank und der Enge ausharren. Nach drei Wochen auf hoher See starb die frühere Catherine MacPherson. Auch ihr Tod wurde dem »Kindbett« zugeschrieben und zweifellos beschleunigt durch die Überfüllung, die wurmige Hafergrütze und die winzigen Rationen brackigen Trinkwassers. Eingenäht in einen Sack aus Segeltuch und über Bord geworfen, sollte sie nie die Neue Welt sehen, in die sie so große Hoffnungen gesetzt hatte. Eine Woche nach ihrem Tod entband die Frau von Angus Kennedy. Das Kind wurde Catherine genannt und war wegen der Umstände seiner Geburt später immer als »*Catriona na mara*«, »Katharina des Meeres« bekannt.

Dies sind, wie gesagt, die groben Fakten, oder zumindest

einige davon; die Feinheiten entstammen meiner Phantasie. Es verhält sich wie mit den gälischen Liedern – ich suche sie mir nicht aus, noch versuche ich mich gewaltsam an sie zu erinnern. Sie sind einfach da, aus einer – trotz meines relativ kurzen Lebens – lange zurückliegenden Zeit. Ich entsinne mich, wie mein Großvater mir die Geschichte eines Nachmittags zu Frühlingsanfang erzählte, als wir draußen am Holzhaufen Schürholz machten – er hackte die Scheite, und ich trug sie zum Trocknen ins Haus. Ich war vielleicht elf, und die Kanadagänse zogen nordwärts, sie flogen über noch immer vereiste Flüsse und Seen – wie töricht von ihnen, hätte man meinen können, sich so früh auf den Weg zu machen, auch wenn sie nur mit mathematischer Präzision ihrem Kurs und ihrer Bestimmung folgten.

»Kaum waren sie an der Küste von Pictou gelandet«, sagte er, »brach *Calum Ruadh* weinend zusammen. Er wehklagte zwei ganze Tage lang, und vermutlich standen alle um ihn herum, auch die Hündin, und wussten nicht, was sie tun sollten.«

»Er hat geweint?«, fragte ich ungläubig. Denn schon damals war ich durch Filme geprägt, in denen alle in Beifall ausbrachen, sobald sie vom Schiff aus die Freiheitsstatue erblickten. Fast immer fielen sie sich um den Hals und tanzten und waren *hellauf* begeistert über ihre Landung in der Neuen Welt. Zudem war die Vorstellung von einem fünfundfünfzigjährigen weinenden Mann ein bisschen mehr, als ich verkraften konnte. »Er hat geweint?«, fragte ich noch einmal. »Warum in aller Welt hat er denn geweint?«

Ich erinnere mich, wie mein Großvater die Axt in den Hackblock trieb – mit einer derart ungestümen Kraft, dass sie ganz tief stecken blieb und er sie später kaum herausbekam –, und er sah mich mit einer Wut in den Augen an, dass ich schon dachte, er würde mich vorn an der Jacke packen und durchschütteln. Sein Blick sagte mir, er könne nicht fassen, wie dumm ich sei, doch der Moment ging schnell vorüber. Irgendwie glich er ein wenig einem Lehrer, der an der Tafel erklärt, Diagramme zeichnet, Beispiele anführt und dann, wenn er Verständnisfragen stellt, erkennen muss, dass niemand ihn verstanden hat – und er wütend befürchtet, dass alle ihre Zeit restlos verschwendet haben. Vielleicht beging er auch nur den Fehler, der Erwachsenen manchmal unterläuft, wenn sie mit Kindern sprechen und meinen, sie hätten ihresgleichen vor sich, die ihr Wissen und ihre Ansichten teilten. Sie erklären die Geheimnisse über die Entstehung des Lebens Kindern, die sich noch nicht für ein solches Thema interessieren und wahrscheinlich viel lieber Kekse essen würden.

»Er hat«, sagte mein Großvater, nachdem er sich gefasst und einen Augenblick nachgedacht hatte, »wegen seiner Geschichte geweint. Er hatte sein Land verlassen, seine Frau verloren und sprach eine fremde Sprache. Er war als Ehemann aufgebrochen und als Witwer und Großvater angekommen, außerdem war er für alle verantwortlich, die sich da um ihn scharten. Er war«, sagte er und blickte zum Himmel, »wie die Gans an der Spitze des Keils. Er hat nur kurz gezaudert und den Mut verloren.

Jedenfalls«, fuhr er fort, »warteten sie dort zwei Wochen und versuchten eine Schaluppe zu bekommen, die sie übers Wasser hierher nach Cape Breton bringen würde. Danach ging es ihm wohl besser, er biss die Zähne zusammen, wie es immer heißt, und beschloss weiterzumachen. Zu unserem Glück, könnte man sagen.«

»Was ist eine Schaluppe?«, fragte ich und ließ meine Neugier über die Angst siegen, ich könnte als dummer Junge dastehen.

Mein Großvater nahm mir die Frage nicht übel, sondern

lachte nur und machte sich daran, die eingeklemmte Axt aus dem Hackblock zu befreien.

»Ich weiß es nicht genau«, sagte er. »Das Wort haben sie eben immer gebraucht – Schaluppe. Es ist eine Art kleines offenes Boot, mit dem man rudern oder segeln kann. So was Ähnliches wie ein Dory. Ich glaube, das Wort kommt aus dem Französischen.«

Während ich das Holz aufsammelte, das seine Axt spaltete, flog ein weiterer Schwarm Kanadagänse in Richtung Norden, diesmal allerdings etwas tiefer. Es war fast, als könnte man das kräftige Rauschen der gleichmäßig ausgreifenden, mächtigen Flügel hören.

Man sieht die kleine Menschengruppe selbst jetzt, als könnten wir durch die Nebel der Phantasie mit ihnen in der Schaluppe über die kabbelige Herbstsee rudern oder segeln. Sie spähten die Küste von Cape Breton entlang, eine Beschäftigung, die später das Thema in dem berühmten Lied »*Chi Mi Bhuam*« werden sollte, auch wenn sie das damals nicht wissen konnten. Ebenso wenig wussten sie vermutlich, dass sie nach der Landung für immer bleiben würden – niemand aus diesem Boot kehrte zu Lebzeiten jemals aufs Festland zurück. Man sieht sie mit der »geretteten« Hündin im Bug der Schaluppe, die vom Wind aufgewehte Gischt drückt ihr das Fell an den Schädel, während sie mit ihren intelligenten Augen die Küstenlinie absucht. Als das Boot auf dem Kiesstrand landete, halfen ihnen die Cousins, die den gälischen Brief geschrieben hatten, und die Micmac-Indianer, die im »Land der Bäume« zu Hause waren, beim Ausladen und danach auch durch den ersten langen Winter.

Aufgrund der vielen politischen und kolonialpolitischen Ungewissheiten hielt man in Cape Breton damals nichts von offizieller Besiedlung, doch 1784 wurde Cape Breton zur britischen Provinz ernannt, und wer schon als »Bewohner«

galt, reichte bei der Verwaltung ein Gesuch ein, um als Eigentümer des von ihm bewirtschafteten Landes anerkannt zu werden. Nachdem *Calum Ruadh* die rund hundert Meilen nach Sydney marschiert war, erhielt er das »Papier«, auf dem man ihm sein Stück Land in der »Kolonie Cape Breton« formal zugestand. Damals war er sechzig. Sechsunddreißig Jahre später, 1820, nach dem Wiederanschluss von Cape Breton an Nova Scotia, erhielt er neue Papiere für die neue Provinz, doch zu der Zeit gab es Beamte vor Ort, und er musste nicht zu Fuß gehen. Das war in diesem Fall ganz gut so, denn zum Zeitpunkt des Wiederanschlusses war er sechsundneunzig und hatte schon einundvierzig Jahre in der Neuen Welt verbracht. Er lebte noch weitere vierzehn Jahre, was seinem Dasein eine seltsam ausgewogene Struktur verlieh: Von seinen einhundertzehn Jahren verbrachte er die ersten fünfundfünfzig in Schottland, die zweiten fünfundfünfzig im »Land über dem Meer«. Fünf Jahre seiner zweiten Lebenshälfte war er ein tatkräftiger Siedler ohne Rechtstitel, sechsunddreißig Jahre ein »Bürger von Cape Breton« und vierzehn Jahre ein Bürger Nova Scotias. Als er 1834 starb, dauerte es noch dreiunddreißig Jahre bis zur Konföderation.

Er heiratete in dem neuen Land nicht wieder, und vielleicht wirkt sein Grab deshalb doppelt einsam, wie es da auf der am weitesten ins Meer ragenden Landspitze liegt und von den ständig wechselnden Winden gepeitscht wird. Die meisten seiner Kinder ruhen auf den ersten »offiziellen« Friedhöfen neben ihren Frauen und Männern, auf den größeren Parzellen sind einige auch von ihren Enkeln und Urenkeln umgeben. Familien, im Tod vereint wie im Leben. Das Grab von *Calum Ruadh* aber liegt ganz allein, offenbar an der von ihm gewünschten Stelle, markiert nur von einem großen Felsblock, auf dem in handgemeißelten Buchstaben sein Name sowie Geburts- und Sterbetag zu lesen sind. Und die schlichte gälische Zeile: *Fois do t'anam*. Friede seiner Seele.

3 In den darauf folgenden Jahren vergrößerten einige der zahlreichen Nachkommen *Calum Ruadhs* den ursprünglichen Landbesitz, andere zogen ein Stück weiter die Küste entlang und wieder andere ins Landesinnere. Fast alle gründeten große Familien, was verzweigte innerverwandtschaftliche Beziehungen nach sich zog und komplizierte Stammbäume, über denen weiterhin sein Name thronte. Ich weiß noch, wie ich in der Eishockey-Mannschaft der High School oft in Gemeinden spielte, die mir weit entfernt vorkamen; manchmal spielten wir in Stadien, häufiger jedoch auf windgepeitschten Teichen neben dem Meer. Nach den Spielen wurden wir zu unseren Gastgebern nach Hause eingeladen und dort fragten uns unvermeidlich die Eltern oder Großeltern aus. »Wie heißt du?« »Wie heißt dein Vater?« »Und wie ist der Geburtsname deiner Mutter?« Bei mir und meinen Cousins trat fast ausnahmslos ein wissender Ausdruck in das Gesicht der Fragenden, und sie sagten, in Reaktion auf unsere Antwort: »Ah, ihr gehört zum *clann Calum Ruadh*«, als würde das alles erklären. Das Wort »clann« sprachen sie auf Gälisch aus, es klang dann wie »kwoun«. »Ah, du gehörst zum *clann Calum Ruadh*« bedeutete: »Ah, ihr seid die Kinder (oder die Familie) vom roten Calum.« Wir nickten und akzeptierten ihr Urteil, während Eis und Schnee von unseren Schienbeinschonern tropften und Pfützen auf dem Linoleumboden bildeten. Und später, wenn wir aus dem Haus waren und uns für schlauer hielten, als wir es waren, mussten wir lachen und imitierten

manchmal die Leute und ihre Art, uns einzuordnen. »Wie heißt der Vater deines Vaters deines Vaters?«, fragten wir uns gegenseitig, malten unsere Anfangsbuchstaben mit den Hockeyschlägern in den Schnee und beantworteten uns selbst die Fragen: »Ah, jetzt weiß ich, du gehörst zum *clann Calum Ruadh*«, und dann lachten wir und schleuderten einander Schneebälle mit den Schlägern über.

Es gibt einige physische Merkmale des Clans, die offenbar weitervererbt worden sind und sich in manchen Fällen geradezu verstärkt haben. Ein Merkmal scheint eine erhöhte Neigung zu Zwillingsgeburten zu sein, und zwar vorwiegend zu zweieiigen. Ein weiteres Merkmal betrifft das, was gelegentlich »Pigmentierung« genannt wird. Die meisten von uns sind hellhäutig, doch in manchen Familien kann es vorkommen, dass jemand hellrotes Haar hat, während das seiner Geschwister ein tiefes, intensives und glänzendes Schwarz ist. Als meine Zwillingsschwester siebzehn war, färbte sie sich aus mädchenhafter Eitelkeit eine silberblonde Strähne ins Haar, die an der Stirn begann und sich in Wellen durch ihr von Natur aus pechschwarzes Haar zog. Später, als der Reiz des Neuen verflogen war, versuchte sie die Strähne wieder schwarz zu färben, fand aber kein Mittel, mit dem sich das ursprüngliche Schwarz wieder herstellen ließ. Rückblickend sehe ich sie noch heute manchmal im Unterrock vor dem Spiegel sitzen und sich frustriert auf die Lippen beißen, den Tränen nahe, wie eine jener Heroinen aus den schottischen Balladen mit »milchweißer Haut und Haaren so schwarz wie Rabenschwingen«, und sich wünschen, sie wäre eine andere. Meine Großmutter zeigte wenig Mitgefühl für ihre Misere und sagte mit ungerührter Bestimmtheit: »Das kommt davon, wenn man an dem Haar herumpfuscht, das der Herr einem schenkt.«

Es dauerte Monate, bis das ursprüngliche Schwarz nachgewachsen war, und ironischerweise erschienen dann fast zur gleichen Zeit die ersten weißen Strähnen, die bei Dunkelhaarigen oft schon in sehr jungen Jahren auftreten.

Viele rothaarige Clan-Mitglieder hatten zudem so dunkle Augen, dass sie schon nicht mehr braun waren, sondern eher in Richtung eines schimmernden Schwarz gingen. Auf manch einen wirkten diese Individuen extrem fremd, auf andere wiederum unheimlich vertraut. Als einer meiner Söhne im Südwesten Ontarios zur Welt kam, sagte das Krankenhauspersonal: »Entweder seine Haare werden dunkel oder seine Augen blau. Die meisten Rothaarigen haben blaue Augen. Aber *so* sieht kein Mensch aus.« Angesichts der schlagenden Beweiskraft meiner eigenen körperlichen Präsenz ersparte ich mir jede Bemerkung.

Und einmal, Jahre nachdem meine Schwester den Erdölingenieur geheiratet hatte, den sie an der University of Alberta kennen lernte, schob ihr elfjähriger Sohn an einem sonnigen Sommernachmittag in Calgary sein Fahrrad den steilen Sarcee Trail hinauf. Unterwegs, erzählte er, begegnete ihm ein Auto voller Männer. Über dem Kühlergrill hing ein Spruchband mit der Aufschrift »B. C. oder den Bach runter.« Das Auto überholte ihn und bremste, dass der Kies am Straßenrand zur Seite spritzte, dann röhrte es, nachdem der Fahrer den Rückwärtsgang krachend eingelegt hatte, in seine Richtung zurück, dorthin, wo er ziemlich verängstigt stand und die Lenkstange umklammerte. »Wie heißt du?«, fragte einer der Männer und kurbelte das Fenster herunter. »Pankovich«, antwortete er. Dann beugte sich ein Mann (»der mit dem Bier im Schoß«) auf dem Rücksitz vor und fragte: »Wie lautete der Mädchenname deiner Mutter?« »MacDonald«, antwortete er. »Seht ihr«, sagte der Mann, »ich hab's euch gesagt.« Und dann griff ein anderer Mann in seine Tasche und reichte dem Jungen einen Fünfzigdollarschein. »Wofür ist das?«, fragte mein Neffe namens Pankovich. »Das ist dafür«, erwiderte der Mann, »dass du so aussiehst. Sag deiner Mutter, das Geld kommt vom *clann Calum Ruadh.*«

Dann glitt das Auto mit dem »B.C. oder den Bach runter«-Banner in den Verkehrsstrom der sommerlichen Autobahn, den welligen Gebirgsausläufern und den in der Ferne schimmernden Bergen entgegen.

»Mom«, sagte mein Neffe, als er nach Hause kam. »Was ist kwoun Calum Ruah?«

»Wieso?«, fragte sie verdutzt. »Wo hast du das denn gehört?« Darauf erzählte er ihr seine Geschichte und sie ihm einiges von der ihren.

»Ich erinnere mich ganz deutlich daran«, sagte meine Schwester später zu mir. »Ich machte gerade mein Haar zurecht, weil wir am Abend zum Dinner ausgehen wollten. Das alles traf mich so unvermittelt, dass ich zu weinen anfing. Ich fragte ihn nach dem Nummernschild am Auto, aber er hatte nicht darauf geachtet. Ich hätte zu gern herausgefunden, wer diese Männer waren, und mich bei ihnen bedankt – natürlich nicht für das Geld und auch nicht für ihn, sondern irgendwie meinetwegen.« Sie streckte die Hände vor sich aus und bewegte sie dann seitwärts, als streiche sie ein imaginäres, in der Luft hängendes Tischtuch glatt.

4

Meine Zwillingsschwester und ich wuchsen bei unseren Großeltern väterlicherseits auf, die beide von »*Calum Ruadh*« abstammten – sie waren also Cousin und Cousine. Auch unser Großvater mütterlicherseits war ein Cousin, den wir aber weder so gut noch so lange kannten; doch gerade diese größere Distanz lässt ihn jetzt umso interessanter erscheinen. Er war das, was man »ungeplant« nannte, das heißt, er kam unehelich zur Welt. Er wurde von einem aus dem Clan gezeugt, der als Holzfäller in die Nähe von Bangor/Maine zog und nie wieder zurückkehrte. Offenbar planten die Eltern meines Großvaters, im Frühling zu heiraten, wenn der zukünftige Ehemann mit dem Geld für den gemeinsamen Hausstand zurückkehrte. Seine Braut hatte sich ihm im Herbst hingegeben – so wie junge Mädchen sich jungen Soldaten hingeben, die in den Krieg ziehen, voller Hoffnung auf die Rückkehr, aber auch verunsichert und ängstlich. Er muss Ende Oktober, Anfang November gezeugt worden sein, denn er kam am dritten August zur Welt, und noch heute verspürt man ein quälendes Mitgefühl für alle Beteiligten. Für das Mädchen, das mitten im Winter entdeckt, dass es schwanger ist von einem Mann, den es nicht erreichen kann. Und für den Mann, der umkam, zerschmettert unter einer Ladung Baumstämme auf einer Holzrutsche, ohne zu wissen, dass er ein neues Leben auf den Weg gebracht hatte, aus dem wiederum jemand wie ich hervorgehen würde.

Er verunglückte offenbar im Januar, obwohl die Nachricht nicht sofort durchsickerte, denn die Entfernung war groß und die Jahreszeit Winter, zudem gab es keine Telefone, nur einen unzuverlässigen Postdienst, und die unmittelbar Beteiligten sprachen nach wie vor nur Gälisch. Er wurde dort begraben, in den winterlichen Wäldern von Maine, und im Frühjahr brachte ein Cousin ein Bündel mit seinen Stiefeln und den wenigen Habseligkeiten. Er hatte nicht lange genug gearbeitet, um eine nennenswerte Summe zu verdienen, und was er für die Hochzeit beiseite gelegt hatte, reichte gerade für die Beerdigung. Wie gesagt, man verspürt ein quälendes Mitgefühl für alle Beteiligten, für ihn und für das Mädchen, das mitten im Winter auf einen toten Mann wartet, der sie aus ihrer Schande befreit. Und für sie auch später noch, in den heißen Sommermonaten vor der Geburt – arm, verzweifelt und beschämt, mit einer ungewissen Zukunft für ihr ungeborenes, vaterloses Kind.

Vielleicht lag es an den Umständen seiner Empfängnis, dass mein Großvater ein überaus umsichtiger Mann war. Er wurde ein außergewöhnlicher Zimmermann, der große Befriedigung aus der Genauigkeit eines Handwerks zog, bei dem alles perfekt gelang, wenn man sich nur die Zeit nahm, alles genau zu berechnen. Er heiratete erst in den mittleren Jahren, als er bereits ein solides, perfektes Haus in der Stadt entworfen und gebaut hatte; und in seiner Ehe zeugte er nur ein einziges perfektes Kind, meine Mutter. Nach dem Tod seiner Frau bei der Entbindung lebte er lange Zeit allein, stand morgens pünktlich um sechs auf, rasierte und stutzte seinen ordentlichen rötlichen Schnurrbart. Sein Haus war picobello sauber, und er wusste immer, wo sich was befand. Dieselbe Ordnung herrschte auch in dem kleinen Anbau hinter seinem Haus, in dem er seine blitzblanken Werkzeuge aufbewahrte. Er gehörte zu den Männern, die man ohne weiteres fragen konnte: »Hast du einen Schraubennagel, der genau 1⅛ Zoll lang ist?« Und sofort ging er zum richtigen Marmeladenglas, und da war der 1⅛ Zoll lange Schraubennagel.

Vor dem Schlafengehen deckte er den Frühstückstisch für den nächsten Morgen, auch dies mit größter Präzision: der Teller verkehrt herum, die Tasse umgestülpt auf der Untertasse, der Henkel immer im gleichen Winkel, und Messer, Gabel und Löffel lagen jeweils am richtigen Platz, als gastierte er in einem vornehmen Hotel.

Seine Schuhe glänzten stets und standen in einer kerzengeraden Reihe, die Spitzen nach vorne, unter dem ordentlich gemachten Bett, und die Teekanne stand immer an der exakt gleichen Stelle auf dem gewienerten Herd. »Seine Sauberkeit macht einen ganz kribbelig«, sagte mein anderer Großvater, der ihn zwar sehr mochte, aber ein völlig anderer Mensch war.

Nach dem Aufstehen und vor dem Schlafengehen gönnte sich mein Großvater einen Schluck Whiskey, aber im Vergleich zu vielen anderen Männern seines Alters trank er sehr wenig, und auch wenn er sich hin und wieder zu einem Kneipenbesuch verleiten ließ, blieb er nie lange, denn er fühlte sich dort nicht wohl. »Jedes Mal steht er auf und holt einen Lappen, um den Tisch abzuwischen«, klagte mein anderer Großvater, »und aus Angst, jemand könnte ihm Bier über die Hose kippen, sitzt er immer ein Stück vom Tisch weg.« (Er imitierte einen Mann am Tisch – nah, und doch distanziert.) »Außerdem kann er die Toiletten mit der ganzen Pisse auf dem Boden nicht leiden.«

Er mochte auch keine ordinären Lieder oder schlüpfrige Geschichten, weder auf Englisch noch auf Gälisch, und er errötete bei der geringsten sexuellen Anspielung. Auch dies lag vermutlich an der für sein Empfinden etwas unüberlegten Nachlässigkeit seiner peinlichen Vergangenheit. Jedenfalls fand er Geschichten über Männer, die ein Mädchen besteigen und sich dann davonmachen, nicht sehr lustig.

Als Kinder besuchten meine Schwester und ich ihn eher aus Pflichtgefühl denn aus Zuneigung, denn er hielt nichts von schmutzigen Stiefeln auf seinem stets geschrubbten Fußboden, und er mochte es auch nicht, wenn man seinen Hammer verlegte oder seine Säge draußen im Regen verrosten ließ. Und wenn er nicht zu Hause war und wir hingekritzelte Nachrichten an seiner Tür zurückließen, kreiste er alle falsch geschriebenen Wörter mit seinem Zimmermannsbleistift ein, und bei unserem nächsten Besuch bat er uns, sie richtig zu buchstabieren – bei ihm sollte einfach alles richtig sein.

Bei den Hausaufgaben war er ein strenger Lehrmeister, aber nicht ohne Humor. Ich erinnere mich an einen Abend, als ich bei ihm übernachtete und Jahreszahlen für Geschichte auswendig lernte. »1867 – Konföderation«, leierte ich laut herunter. »Denk an mich«, sagte er augenzwinkernd. »1877 kam ich hier zur Welt. Ich bin nur zehn Jahre jünger als Kanada, dabei bin ich noch gar nicht alt.« Damals fand ich das erstaunlich, denn für mich war er uralt, genau wie Kanada, aber Unterscheiden gehörte nicht zu meinen Stärken, und ich begriff noch nicht, was jung und was alt war.

Obwohl er älter war und sich von meinen anderen Großeltern »unterschied«, empfanden sie große Zuneigung und Achtung für ihn – nicht nur, weil seine einzige Tochter ihren Sohn geheiratet hatte und sie den damit verbundenen Schmerz teilten, sondern vermutlich auch, weil er ihr Cousin war und zum »*clann Chalum Ruaidh*« gehörte, auch wenn sich keiner an den jungen Mann erinnerte, der ihn in einem anderen Jahrhundert gezeugt hatte und der im Winter bei Schnee auf einer Holzrutsche in der Nähe von Bangor/Maine gestorben war.

»Er hat immer zu uns gehalten«, sagte Oma, »und war der Familie gegenüber stets loyal. Außerdem hat er uns die große Chance geboten.« Die große Chance hing mit der Geschichte zusammen, wie meine Großeltern vom Land in die Stadt zogen. Ihre ersten Ehejahre hatten sie auf dem Land des Clans verbracht und eine Zeit lang bei ihren Schwiegerleuten gewohnt; danach hatten sie ein eigenes Haus gebaut, das nie fertig wurde. Sie waren immer knapp bei Kasse, wussten nie, was ihnen die Zukunft bescherte, und dachten offenbar sogar daran, nach San Francisco zu ziehen, wo Omas Schwester, die Opas Bruder geheiratet hatte, bereits lebte und anscheinend gut zurechtkam. Doch letztendlich blieben sie. »Die Alten wollten nicht, dass wir fortgehen«, lautete eine Erklärung, doch offenbar wollten sie selbst nicht so recht, obwohl die Idee in ihrer Phantasie fortlebte, vor allem bei Opa, wenn er gebechert hatte. »*Ich*«, sagte er dann, erhob sich wacklig, aber würdevoll von seinem Stuhl und hielt das Glas in der Hand, »ich hätte jederzeit nach San Francisco gehen können.«

Ein paar Jahre lang, als die Kinder kamen, führten sie das »normale« ungewisse Leben ihrer Zeit. Oma wusch die Wäsche im Bach und klatschte sie auf die Steine, nebenbei kümmerte sie sich um ihren kostbaren Garten in der steinigen Erde. Opa fischte im Sommer vor *Calum Ruadhs* Landspitze und versorgte seine Tiere, im Winter arbeitete er hin und wieder im Wald.

Als das neue Krankenhaus in der gut fünfzehn Kilometer entfernten Stadt gebaut wurde, arbeitete mein anderer Großvater dort als Zimmermann und übernahm mit der Zeit kleine Aufträge für bestimmte Bauabschnitte. Als sich das Gebäude nach und nach wie eine Art Denkmal für die künftigen Kranken aus der Erde erhob, kannte es kaum jemand so gut wie er. Da ihm klar war, dass es nach der Fertigstellung richtig instand gehalten werden musste, beschloss er, Opa für den Posten aufzubauen. »Abends kam er«, erzählte Oma, »mit lauter sauberen, exakten Plänen, und ich räumte alles vom Tisch, damit er sie ausbreiten konnte, und dann studierten wir sie im Schein der Petroleumlampe. Er zeigte uns sämtliche Rohre und Kabel und was womit verbunden war, dann erklärte er uns, wie die neumodischen Schalter und Schlösser funktionierten, und danach stellte er uns Fragen, genau wie ein Lehrer, und dachte sich Probleme aus, deren Lösung er wissen wollte. Manches erklärte er auch auf Gälisch. Zum Schluss gönnte er sich einen Whiskey und spielte ein Lied auf der Fiedel – das wirkte immer so seltsam bei ihm, man hätte ihm nie zugetraut, dass er Geige spielt –, und dann ging er nach Hause. Er ist nie über Nacht geblieben. Ich dachte immer, es könnte daran liegen, dass wir nur Außenklo hatten, wo er doch so sauber war – ›pingelig‹ nannte ihn mal jemand. Jedenfalls kam es so weit, dass sogar ich alles über die innere Maschinerie des Krankenhauses wusste.«

Als den Behörden dämmerte, dass man für das neue Krankenhaus einen Hausmeister benötigte, war Opa, wie er sagte, »mehr als bereit«. Offenbar gab es einige brenzlige Momente, als der Eindruck entstand, er vertrete vielleicht die falsche politische Seite, aber er brillierte dermaßen in seinem Bewerbungsgespräch, dass er diesbezüglich alle Bedenken vom Tisch wischte und die Stelle bekam. »Jetzt habe ich ausgesorgt«, sagte er und tätschelte die neue Rohrzange in seinem neuen Overall. »Zum Teufel mit San Francisco.«

Das war, wie gesagt, die »große Chance«, die dazu führte, dass meine Großeltern in die Stadt zogen. Räumlich gesehen war es nur eine kurze Entfernung, und gefühlsmäßig lebten sie ohnehin weiter auf dem Land. Sie wohnten am Stadtrand, besaßen einen fast zwanzigtausend Quadratmeter großen »Garten« und brachten ihre Hühner, ihr Schwein und die überall zu sehenden *Calum-Ruadh*-Hunde mit; eine Zeit lang hielten sie sogar eine Kuh. Sie bekamen regelmäßig Besuch von ihren Verwandten und konnten, da die Stadt ebenfalls am Meer lag und die Küste zerklüftet war, bis zu der Landspitze blicken, von der sie stammten; in klaren Nächten sahen sie dort, wo sich der ferne dunkle Horizont zum Meer hinabwölbte, die Lichter wie erdgebundene Sterne leuchten.

Meine Großeltern waren unglaublich glücklich, überaus dankbar für die »große Chance«, und darüber hinaus schienen sie sich kaum Gedanken zu machen. »Eigentlich ist er ein kluger Kopf«, sagte mein anderer, besinnlicherer Großvater über Opa, »wenn er bloß mehr nachdenken würde.«

Trotzdem hatte er Opa die Hausmeisterstellung besorgt und ihn geradezu hineingelotst, wie ein Berufsberater, der sich die Stelle und den Bewerber ansieht und dann beschließt (und hofft), dass beide zueinander passen.

Opa seinerseits sagte immer: »*Eines* weiß ich wirklich genau, nämlich wie man dieses Krankenhaus am Laufen hält. Das genügt mir.«

In ihren frühen Ehejahren wurde offenbar beschlossen, dass Opa so viel wie möglich verdiente und er dann alles bei Oma ablieferte, bis auf ein kleines Taschengeld für Tabak und Bier. Sie bestritt mit dem Geld fast alles andere, was eine nicht unerhebliche Leistung war, wenn man bedenkt, dass die beiden in den ersten zwölf Ehejahren neun Kinder lebend zur Welt brachten. Vor der »großen Chance« waren die Einkünfte unregelmäßig und nicht kalkulierbar, und Oma war oft in Bedrängnis, doch danach fand auch sie, wie ihr Mann, sie habe »ausgesorgt«, und nach den anfänglichen Jahren des »Herumknapsen-Müssens« fühlte sie sich privilegiert und entgegen ihren früheren Erwartungen beinahe »reich«. Sie war genügsam und tüchtig, weil ihr, wie sie sagte, »nichts anderes übrig blieb«. Sie nähte neue Flicken über alte Flicken und warf so gut wie nichts weg. Zudem hielt sie mit großer Hingabe an einer Reihe von Grundsätzen fest. »Spare in der Zeit, so hast du in der Not«, lautete einer davon, und ein anderer: »Kümmere dich immer um deine Familie.«

»Einen besseren Mann könnte man sich gar nicht wünschen«, sagte sie oft von Opa. »Und ich muss es ja wissen. Schließlich schlafe ich seit über fünfundvierzig Jahren neben ihm. Manche Männer«, fügte sie in unheilvollem Ernst hinzu, »sind in der Öffentlichkeit zuckersüß, aber in den eigenen vier Wänden sind sie ekelhaft und knickrig zu allen, die immer mit ihnen auskommen müssen. Und das weiß vielleicht niemand außer denen, die wie Gefangene mit solchen Männern unter einem Dach hausen. Aber er ist ganz und gar nicht so«, fügte sie hinzu und der bloße Gedanke ließ ihr Gesicht aufleuchten. »Er ist immer fröhlich und glücklich, und in ihm steckt mehr, als manche glauben.«

5 Ich denke sehr oft an meine Großeltern, allerdings nicht bewusst, vielmehr kommen sie mir in den Sinn wie die gälischen Lieder. Ich wache morgens nicht auf und sage mir, wenn ich aus dem Bett springe: »Heute *muss* ich mich an Oma und Opa erinnern. Ich werde ihrem Andenken *ganze zehn Minuten* widmen« – so als dächte ich an meine nächsten isometrischen Übungen oder an eine mir selbst auferlegte Zahl von Liegestützen, die ich auf dem Fußboden neben dem Bett ausführen muss. Nein, so funktioniert es überhaupt nicht. Sie schieben sich vielmehr in meine Gedanken, inmitten des ruhigen Gleichlaufs meiner Praxis, wo es eigentlich keinen Schmerz geben darf, sondern nur die Schöpfung hoffnungsfroher Schönheit. Sie schieben sich auch in den ruhigen Gleichlauf meines Hauses, mit seinem tiefer liegenden Wohnzimmer und den dezent luxuriösen Möbeln. Und sie besuchen mich auch auf Grand Cayman, in Montego Bay, Sarasota, Teneriffa oder all den anderen Orten, die wir aufsuchen, um uns vorzugaukeln, für uns gäbe es überhaupt keinen Winter. Sie sickern in meine Gedanken wie der feine Schnee in dem alten *Calum-Ruadh*-Haus, in dem meine Brüder früher wohnten; er drang ringsum an den Fensterrahmen ein oder unten durch die Türen, getrieben von dem beharrlichen, unsichtbaren Wind, sodass er trotz der primitiven Isolierstreifen und dem Abdichten mit alten Lappen

immer weiter eindrang und Linien aus ruhigem Weiß bildete, die uns immer wieder überraschten.

Ich sehe meine Großeltern noch heute in Verbindung mit ihren Gesten und bestimmten Szenen. Wie Oma ihn etwa von hinten innen am Oberschenkel berührte, wenn er auf der Leiter stand und ihr beim Frühjahrsputz half, eine Arbeit, die er hasste, aber dennoch immer mitmachte; und wie seine Knie bei der überraschenden Berührung einknickten, bis er seine Fassung wieder gefunden hatte und er sich mit der Vorhangstange oder dem Putzlappen in der Hand lachend zu ihr umdrehte und von der Leiter zu ihr hinunterblickte.

Als sie älter wurden und er immer schlechter hörte, fielen sie fast ausschließlich ins Gälische zurück, vor allem wenn sie allein waren. Es war die Sprache, die spät in der Nacht aus ihrem Schlafzimmer drang – seine Stimme einen Tick zu laut, wie das bei Schwerhörigen oft der Fall ist, weil sie die Lautstärke ihrer eigenen Worte nicht hören können. Es war die Sprache, die sie benutzten, als er ihr den Hof machte, sie war ihnen immer leichter von der Zunge gegangen, auch wenn sie sich, besonders nach der »großen Chance«, recht geschickt des Englischen bedienten. Wenn man frühmorgens an der manchmal leicht angelehnten Schlafzimmertür vorbeiging, sah man sie stets in der gleichen Stellung schlafen. Er, auf dem Rücken liegend, an der Bettkante, die Lippen leicht geöffnet, der rechte Arm ausgestreckt um ihre Schulter geschlungen. Und sie, ihren Kopf auf seiner Brust, während der Umriss ihres ausgestreckten rechten Arms unter der Decke in die Richtung der Intimität zwischen seinen Beinen wies. Sie unterstützten einander, so gut sie konnten, und schlugen sich keinen Wunsch ab, der im Rahmen ihrer Möglichkeiten lag. Und sie zweifelten nie im Geringsten daran, dass ihr Leben so und nicht anders sein sollte.

Wenn er manchmal zu lange in der Kneipe blieb, wie es in seinen letzten Jahren bisweilen vorkam, und ihm das Geld ausging, schickte er einen »Boten« zu Oma, mit der Bitte, ihm noch etwas zu geben, damit er sein geselliges Dasein ausdehnen könnte. Sie schlug es ihm nie aus und sagte: »Das macht er ja nicht oft. Und es ist ohnehin wenig genug, wenn man bedenkt, was er uns alles gegeben hat.« Als eine Nachbarin einmal recht schnippisch bemerkte: »Wenn er mein Mann wäre, würde er keinen Cent mehr kriegen«, erwiderte Oma, nunmehr auf ihre Art empört: »Ja, aber er ist eben nicht dein Mann. Kümmere du dich um deinen Mann, und ich kümmere mich um meinen.«

An einem Heiligabend warteten und warteten wir den ganzen Nachmittag bis in den frühen Abend auf ihn. Er war losgegangen, um letzte Geschenke zu besorgen, hatte aber wohl »unterwegs Halt gemacht«, wie Oma es ausdrückte. »Vielleicht hat er zu viel Geld für die Geschenke mitgenommen«, fügte sie hinzu. »Bis halb sieben wird er jedenfalls zurück sein, denn er weiß, wir müssen noch einiges erledigen und später in die Kirche gehen, außerdem schließen die Kneipen am Heiligabend um sechs.«

Und tatsächlich, um halb sieben kam er; sogar in einem Taxi, begleitet von mehreren schwankenden Freunden, die ihm halfen, die Tür aufzumachen und seine kostbaren Pakete hereinzutragen, ehe sie in einem Durcheinander von gegrölten »Schöne Weihnacht«-Wünschen wieder ins Taxi verschwanden.

»Hallo«, nuschelte Opa und torkelte unsicher über den Küchenboden. »*Ciamar a tha sibh*? Fröhliche Weihnachten. Seid ihr alle glücklich?«

Er wankte zu seinem Stuhl am Ende des Küchentisches, auf dem er dann sitzend nahezu gleichmäßig schwankte, als befände er sich an Deck eines auslaufenden, stampfenden

Schiffes. »Wie geht es euch allen?«, fragte er, winkte uns erschöpft zu und bewegte dabei die Hand vor seinem Gesicht hin und her, als reinige er eine imaginäre Windschutzscheibe. »Ein wunderbarer Tag in meinem Leben«, fügte er hinzu, und dann sackte er irgendwie zusammen und fiel in einer rasanten, aber beeindruckenden Abfolge vom Stuhl. Es glich einer Filmszene, in der die Sprengung eines geschickt mit Dynamit verdrahteten Gebäudes gezeigt wird, das dann innerhalb von Sekunden einstürzt und vor den Augen des Betrachters lautlos zu verschwinden scheint. Ein kurzes Zittern, eine kleine Erschütterung, und dann zerbröckelt alles.

»Heiliger Jesus, holt das Boot hoch, bevor die Flut steigt« war ein Satz, den er auf dem Boden von sich gab, und ein weiterer lautete: »Seht zu, dass alle Ventile geschlossen sind, bevor ihr da rangeht.« Zwei recht kuriose Bemerkungen: Die erste stammte aus seinem Leben vor der »großen Chance«, die zweite vermutlich aus der Zeit danach, bezogen auf das Krankenhaus. Und dann schlief er fest. Selbst Oma war etwas düpiert, als sie ihn so friedlich auf dem Boden schlafen sah, den Mund halb offen und die Arme von sich gestreckt.

»Was machen wir denn jetzt?«, überlegte sie, und dann sagte sie strahlend: »Ich weiß.« Sie ging zu der Schachtel mit dem übrig gebliebenen Christbaumschmuck und holte verschiedene Dekorationsstücke, Lametta und einen ziemlich matten Stern hervor. Den Stern legte sie an Opas Kopf, das Lametta wickelte sie ihm geschickt um Arme und Beine, und dann verteilte sie kleine Kugeln und Sterne an strategischen Punkten auf seinen ausgestreckten Gliedern. Sie drapierte eine Girlande mit Eiszapfen quer über seine Brust, die vage an abgewetzte Kriegsmedaillen erinnerten, und dann besprengte sie ihn mit künstlichem Schnee. Letzteres führte dazu, dass er die Nase kräuselte, und einen Augenblick lang sah es aus, als müsste er niesen, doch er schlief weiter. Nachdem Oma ihre Dekoration beendet hatte, fotografierte sie ihn. Als Opa sich später am Abend wieder rührte, wirkte er anfangs fast ängstlich und erinnerte irgendwie an Gulliver unter den Liliputanern, wie er da aufwachte, mit dünnen Fäden aus Silberfolie bedeckt, und eine Weile war ihm nicht ganz klar, wo er sich befand oder was ihm widerfahren war. Er bewegte sich keinen Zentimeter, ließ nur seine Augen durch den Raum wandern, bis sie schließlich bei Oma haften blieben, die nicht weit von seinen Füßen ruhig auf einem Stuhl saß. Dann hob er sehr langsam die rechte Hand und betrachtete die von ihr herabfallenden Eiszapfen und den Schnee sowie die grüne, an seinen Mittelfinger gebundene Kugel.

»Wir dachten, wir schmücken dich für Weihnachten«, sagte sie und schaute sowohl mich wie meine Schwester an. Und dann fing sie an zu lachen. Langsam, wie jemand, der sich von einer scharf gemachten Bombe zu befreien versucht, setzte Opa sich auf, ganz vorsichtig, um die Bänder und Girlanden nicht durcheinander zu bringen. Dann stand er auf und betrachtete die von ihm geräumte Stelle; auf dem Boden konnte man seine Silhouette fast vollständig erkennen – eine Art Schnee-Engel im Negativ –, da Reste von künstlichem Schnee und weihnachtlicher Schmuck die Konturen seines Körpers umrissen. Als er später in der Kirche seinen Kopf in eine bestimmte Richtung drehte, spiegelten sich die golden gedämpften Lichter in den künstlichen Schneeschnipseln wider, die ihm immer noch im Haar klebten.

Nachdem das Foto entwickelt war, bewahrte er es jahrelang in seiner Brieftasche auf, bis es langsam zerknitterte und auseinander fiel, und dann ließ er Oma das alte Negativ ausgraben, damit ein neuer Abzug gemacht werden konnte.

Heute sehe ich darin einen jener »spaßigen« Schnappschüsse, die in der Schule fürs Jahrgangsbuch aufgenommen werden und die Jahre später offenbar mehr enthüllen, als man zur Zeit ihrer Entstehung ahnen konnte.

6 Meine Zwillingsschwester und ich waren die jüngsten Kinder in unserer Familie und drei Jahre alt, als beschlossen wurde, dass wir am 28. März bei unseren Großeltern übernachten sollten.

Mein Vater hatte sich nach seiner Rückkehr vom Kriegsdienst in der Marine um die Stellung des Leuchtturmwärters auf der Insel beworben, die anderthalb Meilen vor der dem Meer zugewandten Stadt lag und fast im Kanal zu schweben schien. Er kannte sich seit langem mit Schiffen und Wasser aus, und nachdem er die Prüfung bestanden hatte, teilte man ihm in einem überaus förmlichen Brief mit, der Posten gehöre ihm. Meine Eltern waren überglücklich, denn das hieß, dass sie nicht wegziehen mussten. Zudem versprach die Stellung Sicherheit, und genau das wünschten sie sich nach dem Durcheinander der Kriegsjahre. Auch die Alten freuten sich sehr. »Diese Insel wird verdammt lange dort bleiben«, sagte Opa anerkennend, auch wenn er später, wahrscheinlich naserümpfend, meinte: »Auf einen Leuchtturm kann jeder Trottel aufpassen. Aber ein ganzes Krankenhaus versorgen, das nenne ich Verantwortung.«

Am Morgen des 28. März, dem Beginn eines Wochenendes, gingen meine Eltern mit ihren sechs Kindern und dem Hund quer über das Eis zum Festland. Ihre älteren Söhne – sechzehn, fünfzehn und vierzehn Jahre alt – trugen meine Schwester und mich abwechselnd auf den Schultern. Von Zeit zu Zeit blieben sie stehen, zogen ihre Fäustlinge aus und rieben unsere Gesichter, damit unsere Wangen nicht zu kalt wurden und erfroren, ohne dass wir es merkten. Unser Vater marschierte mit Colin, unserem elfjährigen Bruder, voraus und testete von Zeit zu Zeit das Eis mit einer langen Stange, obwohl dafür eigentlich keine Notwendigkeit bestand, da er das Eis vor etwa zwei Monaten »bepflanzt« hatte – das hieß, er hatte in den Schnee und das Eis Fichtenbäumchen gesteckt, die Winterreisenden als eine Art Straßenführung dienen sollten.

In der kältesten Winterzeit, den so genannten »Hundstagen«, wurde das Eis erstaunlich fest. Es war eine Mischung aus Treibeis aus der Region der östlichen Arktis und »aufgetürmtem« Eis, das beim Zufrieren des örtlichen Kanals entstand. In extrem kalten Wintern, wenn das Eis glatt war, konnte man bedenkenlos zwischen der Insel und dem Festland pendeln. Man konnte zu Fuß gehen, Schlittschuh fahren oder sich einen Segelschlitten basteln, der mit halsbrecherischer Geschwindigkeit über die schneidend kalte Oberfläche glitt und schlenkerte. Die Leute wagten sich mit Autos und Lastern aufs Eis hinaus, und an ein oder zwei Wochenenden gab es zur allgemeinen Freude Pferderennen. Die mit scharfen Eisen beschlagenen Pferde zogen leichte Schlitten oder auch sommerliche Sulkys und jagten um eine weitere, kurzfristig mit Fichten abgesteckte Bahn. Am Ende der Rennen warfen die Besitzer ihren Pferden rasch Decken über, da der Schweiß auf ihrem Fell leicht zu Reif gefror. Einen kurzen Augenblick lang sah es aus, als seien die Pferde vor den Augen ihrer Betrachter frühzeitig gealtert, denn ihr schwarzes und braunes Fell verfärbte sich zu einem zarten Weiß. Weiße Pferde, erstarrt auf einem Feld aus Eis und Schnee.

Meine Eltern freuten sich über das Wintereis, weil es ihnen viele praktische Dinge ermöglichte, die im Sommer einen größeren Aufwand erforderten. Sie konnten Vorräte mit dem Laster über das Eis transportieren, ohne alles erst mühsam an den Kai schleppen zu müssen und dann auf das unter ihnen im Wasser schaukelnde Boot zu laden und nach der Überfahrt zur Insel alles wieder hoch aufs Kaiende zu hieven und schließlich noch einmal die Klippe hinauf ans Kap, auf dem der Leuchtturm stand, zu tragen. Im Winter brachten sie Kohle und Holz auf die Insel und trieben Vieh zum Tauschen aufs Festland, sie führten es an den Halftern über die trügerische, zeitweilige Brücke.

Im Winter hatten sie auch öfter Gesellschaft, da unerwartet Besucher vorbeikamen, die Rum, Bier, Fiedeln und Akkordeons mitbrachten. Sie blieben die ganze Nacht auf und sangen Lieder, tanzten, spielten Karten oder erzählten Geschichten, während draußen auf dem Eis die Seehunde stöhnten und heulten und das Eis selbst krachte, knackte und manchmal ächzte, hin und her geschoben durch den Druck der Gezeiten und Strömungen, die unablässig und unsichtbar unter der kalten weißen Oberfläche flossen. Manchmal gingen die Männer zum Pinkeln nach draußen, und wenn sie zurückkamen, fragten die anderen: »*De chuala?*« »Was hast du gehört?« »Nichts«, entgegneten sie. »*Cha chuala sion.*« »Nichts, nur die Geräusche vom Eis.«

Am 28. März hatte sich meine Familie viel vorgenommen. Meine älteren Brüder wollten ihre Cousins auf dem Land besuchen – jene Cousins, die immer noch in den alten *Calum-Ruadh*-Häusern in der Nachbarschaft des Landes wohnten, das meine Großeltern verlassen hatten, als sie in die Stadt zogen. Wenn sie eine Mitfahrgelegenheit fanden, wollten sie dort das Wochenende verbringen. Und falls sie keine fanden, wollten sie zu Fuß gehen, denn zehn Meilen auf den geschützten Inlandstraßen, sagten sie, seien nicht so kalt wie anderthalb Meilen quer übers Eis. Meine Eltern wollten den Gehaltsscheck meines Vaters einlösen, den, so hofften sie, meine Großeltern bei der Post abgeholt hatten, und mein Bruder Colin freute sich auf seinen neuen Anorak, den meine kluge Mutter bei Eaton im Ausverkaufskatalog bestellt hatte, als es dicke warme Winterkleidung wegen des nahenden Frühlings zu reduzierten Preisen gab. Colin hatte schon vor Weihnachten darauf gehofft. Meine Schwester und ich freuten uns auf den Besuch bei unseren Großeltern, die immer ein Riesentheater um uns veranstalteten und uns ständig versicherten, wie tüchtig wir doch seien, dass wir eine so große Reise von einem so weit entfernten Ort überstanden hatten. Und auch die Hündin wusste, wohin es ging; sie tapste vorsichtig über das Eis und blieb manchmal stehen, um die Schnee- und Eiskügelchen abzunagen, die sich zwischen den empfindlichen Ballen ihrer hart gewordenen Pfoten bildeten.

Alles verlief nach Plan, und die Sonne schien hell, während wir zusammen vorwärts marschierten – erst auf dem Eis und später an Land.

Am Spätnachmittag schien die Sonne immer noch, und es war windstill, doch es wurde langsam bitterkalt, eine Art von Kälte, die den täuscht, der Sonnenschein im Winter mit Wärme verwechselt. Von Verwandten, die meine Großeltern besuchten, erfuhren wir, dass meine Brüder bei ihren Cousins angekommen waren und vermutlich erst am nächsten Tag zurückkehrten.

Meine Eltern trugen die Vorräte meistens auf dem Rücken und verteilten ihre Einkäufe auf Beutel, die meine Großeltern stets im Haus aufbewahrten. Da meine Eltern jedoch bepackt waren und weil meine Brüder nicht helfen konnten, wurde beschlossen, dass meine Schwester und ich übernachten und unsere Brüder uns auf die Insel mitnehmen sollten, wenn sie von ihren Cousins zurückkehrten. Auch Colin hätte bleiben können, doch er wollte unbedingt mit zurück, um die lang ersehnte Wärme des neuen Anoraks zu testen. Als sie aufbrachen, stand die Sonne noch am Firmament, ging aber allmählich unter. Sie nahmen zwei Sturmlaternen mit, die als Lichter oder Zeichen und Signale für die letzte Wegstrecke dienen sollten. Meine Mutter trug eine Laterne, Colin die andere, und mein Vater hielt die Eisstange in der Hand. Erst mussten sie etwa eine Meile am Ufer entlanggehen, bis sie an die geeignete Stelle gelangten, um »draufzugehen«, und dann begann der Weg übers Eis und sie folgten der von meinem Vater abgesteckten Strecke aus Fichtenbäumen.

Alle konnten sehen, wie sich die drei dunklen Gestalten und die kleinere der Hündin gegen das Weiß abzeichneten, das sie überquerten. Auf halber Strecke war die Dämmerung angebrochen, und sie zündeten draußen auf dem Eis die Laternen an – auch das wurde vom Festland aus verfolgt. Dann setzten sie ihren Weg fort. Auf einmal schienen die Laternen zu zittern, ja, sie tanzten beinahe wie wild, und ein Licht beschrieb einen Bogen in der nunmehr vollkommenen Dunkelheit, dann stand es still. Opa beobachtete alles fast eine Minute lang, er wollte sichergehen, dass er richtig sah, ehe er meiner Großmutter zurief: »Da draußen auf dem Eis stimmt etwas nicht. Ich sehe nur ein Licht, und das bewegt sich nicht.«

Meine Großmutter eilte ans Fenster. »Vielleicht sind sie stehen geblieben«, sagte sie. »Vielleicht ruhen sie sich aus. Vielleicht mussten sie ihr Gepäck zurechtrücken. Oder jemand musste sich erleichtern.«

»Da ist aber nur ein Licht«, entgegnete Opa, »und das rührt und regt sich nicht.«

»Vielleicht ist das ja der Grund«, sagte Oma hoffnungsvoll. »Das zweite Licht ist ausgegangen, und sie versuchen es wieder anzuzünden.«

Meine Schwester und ich saßen mit Omas Besteck auf dem Küchenfußboden. Wir spielten Kaufladen und kauften einander abwechselnd die Löffel, Messer und Gabeln mit dem Kleingeldvorrat ab, den Oma für Notfälle unten im Küchenschrank in einem Marmeladenglas aufbewahrte.

»Das Licht bewegt sich immer noch nicht«, sagte Opa und zog gerade hastig seine Wintersachen und Stiefel an, als das Telefon klingelte. »Das Licht bewegt sich nicht. Es rührt sich nicht vom Fleck«, sagten aufgeregte Stimmen. »Da ist etwas passiert.«

Und dann überschlugen sich die Stimmen: »Bring ein Seil mit.« »Denk an die Eisstangen.« »Wir brauchen eine Decke, die wir als Trage benutzen können.« »Vergiss den Brandy nicht.« »Wir treffen uns an der Ecke. Geh nicht ohne uns los.«

»Ich hab gerade seine ganzen Löffel und Messer gekauft«, sagte meine Schwester vom Küchenboden herauf, »und trotzdem hab ich noch so viel Geld übrig.«

»Schön für dich«, sagte Oma. »Wer den Pfennig nicht ehrt, ist des Talers nicht wert.«

Als die Männer einen Teil der Strecke zum Ufer hinter sich hatten, fingen ihre Lichter die Augen der Hündin ein, und als Opa sie auf Gälisch rief, sprang sie ihm in die ausgebreiteten Arme an die Brust und leckte ihm das Gesicht, während er seine Fäustlinge von den Händen schleuderte und sie tief in dem Fell auf ihrem Rücken vergrub.

»Sie wollte uns holen«, rief er. »Sie sind unters Eis geraten.«

»Nein«, entgegnete jemand. »Vielleicht rein, aber nicht runter.«

»Ich glaube doch«, sagte Opa. »Sie war jedenfalls drunter, denn sie ist bis auf die Knochen durchgeweicht. Sie ist schlau, kann gut schwimmen und hat ein schweres, dichtes

Fell. Wäre sie nur untergegangen, dann wäre sie nach einer Sekunde wieder aufgetaucht, aber dafür ist sie zu nass. Sie muss reingefallen sein, und dann hat die Strömung sie unters Eis getrieben und sie musste zum Loch zurückschwimmen, damit sie wieder rauskam.«

Die Männer marschierten hintereinander auf das Eis hinaus, die wackelnde Lichterreihe erinnerte fast ein wenig an eine Weihnachtsgirlande; jedes Licht bewegte sich im Schrittrhythmus des Mannes, der es in der Hand hielt. Sie folgten den Spuren auf das Licht zu, das unverändert auf dem Eis blieb. Als sie näher kamen, stellten sie fest, dass es auf dem Eis stand, aufrecht und ganz allein, von keiner Hand mehr gehalten. Die Spuren führten weiter, bis an eine offene Stelle, und dort hörten sie auf.

Jahre später, als meine Schwester und ich in der elften Klasse waren, sprach die Lehrerin über Wordsworth und las uns, als Beispiel, aus dem Gedicht »Lucy Gray« vor. Bei einer Strophe erschraken meine Schwester und ich gleichzeitig und sahen uns an, als wäre uns in den alten, uns unbekannten Zeilen ein wohl bekanntes Erlebnis begegnet:

»Sie folgten aus verschneiten Wehn
Den Stapfen hinterher;
Und als sie auf der Planke stehn –
Da sehn sie keine mehr!«

»Da sehn sie keine mehr!« Am 28. März aber wurden wir es leid, Kaufladen zu spielen, und räumten das Besteck auf, während unsere Großmutter sich anschickte, uns bettfertig zu machen, und dabei ängstlich aus dem Fenster blickte.

Draußen auf dem Eis fing die Hündin an zu winseln, als die Gruppe sich dem offenen Wasser näherte, und die ersten Männer in der Reihe legten sich auf den Bauch, jeder hielt den Vordermann an den Füßen fest, sodass sie eine Art Menschenkette bildeten, bei der sich ihr Gewicht gleichmäßiger verteilte als im Stehen. Doch es war vergeblich, denn außer der Laterne fand sich nichts, und das Eis schien fest zu sein, bis an den äußersten Rand der dunklen, schwappenden Leere.

Die Männer konnten nichts weiter tun als sich wundern. Hinter dem Krater marschierten die Fichtenbäume in ordentlichen einzelnen Reihen weiter, wie auf der anderen Seite, wo sie abbrachen. Es wurde spekuliert, dass vielleicht nur ein Baum reingefallen und unters Eis geraten war. Der verschwundene Eisabschnitt war nicht groß, aber, wie mein Großvater sagte: »Für uns war er mehr als groß genug.«

Es war gerade Ebbe, als meine Eltern und Colin verschwanden und nichts hinterließen als eine Laterne, die vielleicht von einer sinkenden Hand aufs Eis gestoßen wurde und wie durch ein Wunder aufrecht landete und weiterleuchtete; vielleicht wurde sie auch, nachdem sie einen Bogen beschrieben hatte, von einer gehetzten, aber vorsichtigen Hand abgesetzt, die eine andere zu fassen suchte. Die Männer bildeten eine Art Nachtwache auf dem Eis, hielten das Loch mit ihren Eisstangen offen und warteten den Wechsel der Gezeiten ab. Und in den frühen Morgenstunden, als die Flut einsetzte, tauchte mein Bruder Colin mitten in einer jener halb erwarteten Ungewissheiten auf, die nur kennt, wer die See beobachtet. Die weiße Pelzkapuze seines Anoraks durchbrach die Oberfläche, und die durchgefrorenen Männer, die wie geduldige Eskimos um das Loch hockten, riefen einander Kommandos zu und angelten mit ihren Stangen nach ihm. Sie glaubten, dass er nicht weit unters Eis getrieben worden war oder dass sich seine Kleidung unter dem Eis festgehakt hatte; da er keinen Rucksack trug, überlegten sie weiter, war er nicht so schwer beladen, und das neue Material in seinem Anorak besaß vielleicht Auftrieb, der ihn nach oben getragen hatte. Seine Augen waren offen und die Zugbänder an seiner Kapuze immer noch ordentlich gebunden, mit dem Knoten seitlich am Hals – die vertraute Methode, die meine Mutter immer benutzte.

Meine Eltern wurden weder an diesem Tag noch am nächsten gefunden, auch nicht in den folgenden Wochen und Monaten.

7 Am nächsten Morgen saßen meine Schwester und ich vor unserem Haferbrei, zeichneten kleine Flüsse auf die Oberfläche, in die wir die Milch gossen, streuten viel zu viel braunen Zucker darüber und hatten noch keine Ahnung, was passiert war. Meine Großmutter drückte meine Schwester ungestüm an sich, und mein Großvater fuhr mir durchs Haar und sagte: »Armer *'ille bhig ruaidh*. Für euch wird es nie wieder so sein wie früher.«

Die Totenwache für meinen Bruder Colin wurde im Haus meiner Großeltern gehalten und dauerte zwei Tage und zwei Nächte; am dritten Tag war die Beerdigung. Der *clann Chalum Ruaidh* kam von fern und nah, das Haus schien aus allen Nähten zu platzen. Die Frauen brachten riesige Mengen Essen vorbei; fertige Braten mit Gemüse garniert, dazu die Soße in Behältern; Berge von Keksen und selbst gebackenem Brot; und Platten, auf denen sich Gebäck türmte. Es waren mehr als genug Männer da, die das Grab in dem gefrorenen, schneebedeckten Friedhof aushoben, sie reichten den Pickel von einem zum nächsten und beobachteten, wie die Funken aus der gefrorenen Erde sprühten.

Wenn die Trauernden ins Haus kamen, traten sie gleich an den Sarg, um ihre Gebete zu sprechen, dann drehten sie sich um und drückten ihr Beileid aus. Viele hielten unwillkürlich Ausschau nach meinen Eltern, denn es waren schließlich die Eltern, an die man sich wandte, wenn ein Kind gestorben war. Dann erinnerten sie sich wieder, rissen sich zusammen und suchten die nächsten Verwandten. Sie gingen zu meinen Großeltern, meinen Onkeln und Tanten oder zu meinen niedergeschlagenen älteren Brüdern und umarmten die Frauen, den Männern schüttelten sie die Hand und sagten: »Tut mir Leid, der ganze Kummer. Mein aufrichtiges Beileid.« Während der Totenwache blickten viele Trauergäste fast gegen ihren Willen ständig zur Tür, als rechneten sie damit, dass meine Eltern hereinkämen; nach Hause kämen; durch einen »Todesfall in der Familie« zurückzitiert. Doch sie kamen einfach nicht.

In den Tagen und Nächten der Totenwache schlief der *clann Chalum Ruaidh* auf Stühlen, in den Fluren und manchmal, wenn die Betten belegt waren, in den Schlafzimmern auf dem Fußboden. Aber die meisten wechselten sich ab und saßen die ganze Nacht neben dem Leichnam meines kleinen Bruders Colin, damit er nicht so allein wäre. Die ganze Zeit lag er vollkommen reglos und doch so lebendig da, dass es aussah, als wartete er auf etwas. Als wartete er darauf, dass meine Mutter seine Krawatte überprüfte oder sich vergewisserte, ob seine Fingernägel sauber wären. Als würde sie gleich sagen: »Du wirst im Mittelpunkt der Aufmerksamkeit stehen. Alle werden dich ansehen.«

In den Tagen und Nächten wurde viel über das Wie und Warum des Unglücks gesprochen. Alle waren sich einig, dass mein Vater »sich auf dem Eis auskannte«, und es stimmte, dass sie denselben Weg am gleichen Tag schon einmal zurückgelegt hatten. Es stimmte auch, dass das Wasser und die Gezeiten ungehindert strömten und das Eis auf der Unterseite möglicherweise stärker angegriffen hatten als vermutet.

Immerhin war es schon Ende März gewesen und die Sonne hatte geschienen, auch wenn sie noch nicht allzu stark war. Irgendwie blieb das Ganze äußerst mysteriös.

Am Ende kamen alle überein, dass es sich um »höhere Gewalt« handelte, wie Versicherungsgesellschaften es vielleicht bezeichneten, wenngleich der *clann Chalum Ruaidh* von »Gottes Wille« sprach und auf Seine Gnade vertraute. Manche hingegen, die das Buch Hiob gelesen oder falsch gelesen hatten, sahen in dem Unglück ein Beispiel für die Gerechtigkeit Gottes und Seiner Strafe und suchten verzweifelt nach Gründen. Vielleicht waren meine Eltern, seit sie auf der Insel wohnten, nicht so oft in die Kirche gegangen, wie es sich gehörte? Vielleicht hatten sie sich vor der Hochzeit auf Geschlechtsverkehr eingelassen? Wer konnte es wissen? Wer sollte den Grund finden?

Andere erzählten Geschichten von Vorboten; vor Jahren hätten sie »Lichter« auf dem Eis »an exakt der Stelle« gesehen, und diese Anzeichen könne man jetzt als erfüllte Prophezeiung verstehen.

Mein anderer Großvater erschien während der Totenwache nur unregelmäßig, denn er war kein Mann für öffentliche Trauerbezeugungen. Später bot er freiwillig an, das Eis zu überqueren und sich »um die Insel zu kümmern«, bis ein fester Ersatz für den Leuchtturmwärter gefunden wäre. Er nahm seine Fiedel mit, und ein- oder zweimal konnte man an den ruhigen Abenden, wenn der Wind landeinwärts wehte, die Klagelieder hören, die er nur für sich zu spielen glaubte. Er spielte besser, als ihm die meisten Leute zugetraut hätten, und wer die Ursache für die traurige Musik kannte, fand sie noch bedrückender. Er spielte »The Cobh's Lament« und »Glencoe« und »Patrick MacCrimmon's Lament for the Children«.

»Wir haben viel verloren, aber uns bleiben noch andere

Kinder, und wir sind nicht allein«, sagte Oma. »Niemand weiß, wie sehr dieser Mann leidet.«

In der Zeit nach der Totenwache schenkten die älteren *Calum-Ruadh*-Männer, die oft bei meinen Großeltern in der Küche saßen, meiner Schwester und mir gelegentlich eine Hand voll Münzen, weil sie nicht wussten, was sie sonst tun sollten. Manchmal nannten sie uns »glückliche«, dann wieder »unglückliche« Kinder. »*M'eudail*, mein Schatz«, sagten sie, oder: »Armer *'ille bhig ruaidh*, du hast noch einen langen Weg vor dir.«

Es heißt, zwischen Wasser und Eis befinde sich immer eine Luftschicht, und sobald man unter die Eisoberfläche gerät, müsse man versuchen, sich sofort auf den Rücken zu drehen, bis man Mund und Nasenlöcher fast an die Eisunterseite pressen kann, denn das ermöglicht einem zumindest das Atmen. Außerdem muss man die Augen aufhalten, damit man das Loch sieht, in das man eingebrochen ist, und versuchen, wieder dorthin zu finden. Schließt man die Augen in dem eiskalten Salzwasser, kann man die Orientierung verlieren, und das wäre fatal, denn die Zeit ist knapp. Und wenn die Strömungen stark sind, können sie einen so weit und so rasch unters Eis tragen, dass selbst die schnellste Reaktion letztendlich zu langsam sein könnte.

Ich habe mir meine Eltern oft auf dem Rücken liegend unter dem Eis vorgestellt. So ähnlich wie Kartoffelkäfer auf der Unterseite eines Blattes. Ihre Hände und Knie in einer makabren fötusgleichen Haltung nach oben gereckt, versuchen sie, ihre Münder an die Unterseite des Eises zu pressen, das sie unten hält. Sie versuchen zu atmen, damit sie nur irgendwie am Leben bleiben.

In den Wochen nach ihrem Verschwinden schien die Sonne hell, die Strömungen waren stark und das weiße Eis färbte sich von unten her schwarz, als wäre es von einem verborgenen Krebsgeschwür zerfressen, das sich erst jetzt langsam zeigte. Und was zuvor eine weiße, scheinbar sichere Fläche gewesen war, bot innerhalb von wenigen Tagen nur noch ein Bild aus tanzenden Schollen und wirbelnden Brocken, die sich im hellen, graublauen Wasser spiegelten und drehten.

Zweimal riss die Hündin meinen Großeltern vor der endgültigen Schmelze aus und rannte auf der Suche nach ihren Leuten zur Insel hinüber; und zweimal folgten ihr meine Onkel, um sie zu holen. Nach dem zweiten Versuch band Opa sie mit einer Kette an die Türstufe, aber ihr trauriges Winseln – oder, wie die Leute sagten, ihr Jammern – war so unmissverständlich, dass Opa sie am nächsten Morgen befreite. »Sie hat mir so furchtbar Leid getan«, sagte er.

Sofort raste sie zur Küste hinunter und setzte über, in geduckter Haltung rannte sie über das ebene Eis und stürzte sich ohne zu zögern ins offene Wasser, schwamm zur nächsten Eisscholle und sprang dann von einer Scholle zur nächsten, während Opa sie durch sein Fernglas beobachtete. »Sie hat es geschafft«, sagte er und wandte sich schließlich vom Fenster ab. »Arme *cú.*«

Sie war immer noch auf der Insel und wartete darauf, dass ihre verschwundenen Leute aus dem Meer auferstanden, als der neue Leuchtturmwärter, »ein Mann aus der Nähe von Pictou«, an der felsigen Küste der Insel landete und seinen Bootsbug an den Kai stieß. Sie wieselte die Felsen hinunter, um ihn mit gesträubtem Nackenhaar und gefletschten Zähnen zu empfangen, denn sie wollte beschützen, was sie für ihren Besitz hielt, und in ihrer Überzeugung knurrte sie ihn wütend an. Der Mann griff im Bootsbug nach seinem 22er-Gewehr und pumpte vier Kugeln in ihr treu wartendes Herz. Später packte er sie an den Hinterläufen und warf den Kadaver ins Meer.

»Sie stammte von der ursprünglichen *Calum-Ruadh-*

Hündin ab«, sagte Opa, als er die Nachricht hörte, und goss sich ein Wasserglas voll Whiskey ein, das er in einem Zug leerte. »Von der Hündin, die hinter dem Boot herschwamm, als sie Schottland verließen. Diese Hunde waren immer treu und stets bemüht, das war ihnen geradezu angeboren.«

Am 15. Mai fand mein anderer Großvater auf einem seiner frühen Morgenspaziergänge an der Küste die Handtasche seiner Tochter. Das Schloss war noch zugeschnappt, und innen befand sich nichts von besonderem Wert oder Interesse für die Nachwelt: Ein Zehndollarschein, fest eingewickelt in ein Taschentuch, und der Kassenbeleg mit dem Garantieschein für Colins Anorak – für den Fall, dass er sich doch nicht recht bewährte.

Einige wiesen darauf hin, wie ironisch es sei, dass mein Großvater die Tasche fand, dass sie ausgerechnet zu ihm »kam«. Aber Oma meinte, er habe sie gefunden, weil er eben jeden Morgen nach dem Aufstehen an der Küste spazieren ging; dass er sie fand, weil er die Augen aufmachte, und daran sei doch nun wirklich nichts Geheimnisvolles. Sonst »kam«, wie gesagt, nichts mehr oder wurde jemals »gefunden«. Mein Großvater bewahrte die Handtasche viele Jahre lang auf, bis er sie meiner Schwester in der Woche vor ihrer Hochzeit schenkte.

Das ist die Geschichte von meiner Schwester und mir, die als dreijährige Kinder bei ihren Großeltern übernachten sollten und stattdessen sechzehn Jahre dort blieben, bis wir auszogen und studierten. Es ist die Geschichte von Lebenswegen, die anders verliefen als geplant. Natürlich stammen viele Details nicht von mir – jedenfalls nicht in dem Sinn, dass ich sie erlebt hätte. Denn, wie gesagt, während unsere Eltern ertranken, spielten meine Schwester und ich Kaufladen. Ebenso wenig sahen wir die treue Hündin von *Calum Ruadh* vor uns, die vor langer Zeit, viele Generationen vor uns, hinter ihrer Familie herschwamm, in ein Leben jenseits des Ozeans. Und wir sahen auch nicht unsere Urururgroßmutter, die frühere Catherine MacPherson, die, eingenäht in einen Sack aus Segeltuch, in ebendiesen Ozean geworfen wurde. Aber dennoch, egal wie ungenau – das sind die Informationen, die wir kennen, so wie Familienmitglieder sich kennen, weil sie eine große Nähe verbindet. Oder, wie Oma sagen würde: »Ja, aber das *muss* man doch wissen!«

»Ich versteh vielleicht vieles nicht«, sagte Oma, »aber es gibt ein paar Dinge, an die ich ganz fest glaube. Ich glaube, man sollte sich immer um die eigene Familie kümmern. Wenn ich davon nicht überzeugt wäre«, sagte sie, »wo wärt ihr zwei dann heute?«

8

Jetzt, in der späten Septembersonne, stehe ich zögernd im Revier der Queen Street West in Toronto. Hier, jenseits der teuren Restaurants und Hochhausregionen, schwelt der Kampf zwischen Modernisierung und Abriss. »Zu verkaufen« steht auf manchen Schildern. »Zu vermieten« verkünden andere. Die Abrissbirnen an den Kränen schweben stumm, aber bereit in der Luft, umgeben von Schuttbergen, die sie erst kürzlich errichtet haben.

Auf der Straße drängeln sich die Passanten, sie sprechen in unterschiedlichen chinesischen Dialekten, sie sprechen Griechisch, Portugiesisch, Italienisch, Englisch. Die Waren in den Schaufenstern sind angeblich »importiert«. Freche, aber vorsichtige Tauben schlagen mit ihren blaugrauen Flügeln, und manchmal landen sie und wackeln oder watscheln die belebten Gehsteige entlang, pompös wie Geschäftsleute. In der Ferne laufen die Demonstranten und Gegendemonstranten unentwegt weiter. »Pazifisten, die Kommunisten lieben euch.« »Wenn ihr meint, dieses Land ist es nicht wert, verteidigt zu werden, geht woandershin.«

Einmal, auf einem Kongress für Kieferorthopädie in Dallas, bemerkte ein Mann mein Namensschild und sagte völlig unerwartet zu mir: »Wer sind eigentlich diese Ukrainer, von denen in Kanada ständig die Rede ist?«

»Das sind Leute aus der Ukraine«, antwortete ich. »Von dort kommen sie.«

»Nein«, widersprach er. »Das Land gibt es nicht. Es sind Russen. Ich habe auf der Karte nachgesehen.«

»Nein, das sind keine Russen. Landkarten verändern sich.«

»Wenn ich eine Landkarte betrachte«, sagte er, »glaube ich den Linien und Grenzen. Ich glaube daran wie an eine Röntgenaufnahme.«

»Aber ein Röntgenbild zeigt Ihnen mehr als augenfällige Linien«, entgegnete ich recht unmotiviert. »Es zeigt, was unter der Oberfläche liegt.«

»Ach was«, sagte er, »eine Linie ist eine Linie, oder? Entweder sie ist da oder sie ist nicht da. Ukrainer gibt es nicht. Das sind Russen.«

»So einfach ist das nicht«, entgegnete ich wieder ziemlich zwecklos.

»Wie ich höre, übernehmen in Kanada die Kommunisten das Gesundheitssystem«, sagte er. »Deswegen überhaupt meine Frage.«

»Nein«, erwiderte ich, »auch das ist nicht ganz so einfach.«

»Sie sagen ständig, alles sei nicht so einfach«, sagte er. »Für mich gibt es einen richtigen und einen falschen Weg, und Medizin ist freies Unternehmertum. Ich wette, ich verdiene das Dreifache von dem, was Sie verdienen.«

»Kann sein«, gab ich zurück. »Aber ich verdiene genug.«

»Sie sollten nach Texas kommen«, sagte er. »In unserer Branche muss man dorthin, wo das Geld liegt, und im Moment liegt es hier in Texas. Da leben die Reichen, und für ihre Schönheit zahlen die liebend gern.«

Er schaute wieder auf mein Namensschild. »Mit einem irischen Namen wie diesem«, sagte er, »hätten Sie überhaupt keine Probleme. Ich habe meinen Namen geändert. Das heißt, mein Großvater oder sonst jemand hat es getan. Um amerikanischer zu sein. Damit man dazugehört, wohin auch immer.«

»Wie hießen Sie vorher?«, fragte ich und warf einen Blick auf sein Schild mit der Aufschrift: »Hi! Mein Name ist Bill Miller.«

»Keine Ahnung«, lachte er. »Vergangen und vergessen. Sagen Sie, seht ihr Jungs euch in erster Linie als Kanadier oder als Nordamerikaner?«

»Hmmm ...«, setzte ich an.

»Egal«, meinte er, lachte wieder und boxte mich leicht auf die Schulter. »Jetzt sagen Sie gleich wieder, so einfach sei das nicht. Schönen Tag noch.« Damit verschwand er fröhlich in der Menge.

Jetzt überlege ich, was ich meinem Bruder kaufen soll. In Situationen wie dieser bin ich immer unsicher. Vielleicht sollte ich Wodka kaufen, der ja angeblich weniger Verunreinigungen enthält. Oder das braune, melasseartige Ale von den Britischen Inseln, das »Nährwert« besitzt und den Verbraucher einigermaßen am Leben hält. »Die Kinder des *clann Chalum Ruaidh* werden lange, lange leben«, sagte mein Großvater. »Wenn man sie lässt und wenn sie es wollen.«

Eine junge Frau kommt mir entgegen. Auf ihrem schwarzen T-Shirt steht: »Wer im Gestern lebt, verpasst das Heute«.

9 Nach dem Tod unserer Eltern zogen meine drei Brüder in das alte *Calum-Ruadh*-Haus, in dem meine Großeltern gewohnt hatten, bevor die »große Chance« es ihnen ermöglichte, »Stadtleute« zu werden. Das Haus war seitdem nicht ständig bewohnt gewesen, nur in den Sommermonaten, wenn das Leben nicht so hart und hoffnungslos war, quartierten sich dort verschiedene Leute ein. Meine Brüder wurden für zu jung befunden, um die notwendigen Aufgaben eines Leuchtturmwärters zu übernehmen, und die Stellung ging, wie gesagt, recht schnell an den »Mann aus Pictou«, der wie mein Vater ein Veteran war und offenbar für einen solchen Posten im öffentlichen Dienst auf der Warteliste gestanden hatte.

Keiner meiner Brüder ging nach dem Tod unserer Eltern wieder zur Schule, und offenbar legte ihnen auch niemand nahe, es zu tun, oder versuchte, sie dazu zu zwingen. Auf der Insel hatten meine Eltern größtenteils die Lehrerrolle übernommen, nur manchmal besuchten meine Brüder eine Schule in der Stadt. Doch das war nun, wie so vieles, »vorbei« und vergangen. Stattdessen widmeten sie sich dem Haus mit dem Land am Meer und nahmen die restlichen Sachen aus dem Hausstand unserer Eltern mit, Sachen, zu denen sich im Laufe der Zeit einiges gesellte.

Als Opa und Oma »Stadtleute« wurden, hatten sie vieles, das sie nicht länger brauchten, Freunden und Verwandten geschenkt: Fischernetze, Sägen, Ketten, Pferdegeschirr, ein Fohlen, ein Kalb. All dies – oder zumindest Vergleichbares – ging nun, nach einer Generation in fremden Händen, an meine Brüder zurück, oft sogar in besserem Zustand. Auf diesem Weg fand Christy, die junge Stute, zu meinen Brüdern sowie drei junge Rinder und ein Dory, das zwar alt, aber doch um einiges neuer war als das, welches Opa zurückgelassen hatte. Als das brüchige Eis vollends verschwunden war, konnten meine Brüder bereits ein paar eigene Hummerfallen einsetzen oder sie gingen mit unseren Verwandten fischen; außerdem versuchten sie, Kartoffeln zu pflanzen und ein oder zwei Hektar Hafer anzubauen. Auch dies erzähle ich jetzt, als wüsste ich über ihr Leben Bescheid oder als hätte ich gehört, wie der jüngste meiner älteren Brüder mitten in der Nacht sein Schluchzen unterdrückte. Aber in jenem Frühjahr interessierten sich meine Schwester und ich weitaus mehr für das Murmeltier. Wir hatten gerade gelernt, dass der Winter noch sechs Wochen bleibt, wenn das Murmeltier aus seinem Bau kommt und seinen eigenen Schatten sieht, und das fanden wir von immenser Wichtigkeit. »Glaubst du, es wird dieses Jahr seine Statue sehen?«, hatten wir unsere Mutter andauernd gefragt. »Nicht Statue, Schatten«, hatte sie erwidert und meistens hinzugefügt: »Hoffentlich nicht. Ich glaube nicht, dass wir noch weitere sechs Winterwochen durchstehen.«

Wenn man sich mit der Vergangenheit anderer Menschen beschäftigt, lassen sich die heiklen Punkte ihres Lebens nur schwer fassen. Woher soll man die Bedeutung von Daten kennen, die nie aufgeschrieben wurden? Oder die Finessen von Ereignissen, die wir nicht selbst erlebt, sondern nur aus der Entfernung von Zeit und Raum gesehen haben? Daran denke ich von Zeit zu Zeit im gedämpft braunen Ambiente meiner Praxis, wo wir nie unsere Stimme erheben und sanfte Musik jede Angst zu mildern und zu zerstreuen versucht. Wo die Wohlhabenden mit gefalteten Händen in geduldiger Zuversicht dasitzen. In der Hoffnung, ich möge sie schöner machen, als sie vorher waren. »Dem Herrn ins Handwerk pfuschen«, wie Oma einmal naserümpfend bemerkte.

»Es wird überhaupt nicht wehtun«, sage ich leise und zeige ihnen die Abdrücke und Röntgenaufnahmen, das Davor und die viel versprechenden »Nachher«-Modelle, ich ziehe auf Fotos ihre feinen Kieferlinien nach, bespreche Überbisse und Protrusionen, betrachte Gegenwart und Zukunft unter dem Aspekt des Möglichen.

Ich muss daran denken, wie wenig ich von meinen drei Brüdern weiß oder wusste, in jenem Frühling, als ich und meine Schwester drei waren und sie vierzehn, fünfzehn und sechzehn und mein Bruder Colin nicht mehr unter uns weilte. Auf immer und ewig eingeschlossen in dem tadellosen Anorak von Eaton, dessen Bänder noch die Hände unserer Mutter gebunden hatten, oder mit der ruhigen, kleinen Krawatte, die sie bei seinem letzten Erscheinen gar nicht mehr berührt hatte.

Ich kann das Leben meiner Brüder nur so beschreiben, wie ich es später wahrnahm. Als ich sie als *gille beag ruadh* im Sommer und manchmal auch im Winter besuchte. Anfangs fuhr ich im Schlitten oder im Wagen hinter ihren Pferden, später in den alten Autos, die sie ständig kauften, tauschten oder reparierten. Ich staunte über das Leben, das sie in meinen Augen führten und das so ganz anders war als meines und das meiner Schwester. Ich kann auch nicht sagen, ob bestimmte Erinnerungen aus der Zeit kommen, als ich acht, zehn oder zwölf war, oder aus den Jahren davor oder danach, und wie sie sich von der allgemeinen Erinnerung abheben, die eine längere Zeitspanne umfasst.

Im Haus meiner Brüder gab es lange Zeit weder sanitäre Anlagen noch Strom, Wärme spendeten zwei Öfen, die mit Holz geschürt wurden, das sie mit ihren Pferden von der Küste heranschleppten. Ein Teil war Treibholz und so voller »getrocknetem« Salzwasser, dass es im Ofen zischte und knackte und kleine Explosionen verursachte. Und ein anderer Teil stammte von den fast unbrauchbaren Schwarzfichten, die sie sich eigenhändig mit Spann- und Zugsägen von der Stelle direkt am Wasser holten. Einigen Bäumen hatte der Wind vom Atlantik schon so lange zugesetzt, dass sich winzige Sandpartikel in den Stämmen eingenistet hatten, bis in den Kern ihres Lebens. Wenn die Säge in der frühen Dunkelheit der Herbst- und Winterabende durch das Holz glitt, schossen blaue und orangefarbene Flammenfetzen hervor wie kurze Lichtblitze einer Light-Show, sie loderten tief aus dem Herzen des Holzes. Stahl auf Sand, unsichtbar im Holz. »Das Feuer ist auch tagsüber in den Bäumen«, sagten meine Brüder, »nur kann man es dann nicht sehen. Das macht es auch schwer, die Sägen scharf zu halten.«

An den Winterabenden saßen meine Brüder im orangefarbenen Licht der Petroleumlampe um den Küchentisch, und ihre Gebärden wurden zu übertriebenen, auf die Wand geworfenen Schatten, die fast an Friese erinnerten oder an die Höhlenzeichnungen der ersten Menschen. Manchmal lauschten sie ihrem großen schachtelähnlichen Radio oder sie spielten Karten – »45« oder »Auktionsbridge« –, entweder zu dritt oder mit diversen Freunden und Verwandten, darunter viele aus dem *clann Chalum Ruaidh*, die an den langen Winterabenden zum Zeitvertreib vorbeikamen. Sie unterhielten sich oft auf Gälisch, das sich fast eine Generation lang als Sprache in den Küchen und auf dem Land halten konnte, nachdem es in den Wohnzimmern der Städter bereits als unschick galt. Als meine Brüder wieder in dem alten *Calum-Ruadh*-Haus wohnten, sprachen sie immer häufiger Gälisch, so als bedeute die Rückkehr aufs alte Land auch die Rückkehr zur alten Sprache. Noch war es die Sprache des Landstrichs, in dem sie arbeiteten.

Manchmal nahmen sie die Herdringe heraus, um mehr Licht zu haben, und dann flimmerten und flackerten die nackten Flammen in ständig wechselnden Mustern aus Orange, Rot und Schwarz, ständig veränderten sich die Farbmuster und Schatten im Herd und strahlten auf die

Wände ringsum und an die verrußte Decke. Gelegentlich betrachteten die Versammelten nur das Feuer und seine Schatten, aber hin und wieder schien es sie dazu zu bewegen, Geschichten von wahren oder erfundenen Begebenheiten aus der nahen oder fernen Vergangenheit zu erzählen. Saßen die älteren Sänger oder Geschichtenerzähler des *clann Chalum Ruaidh* – die *seanaichies*, wie sie genannt wurden – zufällig mit in der Runde, erinnerten sie sich an Ereignisse aus einem Schottland, das sie nie mit eigenen Augen gesehen hatten, oder sie sahen unsere Zukunft in den Schatten der lodernden Flammen.

Wenn meine Brüder im Winter ins Bett gingen, zogen sie selten ihre Kleidung aus. Meistens legten sie zusätzlich alte Mäntel über die provisorischen Bettdecken, und manchmal packten sie noch die Felle und Decken dazu, die sie für die Schlitten und Pferde benutzten. Am Morgen schimmerten die Nagelköpfe in den halb fertigen Schlafzimmern frostweiß, und auf den Fensterscheiben musste man erst den Reif mit den Fingernägeln abkratzen oder durch Anhauchen schmelzen, ehe man die Welt draußen in ihrer eiskalten Stille zu Gesicht bekam. Der Wasservorrat, der in zwei Eimern auf dem Tisch stand und aus dem eisbedeckten Brunnen im Freien stammte, hatte sich bis zum Morgen wieder in Eis verwandelt, und um genügend Teewasser zu bekommen, zerschlugen meine Brüder die Oberfläche mit Hämmern. War das Feuer angezündet, wurden die Eimer neben oder auch auf den Herd gestellt, und nach einer Weile taute das Eis am Boden und an den Seiten des Eimers, bis man den runden Eisblock herausnehmen und ihn stehend in eine Waschschüssel stellen konnte. Der Eisblock war aus lichtdurchlässigem Kristall und glich einem perfekt gegossenen Objekt, er trug alle Einkerbungen und Konturen des Eimers, der ihm Gestalt gab, und in der schimmernden Transparenz waren Grasstückchen und Blattreste eingefroren, manchmal auch winzige Beeren. Später, wenn die Küche sich erwärmte, schmolz das Eis, und noch später trieben die Blätter und kleinen Beeren ziellos in dem lauwarmen Wasser und wurden von meinen Brüdern, die ihren dampfenden Tee umklammerten, mit Schöpfkellen, Löffeln oder Messerklingen herausgefischt. Anscheinend hatten sie große Probleme in ihrem Haushalt, Tassen ganz zu halten, oder aber es hatte von Anfang an nie welche gegeben. Jedenfalls tranken sie ihren Tee aus henkellosen Tassen, Marmeladengläsern oder den Verschlüssen von Thermoskannen.

Wenn mir das heute durch den Kopf geht, staune ich genauso wie damals. Ich staune, dass sie so anders leben konnten als ich, wo sie doch irgendwie zu mir gehörten wie ich und meine Schwester zu ihnen. Bisweilen empfand ich sie fast mehr als entfernte Onkel denn als leibliche Brüder. Sie scherten sich nicht um die Vorschriften, die unser Leben bestimmten. Sie pfiffen auf ausgewogene Ernährung, Zähneputzen vor und nach dem Essen oder einen sauberen Schlafanzug vor dem Ins-Bett-Gehen. Und in ihrem Haus war die Toilette ein Eimer.

In diesen frühen Jahren wurden meiner Schwester und mir Privilegien zuteil, die meine Großeltern ihren eigenen Kindern nicht hatten bieten können. Es war Platz genug, damit jeder ein eigenes Zimmer hatte, ein Luxus, in dessen Genuss ihre Kinder nie gekommen waren. Und meine Großmutter lebte ihre weiblichen Phantasien in den Kleidern aus, die sie meiner Schwester kaufte, und in den sorgfältig gearbeiteten Zierdeckchen, Wollteppichen und Tagesdecken, die sie für ihr Zimmer häkelte, strickte und nähte. Sie war dankbar für die »große Chance«, die es ihr erspart hatte, die Wäsche weiterhin auf Steine klatschen zu müssen, und sie war dankbar für die Zeit, die ihr stets gefehlt hatte, als sie ihre eigenen Kinder großzog. »Wir müssen für vieles dankbar sein«, sagte sie oft, »auch wenn wir manchen Verlust hinnehmen mussten.«

Meine Schwester und ich befanden uns in den prägenden Lebensjahren in dem Dilemma, als »glückliche, unglückliche« Kinder zu gelten und unsere Großeltern als Eltern zu betrachten, weil wir sie in dieser Rolle am besten kannten, während wir uns gleichzeitig nach den idealisierten Menschen sehnten, die im Meer verschwunden waren.

Vor einigen Wochen stieß ich in einer dieser manchmal im Wartezimmer von Kieferorthopäden ausliegenden Zeitschriften auf einen Artikel mit der Überschrift »Wie erziehe ich das moderne Kind?«. Ein Zwischentitel lautete »Großeltern«. Moderne Eltern sollten sich bisweilen vor den Großeltern in Acht nehmen, warnte der Artikel, da sie dazu neigten, ihren Enkeln gegenüber zu nachsichtig zu sein und manchmal sogar unverantwortlich zu handeln. »Oft verhalten sie sich so«, hieß es in dem Artikel, »weil sie wissen, dass das Kind irgendwann wieder nach Hause geht und sie dort nicht mehr für sein Verhalten verantwortlich sind.«

Der Artikel betonte, dass sich Großeltern gegenüber ihren Enkeln im Allgemeinen nachsichtiger zeigten als früher gegenüber ihren eigenen Kindern, »da sie – davon geht die moderne Psychologie aus – ihre Enkelkinder weniger lieben.«

»Ihr habt Glück, dass ihr immer hier leben dürft«, sagte unser wütender Cousin, der rothaarige Alexander MacDonald, der etwa fünfzehn Meilen entfernt auf dem Land wohnte und uns eines Nachmittags besuchte. »Bloß weil eure Eltern tot sind.«

Wir waren damals alle noch sehr jung, vielleicht sieben oder acht, und meine Schwester und ich hatten ihn ausgelacht, weil er seinen Tee zum Abkühlen in die Untertasse goss, bevor er ihn aus ebendieser Untertasse schlürfte. Später schlug er mich in meinem Zimmer auf die Nase, worauf ich ihm auch eine verpasste, und dann fielen wir übereinander her. Während wir im Zimmer kämpften, sagte er: »Es sind auch meine Großeltern, das weißt du genau.« Er war stärker als ich, und ich spüre noch heute die Schwielen an seinen kleinen Händen, mit denen er mich im Gesicht und am Hals packte. »Nein, sind sie nicht«, keuchte ich, weil ich vielleicht merkte, dass ich die körperliche Schlacht verlor oder aufgrund welcher psychologischen Theorie auch immer. Auf einmal stand Opa im Zimmer. »Aber, aber«, sagte er. »Was ist denn hier los?« Er packte uns beide am Oberarm und hob uns vom Boden hoch, sodass unsere kleinen wütenden Füße vergeblich in die Luft traten und unsere Arme und Schultern unter seinem kraftvollen Griff langsam gefühllos wurden.

»Er behauptet, du bist nicht mein Großvater, nur seiner«, schluchzte der rothaarige Alexander MacDonald.

»Natürlich bin ich auch deiner«, sagte Opa, setzte uns beide ab und winkte uns in neutrale Ecken wie der Schiedsrichter bei einem Boxkampf. »Natürlich bin ich auch deiner«, wiederholte er und stellte sich in die Ecke des rothaarigen Alexander MacDonald, was meine Schwester und ich als leichten Verrat empfanden. Dann drehte er sich zu mir, zeigte mit seinem großen Zeigefinger auf mich und meinte: »Sag das ja nie wieder. Nie wieder.«

»Die haben ja bloß Glück«, sagte Alexander MacDonald, weil er den Vorteil witterte, den ihm der Schiedsrichter auf seiner Seite verschaffte, »bloß Glück, weil ihre Eltern tot sind.«

»Und du«, schimpfte Opa und drehte seinen Finger in die entgegengesetzte Richtung, bis er unter der zitternden Nase von Alexander MacDonald ragte, »sagst das auch nie wieder. Nie wieder.«

Später saß Alexander MacDonald ziemlich gedämpft in

der Küche neben seinem Vater, der ihm aufs Knie klopfte und gleichzeitig zu mir herüberlächelte. Sein Vater unterhielt sich in einer Mischung aus Englisch und Gälisch mit Opa, der die Bierflaschen über den Tisch in seine Richtung schob. Ich wunderte mich, dass ein so großer Mann der Vater von Alexander MacDonald sein konnte und zugleich der Sohn oder »Junge« von Opa. Doch das war er zweifellos, vor allem wenn man sah, wie Opa ihm auf die Schulter klopfte, als er aufstand, um zu gehen. »Mach's gut«, sagte Opa. »Wird schon alles werden.«

»Ja«, bekräftigte Oma. »*Beannachd leibh*, viel Glück.«

»Ich werde es zurückgeben, sobald ich kann«, sagte er, in der Tür stehend, ehe er nach draußen ging in die plötzlich hereingebrochene Nacht.

»Schon gut«, sagte Oma. »Keine Eile.«

»Ja«, stimmte Opa zu. »Lass dir Zeit und pass auf dich auf«, und dann klopfte er ihm noch einmal auf die Schulter.

Heute, Jahre später, glaube ich, dass er sich Geld von ihnen geliehen hatte, um eine saisonbedingte oder sonstige Krise zu überstehen. Vielleicht war der Hintergrund auch ein völlig anderer. Damals jedenfalls, in der Sicherheit meiner kindlichen Selbstsucht, fand ich es völlig ungerecht, dass Alexander MacDonald einen großen, kräftigen Vater und dazu noch einen Großvater haben sollte. Und ebenso ungerecht fand ich, dass dieser große Mann wiederum *seinen* Vater dazu bewegen konnte, ihm auf die Schulter zu klopfen und ihm zu sagen »Mach's gut« und »Wird schon alles werden«, während meine Schwester und ich, klein, wie wir waren, gar keinen Vater hatten.

»Dass mir so ein Theater nicht noch einmal vorkommt«, sagte Oma eisig, nachdem die Tür zu war. Im selben Moment merkten meine Schwester und ich, dass sie mit Opa gesprochen hatte.

»Von wegen, ihr seid unsere einzigen Enkelkinder. Es gibt genug Probleme auf der Welt, da muss sich nicht noch die eigene Familie streiten.«

»Ach, das machen sie bestimmt nicht wieder«, sagte Opa. »Jeder verliert ab und zu mal die Geduld. Ich glaube, ich trinke noch ein Bierchen. Die Zeit ist zu kostbar, um sie mit falschen Dingen zu verschwenden.«

10 Jetzt, am Himmel über dem Hochhaushorizont, schweben Seemöwen in der strahlenden Septembersonne, und dahinter liegt, für mich unsichtbar, das weiße Hin und Her des Hafens von Toronto. Weiter südlich, in der Gegend, aus der ich gekommen bin und in die ich später wieder fahren werde, bücken und strecken sich müde die Obst- und Gemüsepflücker. Der Schweiß rinnt den Wochenendpflückern in den Hautfalten hinab und tropft auf ihre Kleidung. Die Kinder werden quengelig und inszenieren kurze Sitzstreiks, unberührt von den Reden ihrer Eltern, die ihnen damit kommen, wie viel Geld sie sparen oder wie gut das Obst im Winter schmecken wird. Manche Eltern kritisieren sie heftig und sagen, sie seien faul, oder halten Predigten, die anfangen mit: »Als ich klein war …« Die Kinder betrachten ihre Hände, fasziniert von der Erde unter den Fingernägeln und leicht besorgt über die ersten Niednägel und ungewohnten Kratzer. »Ich glaube, da ist ein Dorn in meinem Finger«, sagen sie. »Wie spät ist es jetzt?« »Haben wir denn noch nicht genug?« »Wenn ich verspreche, dass ich im Winter nichts von dem Zeug esse, darf ich dann mit dem Pflücken aufhören?« »Mein Daumen blutet. Ich kann mein eigenes Blut sehen.« »Ich hätte gern etwas zu trinken.«

Auf anderen Feldern arbeiten die Wanderpflücker mit ruhigem Tempo. Manchmal blicken sie zur Sonne, um die Zeit abzuschätzen, und manchmal richten sie sich auf und legen die Hände aufs Kreuz, aber immer nur kurz. Ihr Blick schweift über die Baumreihen und Äste, über die vollen und die leeren Körbe. Ständig zählen sie und machen im Kopf einfache Rechnungen. Sie schwitzen nicht, und ihre Kinder beklagen sich nicht. Wenn die Sonne an diesem Samstagabend untergeht, verkauft der Landbesitzer ihnen vielleicht Bier, das aus dem örtlichen Getränkeladen stammt, oder einige Männer machen sich auf den Weg in bestimmte Kneipen. Die streng Religiösen und die überaus Ängstlichen bleiben zu Hause. Die Kneipengänger aber sitzen für sich, unterhalten sich in ihren Landessprachen, und manche addieren auf Zigarettenschachteln vorläufige und künftige Summen. Viele stellen sich vor, sie wären zu Hause, während sie da sitzen und nervös die Bieretiketten von den Flaschen reißen oder mit ihren rauen braunen Fingern auf die unebenen Oberflächen der vollen, mit Bier bespritzten Tische trommeln.

Ich habe keine Ahnung, was ich meinem Bruder oder mir kaufen soll. Was kauft man Männern, die alles und nichts haben?

»Das bleibt sich ziemlich gleich«, sagte er. »Wirklich.«

11

Bis meine Schwester und ich in die Teenagerjahre kamen, war unseren älteren Brüdern viel widerfahren. Ich nehme an, uns allen ging es so. Manches geschah in aller Stille, wie das mit den Haaren, die bei einigen an neuen Stellen wuchsen, während sie bei anderen zurückgingen, schütter wurden oder die Farbe änderten. Eine lautlose, kaum wahrnehmbare Veränderung, doch ein wichtiger Schritt, der zudem bedeutend war, wenn auch oft so unsichtbar wie stumm. So still wie Krebszellen, die sich in einem Körper vermehren, oder wie Zähne in einem kranken Kiefer, die zu den von ihren Nachbarn geräumten Plätzen streben. So still wie das Eis, das unter seiner weißen trügerischen Oberfläche brüchig wird und zerfällt, oder das Sperma, das auf die Gebärmutter zuwandert und ohne einen Laut an sein Ziel gelangt, nachdem die orgiastischen Schreie verklungen sind.

Als meine Schwester und ich kleiner waren, besuchten wir unsere Brüder mit der ganzen Aufregung von Kindern, die zu ihren zufällig auf dem Land wohnenden Großeltern fahren. Wir verbrachten weder Thanksgiving noch Weihnachten bei unseren Brüdern, das nicht, aber wir besuchten sie, sooft sich eine Mitfahrgelegenheit bot oder wir Oma überzeugen konnten, dass wir vorsichtig sein und ihnen nicht auf die Nerven gehen würden. Ich glaube, wir erforschten nur die Oberfläche ihres Lebens, obwohl wir damals natürlich nicht so darüber dachten. Uns faszinierten all die Unterschiede. Die Tiere, die sich um ihr Haus drängten und sogar hereinkamen, wenn sich die Gelegenheit bot. Die Lämmer, Kälber und Hennen, die in die Küche spazierten, wenn jemand die Tür offen ließ. Die Pferde, die ihre Nüstern ans Fenster pressten, so als wollten sie sehen, was drinnen vor sich ging. Die Mücken und manchmal auch Wespen oder Hornissen, die durch Risse, zerfetzte Fliegengitter oder offene Türen hereinschwirrten. Die Katzen mit ihren Jungen oben in den Schlafzimmern. Und die allgegenwärtigen *Calum-Ruadh*-Hunde, die wie Teppiche unter dem Tisch lagen und jedem menschlichen Wesen hinterhertrotteten, das sie sympathisch fanden.

An stürmischen Herbsttagen, wenn der Wind vom Meer kam, rannten wir zu *Calum Ruadhs* Landspitze hinunter und versuchten um die Wette, dem stürmischen Wind am längsten zu trotzen. Wenn wir mit dem Gesicht zum Meer standen, verschlugen uns die Böen den Atem, während die Gischt an den Felsen hochspritzte und *Calum Ruadhs* Grabstein und uns mit glitzernden Tropfen bedeckte, bis wir den Kopf wegdrehen mussten und nach Luft schnappten oder uns auf den Bauch warfen und hechelnd den Mund ins flach gedrückte Gras, die Preiselbeerstöcke oder die nassen Moosranken pressten. Wehte der Wind vom Land, durften wir nicht ans Wasser, aus Angst, eine plötzliche Bö könnte uns hochheben, über die Landspitze tragen und gegen die glänzenden Felsbrocken schleudern oder hinaus in die windgepeitschte See, die in ihrem aufgewühlten Zustand stets braun und zornig wirkte.

Nach solchen Stürmen sah die Klippenwand anders aus, wenn auch nur ein wenig. Die peitschenden Wellen hatten Steinbrocken gelöst, und auch dünne Lehm- und Schieferschichten waren ins Meer gespült worden. Nur die härtesten Vorsprünge aus festem Stein blieben offenbar unberührt, doch bei näherem Hinsehen wiesen auch sie Veränderungen auf: eine frische Glätte, entstanden aus der neuerlichen Erosion, oder kleine Pockennarben auf glatten Oberflächen, auf denen vorher keine waren. Die Klippe bewegte sich langsam, aber stetig landeinwärts, während *Calum Ruadhs* Grabstein offenbar an ihren Rand wanderte.

Mit der Zeit schien meine Schwester immer seltener zu unseren älteren Brüdern mitzukommen. Veränderungen sind meist schwer wahrzunehmen, wenn man mitten in ihnen steckt, vor allem als Kind. Vielleicht verhält es sich wie mit dem Meer und der Klippe – man bemerkt das Neue erst am Morgen nach dem Sturm. Im Nachhinein kommt es mir so vor, dass alles hauptsächlich darauf beruhte, wie meine Brüder sie und ihre Verwandlung wahrnahmen. Sie empfanden ein gewisses Unwohlsein angesichts der zarten Weiblichkeit, die meine Schwester mitten in ihrer männlichen Welt entwickelte. Es sah fast so aus, als würden meine Brüder immer unsicherer, je älter wir alle wurden. Als sei ihr Leben und das dazugehörige Umfeld für sie gut genug, nicht aber für meine Schwester.

Vielleicht schämten sie sich dafür, dass die Toilette ein Eimer war und manchmal nicht einmal das; dass sie in heißen Sommernächten, nach ein paar Bieren, oben in den Schlafzimmern die Fenster aufschoben und an den Schindelwänden ihres stillen Hauses hinunterpinkelten, sodass der Dampf aus dem Dunkel zu ihnen aufstieg. Oder es war ihnen peinlich, dass sie mit durchgeladenen Gewehren unter den Betten schliefen und nachts, wenn der Mond in vollem Licht leuchtete, vor den offenen Fenstern knieten oder hockten und angestrengt das Gehörn der Rehböcke anvisierten, die über die ruhigen Felder auf ihren belagerten Garten zuschlichen. Sie beugten sich aus den Fenstern, blickten konzentriert an den graublauen, im Mondschein glänzenden Gewehrläufen entlang und versuchten, im Licht der *Lochran àigh nam bochd* – der »Lampe der Armen«, wie der Mond auf Gälisch heißt – den Geweih tragenden Kopf in eine Linie mit Kimme und Korn zu bringen.

Wenn der Schuss saß, rasten sie die Treppe hinunter, machten noch im Laufen die Hosen zu und holten ihre Messer mit den langen Klingen aus dem Küchentisch. Draußen auf der Weide schnitten sie im Schein der »Lampe der Armen« dem noch zappelnden Tier die Kehle durch, damit das Blut herausfloss und das kostbare Fleisch nicht verdarb und ungenießbar wurde. Sie arbeiteten flink und gründlich, nahmen die Eingeweide heraus, zogen das Fell ab und schnitten den Rumpf in Viertel, ihre Messer fuhren dabei blitzschnell in die Körperhöhlen, lösten die grauen Stränge des Gedärms und trennten das noch zuckende rote Herz heraus. Dann packten sie das Fleisch in Eimer und versenkten es im Brunnen, damit es halbwegs kühl blieb, und wenn sie ein Stück brauchten, zogen sie die Eimer an nassen Stricken hoch, aber sie vergaßen nie, dass es sich nicht lange hielt.

Meinen Brüdern war es peinlich, wenn der silbergraue Gockel im Beisein meiner Schwester die Mitglieder seines Harems tatkräftig bearbeitete und ihnen dabei den Schnabel in den Staub drückte, ob es ihnen passte oder nicht, oder wenn der sabbernde, stöhnende Bulle die Kuh bestieg und sie sich ihm vor aller Augen im Hof hingab.

Und auch bei den Mahlzeiten waren sie peinlich berührt, schämten sich für die henkellosen Tassen und die Tatsache, dass sie manchmal im Stehen aßen, die halb garen Kartoffeln mit der Gabel aus dem blubbernden Topf auf dem Herd spießten und sie oft mit den gleichen Messern schälten, die sie benutzten, um einem Rehbock die Kehle aufzuschlitzen oder die Seile und Schnüre ihrer Fischerausrüstung zurechtzuschneiden. Sie schämten sich für die Fliegen und das Geschirr, das meistens viel zu lange in der Schüssel auf den Abwasch wartete.

Eines Tages sagte meine kleine Schwester beim Mittagessen: »Gibt's bei euch hier keine Tischdecke?«, und dann: »Habt ihr denn keine Servietten?« Ich erinnere mich noch, wie sich bei ihren Fragen die Augen des jüngsten meiner älteren Brüder verdunkelten, als sagte er sich insgeheim: »Wenn Mutter jetzt hier wäre, sie wüsste, wie man reagiert.« Vielleicht fühlte er sich dieser seinem Empfinden nach weiblichen Situation nicht gewachsen, und vielleicht erinnerte er sich auf eine Art an unsere Mutter, die meiner Schwester und mir versagt blieb. Erinnerte sich an die Freude, die ihr Ordnung und Reinlichkeit bereiteten. »Du bist der einzige mir bekannte Mensch, der herumläuft und anderen Leuten in die Ohren guckt«, hatte er am Morgen, ehe sie sich auf den Weg übers Eis machten, mürrisch zu ihr gesagt, als sie ihre abschließende Inspektion durchführte. Abschließender, wie sich herausstellte, als in jenem Moment zu ahnen war, denn sie sollte nie wieder in fremde Ohrmuscheln blicken.

Da es an der Küste, vor der meine Brüder fischten, keinen Kai gab, mussten sie am Ende des Tages ihr Boot über die Hochwassermarke auf die Felsen schleppen. Ebenso mussten sie es bei Tagesbeginn wieder ins Wasser schieben, und dabei wurden sie manchmal bis zu den Knien oder sogar bis zu den Hüften durchnässt, ehe das Wasser tief genug war und das Boot vor dem Ufer trieb, ohne mit dem Kiel auf dem felsigen Grund aufzulaufen. Nach dem letzten Stoß kletterten sie über den Bug oder, wenn sich das Boot ein wenig gedreht hatte, auch über die Seiten, nahmen die Ruder und stakten oder ruderten weiter hinaus, bis sie gefahrlos den Motor anwerfen konnten. Irgendwann bauten sie eine primitive Rutsche aus mit Kreosot getränktem Holz, die sie anschließend einfetteten, wodurch das Zu-Wasser-Lassen und An-Land-Gehen sehr viel einfacher wurde. Am Ufer bewahrten sie neben der Holzrutsche ein Kummet mit dem zugehörigen Geschirr auf, dazu einen Wagenschwengel und eine Kette. Und jeden Morgen, wenn sie aufbrachen, packten sie eine Dose Hafer mit fest verschlossenem Deckel ein und verstauten sie im Bug.

War die Arbeit auf dem Wasser getan und sie fuhren in Richtung Küste, stellte sich mein ältester Bruder Calum vorne in den Bug, steckte die Finger der rechten Hand in den Mund und stieß zwei schrille Pfiffe aus. Und Christy, die Stute, die manchmal fast eine Meile entfernt bei den anderen Pferden graste, hob den Kopf, schüttelte die Mähne und galoppierte zum Wasser hinunter, dass die Steinchen und Erdbrocken vor ihren eifrigen Hufen nur so aufspritzten.

Während das Boot mit abgestelltem Motor lautlos in Richtung Land glitt und das Kielwasser dahinter einen immer breiter werdenden Keil formte, wartete Christy wiehernd, warf den Kopf und stampfte ungeduldig mit den Vorderhufen im Wasser, das sich am Ufer kräuselte. »Ach, Christy«, sagte Calum, »*M'eudail bheag*«, und damit sprang er über den Bug und lief auf sie zu, den Hafer in der ausgestreckten Hand wie ein Händler aus alten Zeiten, der einem an Land stehenden Wesen Waren feilbietet. Dann wühlte Christy mit ihrer Schnauze im Hafer herum, und er tätschelte ihren Hals und raunte etwas in ihre Mähne, eine Mischung aus gälischen und englischen Silben, fast so, als mache er jemandem den Hof und sie sei das Objekt seiner starken Begierde. Er legte ihr das Kummet an, danach den Rest des Geschirrs, und hakte die Kette in den Stahlring, den er in den Bug gebohrt hatte. Und wieder reagierte sie auf seinen Pfiff, machte einen Satz vorwärts und bugsierte das Boot in einem Hagel aus fliegenden Steinen über die eingefettete Holzrutsche auf den sicheren Grund außer Reichweite des Wassers. Dann streifte er ihr das Geschirr ab, streichelte sie noch ein paarmal, und sie rieb ihren kräftigen Schädel an seiner Brust auf und ab, bis sie schließlich davontrottete, um sich ihren Gefährten anzuschließen, während Calum und seine Brüder nach Hause marschierten.

Ich erinnere mich an einen Tag, als ich sie aufs Wasser begleitete und offenbar alles schief lief. Es war kalt gewesen, es hatte geregnet, und der Motor stotterte und sprotzte, weil, so wurde vermutet, Wasser im Benzin war; der Vergaser musste geprüft und die Benzinleitungen mussten freigeblasen werden, während das Boot ziellos auf den Wellen schaukelte. Die Bojen trieben umher, die Seile gingen über Kreuz und verhedderten sich, als stecke der Teufel selbst in ihnen. Zu allem Übel war Calums linke Gesichtshälfte geschwollen und pulsierte wegen eines abgebrochenen, entzündeten Backenzahns, der seit Tagen in seinem Kiefer arbeitete. Am Freitagabend hatte mich jemand bei meinen Brüdern abgesetzt, und ich hatte sie angefleht, am nächsten Morgen mit aufs Meer hinausfahren zu dürfen. Sie hatten nicht mit mir gerechnet und mochten mich wegen des unfreundlichen Wetters nur ungern mitnehmen, aber ebenso wenig mochten sie mich allein im Haus lassen. Am Ende durfte ich sie begleiten und wurde mit der Aufgabe betraut, für Christys Hafer zu sorgen. Als das Boot sich endlich der Küste näherte, fiel mir ein, dass ich ihn vergessen hatte. Es war ein hektischer Morgen gewesen, und der Ärger mit dem Boot hatte alle so beschäftigt, dass niemand den fehlenden Hafer bemerkt hatte. Ich sagte nichts. Der Tag war ohnehin miserabel gelaufen, und ich sehnte mich nach dem gemütlichen Haus meiner Großeltern, nach meinem Mikroskop und meiner Briefmarkensammlung, dem Radio und der Aussicht auf eine Schachpartie mit meiner Schwester. Mir war mehr als ein Fehler unterlaufen, aber ich schwieg beharrlich.

Das Boot näherte sich also der Küste, der Motor, der den ganzen Tag so störrisch gewesen war, wurde abgestellt, und Calum ging zum Bug und pfiff zweimal. Die Pferde waren nirgends zu sehen, aber wir nahmen an, dass sie zwischen den Bäumen standen, um sich wie oft vor dem Regen zu schützen. Er pfiff noch einmal, und Christy tauchte auf, eine Silhouette im Regen hoch oben auf *Calum Ruadhs* Landspitze. Und dann galoppierte sie uns entgegen. Einmal rutschten ihre Hinterbeine auf dem regendurchweichten Grund zur Seite und hinterließen eine braune Spur im nassen Grün des Grases, aber sie fing sich schnell und eilte ungestüm in unsere Richtung.

»Wo ist der verdammte Hafer?«, fragte Calum, als er

über die Seite steigen wollte, um Christy zu begrüßen. Plötzlich war mein Versäumnis unübersehbar.

»Herrgott noch mal«, sagte er. »Jetzt auch das noch! Als wenn an diesem verfluchten Tag nicht schon genug schief gelaufen wäre.« Er packte mich vorn an der Jacke, hob mich mit baumelnden Beinen über den Bootsrand, und ich sah sein wütendes, geschwollenes Gesicht vor mir. Einen Augenblick lang hatte ich das Gefühl, er werfe mich gleich über Bord.

»Lass ihn los«, riefen meine anderen Brüder im Chor, gerade als ich sagte: »Ist doch nicht schlimm. Sie kommt ja sowieso.«

»Es *ist* schlimm«, brüllte er und schüttelte mich, dass meine Zähne klapperten. »Sie kommt, weil das ein Teil der Abmachung ist. Sie vertraut darauf, dass wir das Richtige tun.« Dann ließ er mich mehr oder weniger auf den Boden fallen. Und ich wusste nicht so recht, ob ich mich abgelehnt oder befreit fühlen sollte.

»Herrgott noch mal«, sagte er und legte die Hand an seinen Kiefer. »Dieser Zahn bringt mich um.« Dann griff er zur Werkzeugkiste, die er schon den ganzen Vormittag allzu oft hatte benutzen müssen, um die Probleme am Motor zu beheben. Er nahm die ölverschmierte und nach Benzin riechende Zange in die rechte Hand, steckte sie in den Mund, und dann zog und drehte er gleichzeitig. Ein schauderhaftes Schleifgeräusch war zu hören, wie man es kennt, wenn ein Fingernagel über eine Schiefertafel fährt, nur intensiver, fast wie ein Schrei. Vielleicht wurde das Geräusch durch den Stahl auf dem Zahn verursacht, wahrscheinlicher aber durch das Mahlen des Zahns in seinem Knochenbett. Zweimal drehte und ruckte Calum den Kopf seitwärts, während er ihn in die andere Richtung geneigt hielt, bis ihm Blut und Eiter über den Kiefer auf den Hals liefen, ehe sie in den Haaren auf seiner

Brust verschwanden. Aber trotz seiner kräftigen Hand blieb der gelockerte, blutende Zahn fest an seinem Platz.

Inzwischen trieb das Boot seitwärts auf die steinige Küste zu, wo Christy ungeduldig wartete, den Kopf in den strömenden Regen warf und wiehernd unsere Landung erwartete. Wir mussten uns schütteln, wie Leute, die aus einer Trance erwachten, um die Ruder zu packen und den Bug wieder landeinwärts zu lenken. Calum stieg ohne Hafer über den Bootsrand, und Christy lief zu ihm und wühlte mit der Schnauze in seiner ausgestreckten Hand, denn mehr hatte er nicht zu bieten. Er klopfte ihr auf den Hals und raunte ihr wie immer leise ins Ohr, während er seine blutigen Hände an ihrer nassen, glänzenden Mähne abwischte. Und dann legte er ihr wie gewöhnlich das Geschirr an. Doch statt die Kette in den Bootsring zu haken, bat er um ein Stück Seil, das er an der Kette befestigte. An das andere Ende des Seils band er ein Stück leichten, aber reißfesten Faden, den er, nachdem er wieder ins Boot geklettert war, irgendwie um den bösen Zahn wickelte.

»Haltet mich fest«, sagte er zu seinen Brüdern. Und als Christy den Pfiff hörte, straffte sie ihren Rücken und machte wie gewohnt einen Satz vorwärts, nicht ahnend, dass sie statt an das Boot an einen Mann gebunden war. Als ihr Gewicht an ihm riss, schnappte sein Kopf mitsamt dem Oberkörper nach vorn, aber seine Brüder hatten ihre Füße fest gestemmt und ihre Schultern gespannt, sie hielten ihn fest, bis der gelbliche, entzündete Zahn heraus und über den Bug flog und am Ende der Leine kreiselte wie eine weißgelbe Muschel im seichten Wasser am Strand. Im Vergleich mit den Schmerzen, die er ausgelöst hatte, wirkte er jetzt ziemlich harmlos. Christy blieb stehen und blickte über ihre Schulter, wie sie es tat, wenn die Kette nicht richtig im Bootsring saß oder ein Teil ihres Geschirrs lose oder gebrochen war. Sie hatte so gut wie kein Gewicht gespürt.

»Dem Himmel sei Dank«, sagte Calum und beugte sich über die Seite, schöpfte Händevoll Salzwasser, das er sich in den blutigen Mund spritzte, und dann spülte, spuckte und hustete er. »Ich war dir nicht böse, *'ille bhig ruaidh*«, sagte er zu mir gewandt. »Mir hat nur mein Zahn so zugesetzt.« In seiner Unterlippe klaffte ein tiefer Riss, dort, wo der Faden im Augenblick der größten Spannung das Fleisch durchtrennt hatte. Er schien in einem leuchtend klaren, ganz eigenen Rot zu bluten.

12

Am Montagmorgen wird meine Praxis genau wie am Freitag mit Menschen gefüllt sein, die schöner werden möchten. Einige sind Kinder, deren Eltern Termine für sie vereinbart haben. Manche wurden von Freunden und Kollegen überwiesen, die grundlegendere Formen der Zahnmedizin praktizieren. Andere kommen von weit her, in der Hoffnung, ich möge ihnen geben, was sie sich wünschen und ihrer Meinung nach brauchen.

Einige möchten gern ihre Kieferlinien ändern lassen, damit sie derzeitigen Popstars ähnlicher sehen. Manchmal bringen sie Bilder von ihrem erträumten Ziel mit und holen sie verlegen aus ihren Handtaschen oder den Brusttaschen ihrer teuren Jacketts.

»Das haben Sie wirklich nicht nötig«, sage ich zu manchen. »Denken Sie an die Zukunft. Wenn wir das so machen, stellen Sie hinterher vielleicht fest, dass Sie etwas ganz anderes möchten.« Ich beobachte sie vorsichtig, wie möglicherweise der Arzt, der einem jungen Mann eine Vasektomie ausreden will. Ruhig besprechen wir die Konsequenzen und Erwartungen.

In manchen Fällen reden wir etwas grundlegender über

einen verlagerten Weisheitszahn, Zapfenzähne oder überzählige Zähne bei Kindern. Ich gebe ihnen Broschüren mit Titeln wie »Was ist nach der Entfernung eines verlagerten Zahnes zu beachten?« oder »Verhaltensregeln nach einer Operation im Bereich der Mundhöhle«. Die Broschüren enthalten Überschriften wie *Schmerz, Schlucken, Schwellung* und informieren über Medikamente:

Um den intensiven Schmerz zu lindern, sollten Sie die verordneten Medikamente einnehmen. Befolgen Sie die Dosierungsanleitung genau. Warten Sie nicht, bis die Schmerzen zu stark sind, das könnte die Behandlung erschweren. Werden die Schmerzen unerträglich, setzen Sie sich bitte unverzüglich mit unserer Praxis in Verbindung.

Oder:

Spülen Sie den Mund erst am Morgen nach dem Eingriff aus, und auch dann nur vorsichtig. Zu frühes und/oder zu häufiges Spülen kann die Blutgerinnung und auch den Heilungsprozess behindern. Benutzen Sie warmes Salzwasser zum Spülen, es erleichtert das Lösen von Essensresten, die sich im unmittelbaren Wundbereich festgesetzt haben. (Ein halber Teelöffel Salz auf ein Glas lauwarmes Wasser.) In Zweifelsfällen rufen Sie bitte unsere Praxis an.

Oder (unter der Überschrift *Mögliche Komplikationen*):

Nach der Entfernung eines Backenzahnes kann das entstandene Loch unter Umständen eine Zeit lang zurückbleiben. Es sollte sich allmählich mit Knochen und neuem Gewebe füllen. In seltenen Fällen können sich während des fortschreitenden Heilungsprozesses kleine scharfe Splitter durch das Gewebe bohren und Unwohlsein und unerwartete Schmerzen verursachen, die jedoch mit der Zeit nachlassen. In Zweifelsfällen rufen Sie bitte unsere Praxis an.

Hier, in der Septembersonne, auf meinem ungeliebten Weg, den Alkohol zu kaufen, den mein Bruder brauchen mag oder nicht, wehen Windböen die Zeitungen vor meinen Füßen in die Luft. Manchmal klappen die Seiten auf und schweben wie Pagodendächer, und dann erkennt man an den verschiedenen Sprachen ihre Herkunft. Die Menschen drängeln und stoßen sich flüchtig auf dem Weg zu ihrem jeweiligen Ziel. Die watschelnden Tauben schlagen mit den Flügeln und erheben sich manchmal fast zusammen mit den Zeitungen. Ihre hellen Augen schweifen überallhin, aber nichts scheint sie zu überraschen. Eine Taube lässt sich vor mir nieder, kippt aber bei der Landung zur Seite. Ihr rechter Fuß ist verkrüppelt, fällt mir auf, er sieht auf dem Gehweg aus wie eine rosafarbene zusammengeschrumpfte Kugel, fast wie ein Knauf. Wenn sie im Wind aufwärts schwebt, fällt der Fehler nicht auf, dann flattert und fliegt sie wie alle anderen. Sie erhebt sich über das Grau der Gebäude, zieht einen Kreis und kommt zurück.

13

Als meine Brüder älter wurden, verließen sie öfter ihr Haus und das Land am Meer. Vielleicht wurden sie rastloser, so wie alle jungen Männer. Über Umwege erfuhren wir von Schlägereien, in die sie verstrickt waren, nachdem sie offenbar weite Strecken auf den gewundenen, nächtlichen Straßen zurückgelegt hatten: Sie fuhren zehn, zwanzig, dreißig oder vierzig Meilen zu einer Tanzveranstaltung, einem Eishockeyspiel oder auch nur, »um zu sehen, was so los ist«. Manchmal kamen andere Clan-Mitglieder Calum und meinen Brüdern in der fernen Dunkelheit zu Hilfe und »retteten« sie vor ihrem jugendlichen Temperament, dann wieder unterstützten sie ihrerseits entfernte Verwandte und das, was diesen am Herzen lag. Unterwegs in ihren alten, zusammengeflickten Autos wurden sie oft von der Polizei angehalten, weil sie ohne Scheinwerfer fuhren, ohne Rücklicht, ohne Auspuff, ohne richtige Zulassung, ohne gültige Nummernschilder oder unter dem Einfluss von Alkohol.

Solche Informationen aus dritter oder vierter Hand erhielten meine Großeltern von älteren Männern und Frauen, die bei ihnen in der Küche saßen und Tee oder vielleicht eine Flasche von Opas großzügig angebotenem Bier tranken.

»Ich hoffe, es passiert ihnen nichts«, sagte Oma und schaute aus dem Fenster, hinaus aufs Meer, das »die Kinder«, die zugleich die Eltern der eben diskutierten jungen Männer waren, verschlungen hatte. Und dann: »Wären sie doch bloß bei uns geblieben, aber sie waren zu alt, um Kinder zu sein, und noch zu jung, um wie Männer zu leben.«

»Aber sie sind doch immer noch Jugendliche«, sagte Opa dann und erhob sich optimistisch von seinem Stuhl am Küchentisch. »Ich war auch einmal jung« – er zwinkerte Oma zu –, »wie du dich vielleicht noch erinnerst.«

»O ja«, erwiderte Oma, »wir waren alle einmal jung. Aber das ist etwas anderes.«

Manchmal, wenn ich abends von meinem anderen Großvater nach Hause ging – ich hatte mir angewöhnt, ihn zu besuchen, weil ich seine Meinung zur Geschichte der Highlands hören wollte oder Schachunterricht bekam –, sah ich meine Brüder durch die Straßen fahren, in irgendeiner der zerbeulten, umgebauten Rostlauben, die sie gerade benutzten. In meiner Erinnerung scheint es immer Winter zu sein, obwohl ich weiß, das stimmt nicht. Aber sie fahren fast immer durch schneegedämpfte Straßen; gleiten trotz des falsch eingestellten Motors nahezu lautlos durch den Schnee unter den abgefahrenen Reifen und durch die goldgelben Flocken, die schräg vor den Scheinwerfern herabfielen.

Gelegentlich hielten sie an, um zu plaudern, sie kurbelten die Fenster herunter, ließen aber den Motor weiterlaufen. Der Schnee schmolz auf der heißen Motorhaube, und die Scheibenwischer quietschten hin und her und beschrieben Bögen, die das Glas nur unvollkommen reinigten. Unter der donnernden, spuckenden, mit Ballendraht festgebundenen Auspuffanlage schmolz der Schnee auf der Straße und färbte sich erst zu einem Kohleschwarz, bevor er in einem ständig wachsenden, ungleichmäßig gezackten Kreis verschwand. Manchmal holten sie Bierflaschen unter dem Sitz hervor, machten sie mit den Zähnen auf und spuckten die Kronkorken durch die offenen Seitenfenster in den Schnee. Sie fragten mich, wie's denn so ginge, erkundigten sich nach meiner Schwester, die auch die ihre war, und ab und zu boten sie mir Geld an, obwohl sie wussten, dass ich es nicht brauchte. Und dann brachen sie zu Abenteuern auf, die sich von den meinen völlig unterschieden – so jedenfalls kam es mir vor. Denn zu der Zeit fing ich gerade an, »Vereinshockey« zu spielen, und interessierte mich für meine Briefmarkensammlung, die »moderne« Musik im Radio, das Schachbrett und das Mikroskop, das mein anderer Großvater mir zu Weihnachten geschenkt hatte.

In den späteren Sommermonaten fand Opa von Zeit zu Zeit morgens im Inneren der Veranda, abgestellt hinter der Tür, die er immer offen ließ, einen Braten von dem Rehbock, den meine Brüder unter der »Lampe der Armen« geschossen hatten, oder einen Literkrug mit klarem, schwarzgebranntem Schnaps. Was den Schnaps anging, war Oma skeptischer als gewöhnlich und sagte: »Wer weiß, was da alles drin ist«, worauf Opa entgegenhielt: »Wenn er nicht in Ordnung wäre, würden sie ihn nicht vorbeibringen.«

»Hoffentlich machen sie das Zeug nicht selber«, sagte mein anderer Großvater. »Da ist noch nie was Gutes dabei rausgekommen.« Und als er sah, wie Opa sein Glas in einem Zug leerte, fügte er schaudernd hinzu: »Wie kannst du das Zeug bloß trinken? Als junger Mann war ich mal an einem Samstagabend zum Tanzen in einem Schulhaus auf dem Land. Und als wir hinter dem Gebäude standen, um zu pinkeln, bot mir jemand einen Schluck aus einem Krug an. Es war dunkel, und beim zweiten Schluck spürte ich etwas meine Kehle hinunterkrabbeln und dann etwas wie Beine an meinen Lippen und Zähnen. Es waren dicke tote Junikäfer, die Sorte, die im Sommer gegen die Fliegentür knallt. Einen konnte ich ausspucken, aber den anderen hatte ich schon verschluckt, und dann musste ich mich übergeben. Ich weiß noch, ich hatte die Beine gespreizt wie ein Pferd beim Pinkeln, damit meine neuen Schuhe nichts abbekamen und die Hose, die ich am frühen Abend gebügelt hatte. Wer immer den Schnaps aus der Destille hatte ablaufen lassen, muss es im Dunkeln getan haben und wusste nicht, dass die Junikäfer hineingefallen waren. Das hat mich für immer kuriert.«

»Ach na ja«, sagte Opa. »Die waren wahrscheinlich schon ziemlich blau, bis sie bei dir gelandet sind. Man darf sich nicht über alles aufregen.«

Mir gehen jetzt, an diesem Nachmittag in Toronto, die zwei so unterschiedlichen Männer durch den Kopf, die meine Großväter wurden und zugleich so vieles mehr darstellten. Ich stelle mir vor, wie Opa einen Auftrag wie den meinen mit jungenhafter Begeisterung anpacken und mit Armen voller Bier und Wein zurückkommen würde; wie er flott die schmutzige Treppe hinaufsteigen und den von der Vierzig-Watt-Birne beleuchteten Korridor entlanggehen würde, vorbei an dem Stöhnen, das hinter den Türen hervordringt, und durch den Gestank von Erbrochenem und Urin, alles Dinge, die er offenbar gar nicht bemerkt. Und wie er das Zimmer betreten würde, in der Hoffnung, er könne seine gälischen Lieder singen und seine Witze und leicht schlüpfrigen Geschichten erzählen, und er sich dabei mit der Hand auf sein gewaltiges Knie klopft, während er die von ihm geschätzte Art von Medizin verteilt. Und ich stelle mir vor, wie mein anderer Großvater ein noch verhalteneres Tempo einschlagen würde als ich, sofern er überhaupt losgegangen wäre. Wie er zurückschrecken, die Lippen schürzen und versuchen würde, andere Lösungen zu finden. Wie er vielleicht Lücken füllen, ausbessern oder ausgleichen würde, mit gerunzelter Stirn, wie früher, wenn er Opas Steuererklärung ausfüllen musste und sich bemühte, aus den hingekritzelten Informationssplittern und zerknitterten Papierkugeln, die als Quittungen und Hinweise auf die Vergangenheit dienen sollten, schlau zu werden.

In einem Frühjahr, als er Opas Steuererklärung ausgefüllt hatte und nachdem er korrekt seine Unterschrift darunter gesetzt, mit seinem Füllfederhalter sorgfältig die Querstriche durch die t gemacht, den Deckel auf das Tintenfass geschraubt hatte und auf Opas immer gleich lautende Frage »Kriege ich etwas zurück?« gefasst war, ging er mit mir das Formular durch und wies darauf hin, wie einfach das Ganze sei, wenn nur alle Angaben stimmten. Opa hatte fast sofort nach Betreten des Zimmers das Interesse an der Sache verloren und zog es vor, sich mit dem vorhandenen Whiskey zu trösten. Er beschloss, das gesamte Prozedere als Rätsel zu betrachten, das es nicht wert war, gelöst zu werden, und seine Miene hellte sich erst auf, als er seine Frage stellen durfte.

Als ihm mitgeteilt wurde, er bekäme Geld zurück, wenn auch nur ein bescheidenes Sümmchen, klopfte er Großvater auf die Schulter und sagte: »Meine Hoffnung ruht fest in dir, Clan Donald« – ein Satz, den Robert Bruce 1314 bei der Schlacht von Bannockburn angeblich zu den MacDonalds gesagt haben soll.

»Als die MacDonalds aus der Schlacht von Killiecrankie heimkehrten«, sagte mein Großvater nachdenklich und übersprang damit über dreihundertfünfzig Jahre in der Geschichte, »schrieb man den Herbst 1689. Die Männer waren seit Mai fort gewesen und in der Zwischenzeit waren einige Kinder zur Welt gekommen und von einigen die Eltern gestorben. Gerste und Hafer waren gereift, aber zur Erntezeit waren sie schon zu spät.«

»Aber sie hatten gesiegt«, sagte Opa, der sich wegen der versprochenen Steuererstattung in gehobener Stimmung an den Tisch gesetzt und noch einen Whiskey eingeschenkt hatte.

»Ja, das ist richtig«, entgegnete Großvater. »Sie hatten die Schlacht auf die gewohnte Art gewonnen, aber auch viel verloren. Sie hatten den mitreißenden jungen Mann verloren, ihren Anführer und die Quelle ihrer Begeisterung, der ihnen irgendwie den Glauben an die Sache geschenkt hatte. Sie trugen seinen Leichnam in blutdurchtränkten Plaids vom Feld und begruben ihn im Kirchhof. Vielleicht war dies der Anfang vom Ende, denn danach war es nicht mehr wie vorher – auch wenn sie blieben und für einen Mann kämpften, der ihnen nicht sehr am Herzen lag, während manche, die mit ihnen in den Kampf gezogen waren, bereits auf dem Heimweg waren.«

»Treu bis zum Umfallen«, sagte Opa anerkennend.

»Ja, sie waren einer Sache treu, die von Tag zu Tag verworrener wurde und sie am Ende teuer zu stehen kam«, gab

Großvater zu bedenken. »Sie versuchten die Stellung zu halten und verloren viele Männer«, fügte er ernst hinzu. »Bei Killiecrankie erlitten sie große Verluste und noch größere bei Dunkeld, nach der wichtigsten Schlacht.«

»Sie waren tapfer bis zum Umfallen«, beharrte Opa euphorisch.

»Ja«, entgegnete Großvater, »aber ich glaube, sie hatten auch Angst.«

»Niemals«, sagte Opa und erhob sich beschwipst, als wollte er die Ehre aller MacDonalds auf der Welt verteidigen. »Kein MacDonald hatte jemals Angst.«

»Manchmal sehe ich sie vor mir«, sagte mein Großvater, den Blick auf den Tisch gerichtet, als steige seine Vision aus dem Umschlag mit Opas Steuererklärung empor. »Ich sehe sie in der hell leuchtenden Herbstsonne durch die Wildnis von Rannoch Moor heimwärts ziehen. Ich stelle mir vor, wie sie mit ihren Pferden und Bannern und stolz über die Schultern geworfenen Plaids näher kommen. Mit ihren breiten Schwertern, Zweihändern und mit Messing verzierten und Ochsenhaut bespannten Schilden. Sie singen die Refrains ihrer kämpferischen Lieder, während ihre funkelnden Waffen und ihr schwarzes und rotes Haar das Sonnenlicht reflektieren.«

»Großartig«, sagte Opa und klopfte sich auf den Schenkel, als sehe er eine beliebte Fernsehsendung oder im Kino einen Film.

»Aber manchmal«, sagte Großvater und lächelte fast entschuldigend, so als könnte er Opas Bild zerstören, »stelle ich mir vor, wie sie an die Toten denken, die sie zurückließen. An die Hunderte von Leichen am Pass von Killiecrankie, trotz des Sieges, und an die zurückgelassenen Toten in den Straßen von Dunkeld. An die Männer, die in den Häusern Zuflucht suchten und bei lebendigem Leib verbrannten, als man die Häuser in Brand setzte. Ich stelle mir vor, wie sie ihre Verwundeten nach Hause trugen, über Pferderücken gelegt oder auf Tragen, die nur aus Plaids bestanden, um deren Ecken sich Fäuste mit weißen Knöcheln klammerten. An die einbeinigen Männer, die ihre Arme um die Schultern von Kameraden schlangen und versuchten, die vielen Meilen zurückzuhumpeln, die sie noch in den Frühlingsmonaten im Marsch- oder Laufschritt bewältigt hatten. Wie sie versuchten zurückzukommen, nach Glengarry, Glencoe, Moidart oder woher immer sie stammten. An die Männer mit blutenden Stümpfen, wo einst ihre Hände saßen, oder an jene, die zwischen den Beinen bluteten – und auf diese Art zerstört waren«, sagte er ruhig und sah Opa an. »An jene, die zurückkamen und nie wieder fortgingen. Und an jene, die trotz überstandener Schlacht nicht wiederkehrten, weil sie den langen Heimmarsch durchs Gebirge nicht schafften und stattdessen unter Steinhaufen in der festen oder sumpfigen Erde begraben wurden, je nachdem, wo und wann sie starben. Sie hatten die Rückkehr verpasst, in ihr eigenes Leben und in das derer, die auf sie warteten.«

»So wie dein Vater«, warf Opa ein, um ihm eine Brücke zu bauen.

»Wenn ich sie mir so vorstelle«, sagte Großvater, der nur einen Augenblick gezögert hatte, »sehe ich ihre Gedanken in einem anderen Licht. Dann kommen sie zurück wie schon vor etwa vierzig Jahren. Als sie oder ihre Väter 1645 über die Berge nach Hause marschierten. Damals kämpften sie für den König oder für sich selbst. Angeführt von Montrose und dem Dichter Iain Lom durchquerten sie Ende Januar, Anfang Februar die engen Talkessel. Sie leckten die Hafergrütze aus ihren Handtellern, tranken das Blut des geschlachteten Winterwilds und knabberten das rohe Fleisch von den Knochen, weil sie die Flammen eines verräterischen

Feuers fürchteten. Wenn ich mir vorstelle, wie sie mit bloßen Beinen durch die Schneestürme herunterstapfen, Graupelschauer und Eis in den schwarzen oder roten Haaren, dann höre ich sie sagen: ›Na, das muss sich aber lohnen. Irgendwie.‹ Und dann sind sie wieder da, vierzig Jahre später, und kehren mit den zwiespältigen Gedanken von Killiecrankie heim.

Wenn ich so an sie denke«, sagte Großvater ruhig und fast verlegen, weil er selten so lange redete, »scheint im Herbst keine Sonne über Rannoch Moor, sondern es regnet. Ihre Füße in den derben Schuhen rutschen am Moorrand aus, und sie sind müde und hungrig. Der Regen rinnt ihnen am Hals entlang und in Bächen aus dem Haar, er tropft ihnen von Wimpern und Nase. Sie verfluchen den trügerischen Halt unter den Füßen, und wenn die größeren Waffen zu schwer werden, werfen sie sie einfach ins Heidekraut.«

»Tja, jetzt müssen wir aber langsam los«, sagte Opa und stand auf, von der ernsten Wendung des Gesprächs offenbar leicht verunsichert. »Aber einen für unterwegs werde ich mir noch genehmigen.«

»Nur zu«, sagte Großvater lächelnd. »Mach's gut. *Beannachd leibh*.«

Auf dem Heimweg durch die düsteren Frühlingsstraßen gingen Opa und ich Seite an Seite, obwohl er manchmal einen Schlenker machte und mich anrempelte. An einer abgeschiedenen Stelle blieb er stehen, um seine Notdurft zu verrichten, und sagte über die Schulter zu mir: »Das erste Bild hat mir am besten gefallen, und dir? Das von den MacDonalds, die in der Sonne heimkehren.« Da ich nicht wusste, was ich sagen sollte, gab ich nur ein unverbindliches Brummen von mir und hoffte, es würde über seinen zischenden Wasserdampf tragen. Aus den Teichen neben dem Meer quakten die Frösche, ihr Liebesgesang schwoll zu voller

Lautstärke an, und draußen auf der Insel schickte das Licht, das meine Eltern einst hüteten, sein regelmäßiges Warnsignal herüber, während wir weit entfernt an der Küste die Lichter aus den Häusern des Clans erkennen konnten, unter denen die meiner Brüder hell erstrahlten.

Zu Hause angelangt, sagte Opa: »Na ja, zumindest kriege ich was zurück.« Er hatte seine alte Begeisterung wieder gefunden und verkündete die Nachricht, als hätte er selbst das Formular ausgefüllt.

»Gott segne diesen Mann«, sagte Oma. »Was hat er schon alles für uns getan!«

»Das weiß er«, erwiderte Opa. »Ich hab ihm gesagt: ›Meine Hoffnung ruht fest in dir, Clan Donald.‹«

»Ja, das ist wohl wahr«, stimmte Oma zu. »Er ist ein feiner, guter, einsamer Mann, der sein Leben ohne Vater und ohne Frau und in den letzten Jahren auch noch ohne seine einzige Tochter verbringen musste. Ihm bleiben nur diese Enkel«, sagte sie und schaute mich und meine Schwester an, die am Tisch saß und Hausaufgaben machte. »Wenn sie ihm nur irgendwie näher sein könnten.«

»Ach, die sind ihm nahe genug«, sagte Opa. »Die Kinder sind jung, und er ist sehr ernst. Wir können nicht alle gleich sein. Aber natürlich liegt es nicht nur am Alter. Er ist nicht viel älter als wir, und doch ganz anders.« Dann fügte er zwinkernd hinzu: »Ich möchte wetten, du bist lieber mit mir verheiratet als mit ihm?«

»Natürlich bin ich lieber mit dir verheiratet«, erwiderte Oma, als hätte sie das nicht zum ersten Mal gesagt. »Ich wollte nie mit einem anderen Mann verheiratet sein. Du weißt genau, was ich meine. Unser Haus ist immer voller Leute. Du hast deine Freunde, dein Bier und deine Lieder, und selbst wenn du vor dich hin brütest oder nur höflich bist, hast du Spaß am Leben.«

»Manchmal sehe ich ihn«, sagte Opa, als würde er das Fazit des Abends ziehen, »wie Robert Stanfield. Er ist vielleicht nicht gerade der Mann, den man auf einem Fest zum Singen, Tanzen und Spielen auffordert, aber trotzdem ein guter Kerl. Ich glaube«, sagte er abschließend, »zur Feier meiner Steuerrückerstattung genehmige ich mir noch ein Bier.«

14 Vor zwei Jahren saß ich mit meiner Schwester an einem sonnigen Nachmittag in ihrem modernistischen Haus, das hoch oben auf einer der renommierteren Höhen des neuen und so hoffnungsfrohen Calgary steht. Im zurückhaltend gestalteten Wohnzimmer hielten wir schwere, mit bernsteinfarbener Flüssigkeit gefüllte Kristallgläser in der Hand oder stellten sie vorsichtig auf verzierte Lederuntersetzer. Die Toiletten, in den Badezimmern diskret in nicht einsehbare Nischen gebaut, gaben beim Spülen kein Geräusch von sich. Das rauschende Wasser war still.

Sie war mit ihrem Mann, dem Erdölingenieur namens Pankovic, in die Ölstadt Aberdeen gefahren, erzählte sie. Und eines Tages, als er eine Bohrinsel in der Nordsee besuchte, hatte sie ein Auto gemietet und das relativ schmale, aber doch täuschend breite Schottland durchquert, unterhalb der Cairngorm Berge, über den Pass von Killiecrankie. Wegen der Straßen fuhr sie in südlicher Richtung, obwohl ihr Ziel im Norden lag. Als sie am Rand von Rannoch Moor entlangfuhr, sei ihr, erzählte sie, ein Gedicht von T. S. Eliot über das Moor eingefallen. »Hier darbt die Krähe«, fing es an. Schließlich erreichte sie die Stille von Glencoe, wo die MacDonalds in den frühen Morgenstunden des 13. Februar 1692 von den Regierungstruppen, die sie zwei Wochen aufgenommen und durchgefüttert hatten, in ihren Betten massakriert wurden. »Mac Ian«, ihr hoch gewachsener, riesiger Anführer, erhob sich um fünf Uhr morgens aus dem Bett, um dem Klopfen an der Tür nachzukommen, während draußen ein Schneesturm tobte. Zur Begrüßung bot er ein Glas Whiskey an, und als er sich umdrehte, um seine Hose anzuziehen, zerschmetterte ihm eine Kugel von hinten den Kopf, die ihn nach vorn, quer über seine Frau stürzen ließ, in das noch immer warme Bett; sein einstmals rotes Haar, das mit fortschreitendem Alter heller geworden war, nahm plötzlich das noch hellere Rot seines Blutes an, während die Soldaten über seine Frau herfielen und ihr mit den Zähnen die Ringe von den Fingern bissen.

»Kaum noch eine Spur zu sehen«, sagte meine Schwester, »bis auf den Fluss, die Berge, die Steine und ihre Erinnerungen.«

Sie fuhr in Richtung Norden weiter, nach Fort William, *an Gearasdan*, eine Garnison, ursprünglich erbaut, um die Leute zu kontrollieren, die Dr. Johnson »primitive Horden und umherstreunende Barbaren« nannte – auch wenn er sich für ihre Gastfreundschaft nicht zu gut war. Dann war sie einige Meilen in westlicher Richtung gefahren, zu dem hoch gelegenen Friedhof von *Cille Choraill*, wo sie, wie sie sagte, mit dem Wind in den Haaren am keltischen Kreuz von *Iain Lom, bard na ceappach* stand, dem flammenden Barden der Bergschluchten und des langen Marsches durch den Winterschnee.

»Das Kreuz schaut auf die Berge, die er so liebte«, sagte sie. »In ihrer Richtung wollte er beerdigt werden – und an diesem Ort.«

»Ich glaube, er hatte nie Zweifel«, fuhr sie fort. »Du weißt schon, was Treue betrifft und wer oder was ihm wirklich am Herzen lag und wen er wirklich hasste. Er zweifelte nie an der Bedeutung seiner Verse, stellte nie den Wert seiner Gedichte infrage oder den Lohn für das Blut an seinen Händen. Er schwankte nie in seinem Einsatz für die Sache, die ihm wichtig war.«

»Nein«, entgegnete ich, »vermutlich nicht. Das jedenfalls wurde immer behauptet.«

»Weißt du noch«, fragte sie, »wie Opa anfing zu weinen, wenn er seinen Whiskey trank und die Geschichte über die Hündin erzählte, die übers Eis auf die Insel zurückging? Dass er sie laufen ließ, weil sie ihm so unendlich Leid tat. Und sie dann von dem ahnungslosen Mann erschossen wurde.«

»Ja«, sagte ich, »erschossen von dem Mann, der sie an den Hinterläufen packte und ins Meer warf.«

»Oh, ich muss so oft an sie denken. Offenbar hatte sie das, was in der Kirche ›starker Glaube‹ heißt, weißt du. Sonst hätte sie nicht so lange gewartet und gedacht, sie kämen wieder, nachdem alle anderen längst die Hoffnung aufgegeben hatten. Sie glaubte fest an ihre Rückkehr und wollte auf sie warten.«

»Meine Hoffnung ruht fest in dir, Clan Donald«, sagte ich und bereute es fast im selben Moment.

»Komm, mach dich nicht lustig«, entgegnete sie.

»Wollte ich gar nicht«, sagte ich. »Mir fiel dabei nur etwas anderes ein.«

»Ich stelle mir einfach vor, wie sie so treu ergeben für ihre Leute und die Insel starb. Sie wollte die Stellung halten, bis sie zurückkommen. Sie dachte, die Insel gehörte ihnen. Unseren Eltern und ihr.«

»Ja«, entgegnete ich, nunmehr meinen eigenen Erinnerungen hilflos ausgeliefert. »Opa sagte immer: ›Arme *cú*.‹ Sie stammte von der Hündin aus Schottland ab, die im 18. Jahrhundert dem Boot hinterherschwamm und ertrunken wäre, hätte die Familie sie nicht ebenso gern gemocht wie sie die Familie. Sie hat sich ihnen mit Haut und Haar verschrieben.«

»Ja«, sagte meine Schwester. »Diese Hunde waren immer treu und stets bemüht, das war ihnen geradezu angeboren. Ach«, sagte sie und fasste sich mit der Hand ans Haar, »da sitze ich, eine erwachsene Frau, und verbringe meine Zeit damit, mir Gedanken über Entscheidungen zu machen, die ein Hund getroffen hat.«

»Nein«, sagte ich und griff über den Tisch nach ihrer Hand, wie wir es immer als Kinder getan hatten, »dahinter steckt mehr. Das weißt du genau.«

In dem modernistischen Haus in Calgary hielten wir uns über den Tisch hinweg an den Händen wie früher als Kinder. Hielten Hände wie so oft an den Sonntagnachmittagen, nachdem wir sehnsüchtig mit den Fingern die Gesichter unserer verschwundenen Eltern nachgezeichnet hatten: Gesichter, die uns aus dem Fotoalbum anblickten, das aufgeschlagen auf dem Tisch lag.

»Wusstest du«, sagte sie nach einer Weile, »dass das Glencoe Tal *Cú* heißt, Hundetal, nach den Jagdhunden, die nach der Mythologie dort einst lebten?«

»Ja, wenn man genauer überlegt, ergibt das Sinn«, entgegnete ich, »obwohl mir dieser Mythos neu ist. Irgendwie meine ich gehört zu haben, dass es Tal der Tränen heißt.«

»Das stammt von Macaulay«, erwiderte meine Schwester, »dem Historiker. Der hat sich das nach der Schlacht einfach ausgedacht. Den anderen Namen benutzten die Leute schon lange, bevor sie einen Grund zum Weinen hatten.«

»Ist das der Macaulay, der ›Horatio at the Bridge‹ schrieb?«, fragte ich und grub in meinem Gedächtnis nach Gedichten aus entfernten High-School-Tagen.

»Ja«, sagte sie. »Genau der. Er gehörte zu den Leuten, die in der Geschichte herumwühlen, sich hier und da etwas herauspicken und es dann ausschmücken.« Sie legte eine Pause ein. »Trotzdem kann man aus heutiger Sicht sagen, dass die eine Bedeutung faktisch richtig ist, aber die andere es besser trifft.«

Die Sonne Albertas schien durchs Fenster und erfüllte die bernsteinfarbene Flüssigkeit in den schweren Kristallgläsern mit winzigen Lichtpartikeln. Wir nahmen die Gläser in die Hand und schwenkten sie im Uhrzeigersinn. Dann ging die Tür auf, und ihre Kinder, die von der Schule kamen, platzten ins Zimmer.

»Gibt's was zu essen?«, fragten sie. »Wir sind am Verhungern.« Das Licht spiegelte sich in ihren schwarzen und roten Haaren.

15

Jetzt, in den Straßenschluchten Torontos, höre ich die Stimmen der Demonstranten, ihre Sprechchöre, Lieder und Parolen sowie die ebenso lautstarken Rufe ihrer Gegner. »Keine Cruise Missiles hier«, verlangen sie. »Eine starke Verteidigung ist kein Angriff.« »Atomkrieg – nein danke.« »Wenn es sich nicht lohnt, dafür zu kämpfen ...« Die heiße, goldene Sonne hängt hoch am Himmel, als wäre sie über allem erhaben.

An einem ähnlich sonnigen Septembernachmittag besuchte ich einmal meine Brüder – inzwischen scheint es sehr lange her zu sein. Es war ein Sonntag, einer jener heißen, ruhigen Tage, an denen kein Lüftchen wehte und das Meer so reglos dalag, dass es fast einem Gemälde glich. Wir saßen in der Küche und waren gerade mit dem Essen fertig, als mein ältester Bruder zum Fenster ging. »Seht nur«, rief er aufgeregt. »Die Wale! Die Grindwale!«

In glitzernder Eleganz stoben und sprangen sie aus der

Stille des ruhigen, blauen Ozeans. Einer nach dem anderen durchbrachen ihre schwarzen runden Rücken die flache See, Geysire aus weißer Gischt vor sich her sprühend, sie zerfetzten die glasgleiche Oberfläche und verwandelten das ruhige, blaue Wasser in Ströme und Fontänen aus fließendem Weiß – fast, als wäre es ein anderes Element. Insgesamt waren es vielleicht zwanzig Wale, obwohl man sie schwer zählen konnte, da sie immer wieder an anderen Stellen auftauchten und verschwanden. Wir ließen alles stehen und liegen und eilten die drei viertel Meile zur Küste hinunter, um sie zu beobachten. Am äußersten Rand von *Calum Ruadhs* Landspitze stehend, feuerten wir sie an und applaudierten, während sie spritzten, spielten, wirbelten und hüpften, so nah und doch so fern im Glanz ihrer ausgelassenen Freude.

Manchmal, erzählten meine Brüder, folgten die Grindwale ihrem Boot, und sie liebten Beifall und schätzten Gesang. Sobald sie unter der Oberfläche verschwanden, klatschten meine Brüder in rhythmischem Einklang wie Fans bei einer Sportveranstaltung, und kurz darauf brachen die Wale durch das Wasser, angezogen von dem Geräusch und der Aussicht auf Geselligkeit, manchmal so dicht am Boot, dass es fast schon gefährlich war. Sie sprangen, schlugen Bögen und verschwanden wieder, blieben aber immer in der Nähe, das wussten meine Brüder, denn sie waren wie Kinder, die Verstecken spielten und hofften, unerwartete Nähe könnte erschrecken und zugleich überraschen. Ließen sie sich länger nicht blicken, sangen meine Brüder englische oder gälische Lieder und schlossen kleine Wetten ab, bei welcher Textzeile sie an die Oberfläche rauschten und in ihrer ungeheuren Anmut das schaukelnde Boot umkreisten.

Doch an diesem Sonntag saßen wir nicht im Boot, wir standen singend und rufend auf dem am weitesten ins Wasser ragenden Landstück. Fast zwei Stunden lang betrachteten wir ihr herrliches Spiel und brüllten, winkten, sangen und klatschten dazu. Manchmal kamen sie ziemlich nah ans Ufer, als wollten sie hören, was wir sagten, oder sich vorteilhafter in Szene setzen. Sie spritzten und platschten, wir sangen und schrien, doch als die Sonne immer weiter zog, wurden wir das Spiel offenbar schneller leid als die Wale. Wir gingen landeinwärts, drehten uns aber immer wieder um und verabschiedeten uns winkend und rufend mit einer ganzen Serie letzter Abschiedsgrüße.

Am frühen Abend ging ich zur Küste hinunter, um die Milchkühe meiner Brüder zu holen, und entdeckte auf den Felsen in der Nähe der Aufschleppe, wo sie ihr Boot an Land zogen, einen gestrandeten Wal. Als ich mich näherte, stoben Schwärme von Krähen und kleineren Raubvögeln auf, aber ich musste noch ein Stück gehen, bis ich sah, welch fetten Brocken – zumindest für ihren Geschmack – die See ihnen da beschert hatte.

Es war Ebbe, und er lag in seiner gigantischen Länge auf den Felsen, während die See, die ihm doch erst seine Anmut verlieh, ein paar Meter hinter ihm ruhig plätscherte. Schon hatten ihm die Vögel die Augen ausgepickt und ihr Werk am After und den Fortpflanzungsorganen begonnen. Ein gezackter, etwa einen Meter fünfzig langer Riss verlief vom Hals durch den Bauch bis zum Unterleib, und ein Teil des Gedärms war ausgetreten und lag auf den Steinen. Die Hitze der noch immer scheinenden Sonne zeigte bereits Wirkung, bald würde der Geruch sich verschlimmern. Jetzt, außerhalb des Wassers, war er nicht mehr glänzend schwarz, sondern matt und braun im aufkommenden Gestank des Todes.

Ich lief nach Hause und erzählte es meinen Brüdern, und später gingen wir alle ans Wasser und betrachteten ihn. Wir kamen zu dem Schluss, dass er die einsetzende Ebbe nicht bemerkt hatte und er in der gehobenen Stimmung des Nachmittags zu nah ans Ufer geraten war und bei einem seiner wellenförmigen Sprünge nicht die erwartete Wassertiefe vorgefunden hatte, sondern das überschwemmte, zerklüftete Riff, das ihm seine weiche Unterseite aufgeschlitzt und die Innereien ausgerissen hatte, sodass er nicht mehr hochkam. Wir wähnten uns als trügerische männliche Sirenen, die ihn in den Tod gelockt hatten, auch wenn wir unsere Gedanken damals natürlich nicht in solche Worte fassten. Meine Brüder, die selbst im Angesicht des Todes praktisch dachten, hatten Angst, der Kadaver und der damit verbundene Gestank könnte ihre Fischerei beeinträchtigen. Sie befürchteten, er sei zu groß, um ihn ins offene Meer hinausschleppen zu können, selbst wenn es ihnen gelänge, Greifklauen in ihm zu befestigen und ihn bei Vollgas mit dem Boot von den Felsen zu ziehen. Der Nachmittag hatte für uns alle ein unerwartetes Ende gefunden.

In dieser Nacht kam ein gewaltiger Sturm vom Meer. Wir lagen im Bett und hörten den Wind und das Regenprasseln an den Fenstern, bis meine Brüder höchst beunruhigt aufstanden, denn sie fürchteten, die steigenden Wellen könnten das auf die Felsen gezogene Boot doch erfassen. Ausgerüstet mit Sturmlaternen und Taschenlampen rannten wir alle im Dunkeln ans Meer, unterwegs holten wir die immer treue Christy. Die Wellen donnerten in die Höhe, und man konnte auf den glitschnassen, glitzernden Felsbrocken kaum Halt finden. Von der »Lampe der Armen« war keine Spur zu entdecken. Sogar Christy hatte Angst, wenn sich die hohe Brandung um ihre Knie brach und ihre Hufe auf dem nassen, für sie unsichtbaren Stein ausrutschten. Calum packte die Backenstücke ihres Zaumzeugs mit beiden Händen, und wir hörten ihn laut und deutlich direkt neben ihrem Kopf auf Gälisch singen, um sie zu besänftigen und zu beruhigen –

wie vielleicht ein Vater oder eine Mutter einem verängstigten Kind etwas vorsingt. Calums feste Stimme übertönte das Donnern der See und Christy folgte ihm wie wir alle, obwohl uns das Wasser um die Knie brauste. Es gelang uns, die Kette im Bootsring einzuhaken und das Boot zu stabilisieren und im Gleichgewicht zu halten, dann lenkten wir Christy landeinwärts, zum höheren Gelände der Landspitze hinauf. Bei ihrem letzten Sprung schoss eine gewaltige Welle ins Bootsheck und trug es mit gewaltigem Schwung vorwärts, gerade als Christy die Spitze erklomm. Die Welle, die das Boot zerschmettert hätte, wäre es an seinem Liegeplatz befestigt gewesen, sorgte fast für seine Rettung, da es nun in relativ sicherer Höhe lag. Erschöpft ließen wir uns auf das nasse Moos und die Preiselbeersträucher sinken, denn wir wussten ja, das Boot war für die Nacht der Meeresgewalt entzogen. Auf den Wal hatte in der Dunkelheit und Aufregung niemand geachtet.

Am Morgen hatte sich der wütende Sturm ausgetobt, und obwohl sich die See noch misslaunig dahinwälzte, schien der zeitweilige Anfall vorüber zu sein. Wir liefen zur Küste hinunter, wo das Boot sicher im Trockenen lag und sich trotz des nächtlichen Abenteuers in gutem Zustand befand. Von dem Wal entdeckten wir keine Spur, was uns alle erleichterte, denn wir nahmen an, dass ihn die Wucht der Wellen wieder ins offene Meer getragen hatte. Doch dann fanden wir, in einem Haufen glitzernder Felsbrocken, seine Innereien, gefangen zwischen den Steinen, die das Meer über sie gespült hatte. Sie wogten immer noch auf und ab, das graue Gedärm schlingerte und schwappte im Wasser, ebenso die Leber, der Magen und das riesengroße Herz.

Den Kadaver selbst fanden wir später, ein paar hundert Meter landeinwärts, verborgen unter einem kleinen Berg aus braunem, verschlungenem Tang, den vereinzelte Steine und zerbrochene Treibholzstöcke zierten. Die See hatte den Kadaver nicht zurückgeholt, sondern landeinwärts getrieben, und dort blieb er über ein Jahr, bis nur noch Knochen übrig blieben.

Mein Bruder wartet in seinem Zimmer, und vielleicht sieht er durch das Fenster seiner Phantasie, wie die springenden, tobenden Grindwale in den Gewässern der Septembersonne spielen. »Lass dir Zeit«, sagte er. »Ich gehe nirgendwohin.«

16

Im Süden Ontarios bücken und strecken sich die Vertragspflücker unermüdlich unter der Sonne und zählen still die Gewinne und Verluste des Tages und der Saison. Die Wochenendpflücker machen sich langsam auf den Heimweg, und noch weiter südlich spielen meine Kinder in ihrem verdunkelten, schallgedämpften Hobbyraum piepende Computerspiele. Auch die Patienten, die am Montag mein Wartezimmer füllen, werden ihr Wochenende überstehen. Die Kinder bemühen sich vielleicht, den Gedanken an Montag zu verdrängen – und denken gerade deswegen viel zu oft daran. Die Erwachsenen dagegen, immer auf Schönheit erpicht, finden sich mit dem Preis ab, den sie zahlen müssen. Ich bin in einer Branche tätig, wo man »Gott ins Handwerk pfuscht«, wie Oma vielleicht sagen würde, und in diesem reichen Teil Nordamerikas stehen meine Patienten und ich recht gut da.

Als ich an der Universität in Halifax noch am Anfang meines Zahnmedizinstudiums stand, lud mich mein Professor eines Abends auf ein Bier ein. Wir gingen in die Kneipe unten im großen Hotel, und er sagte: »Man kann auf diesem Gebiet einen Haufen Geld verdienen, aber bestimmt nicht in den Provinzen an der Atlantikküste. Den Leuten hier liegt nicht viel an ihren Zähnen. Mehr als sechzig Prozent der Bevölkerung gehen erst zum Zahnarzt, wenn es zu spät ist, und die meisten Männer sind ohnehin Kandidaten für ein Gebiss, bevor sie zwanzig sind. Sie lassen sich die Zähne lieber ziehen als richten. Es ist geradezu, als wären sie wild auf die dritten Zähne. Nur in Quebec und bei den Aborigines sind die Statistiken genauso schlecht«, sagte er. »Und in Neufundland. Aber ich weiß nie so recht, ob man das zu den Küstenprovinzen zählen soll oder nicht.«

Er stammte nicht aus der Küstenregion, lebte aber schon seit einiger Zeit in Halifax, weil er die Universität, die Stadt und die Menschen mochte.

Ich war damals jung und wusste nicht, was ich sagen sollte, als ich den prophetischen Worten aus dem Mund des großen Mannes mit den perfekt überkronten Zähnen lauschte. Seine Nähe machte mich nervös, und ich hatte nicht genug Geld, um mir ein Bier zu leisten. Aber ich wollte ohnehin keinen Alkohol trinken, da ich befürchtete, das würde mich müde machen, und ich wollte noch für die Prüfungen lernen. Denn meine Chancen auf die verschiedenen Auszeichnungen, Stipendien und Preise, die mich auf den von ihm angedeuteten Weg befördern konnten, standen nicht schlecht.

Er hatte nichts dagegen, als ich zu Cola wechselte und die Eiswürfel im Glas kreisen ließ, die unter meinen warmen, schwitzenden Händen langsam schmolzen. Ich hatte noch nie jemanden in einer ähnlichen Position kennen gelernt und argwöhnte, was er wohl von mir wollte; außerdem fürchtete ich, dass mir vielleicht ein geistiger oder verbaler Fehler unterlief, der unsere fragile Schüler-Lehrer-Beziehung gefährden könnte. Als ich noch mehr Cola trank und er noch mehr Bier, wurde ich zunehmend nervöser, ich spürte das Coffein in den Adern pulsieren und stellte mir vor, wie sich meine

Pupillen weiteten. Seine Sätze kamen immer gepresster, und manchmal griff seine Hand neben statt um das Glas, manchmal kippte er es auch um, sodass kleine Bierbäche über den Tisch flossen, denen wir diskret auswichen und dabei so taten, als wäre nichts geschehen. Wie es aussah, vergrößerte das fortgesetzte Trinken langsam die Kluft zwischen uns. Als stünde einer von uns am Ufer, während der andere auf einem Schiff ins offene Meer hinaustrieb. Aufgrund unseres unterschiedlichen Zustands drangen unsere Stimmen nicht mehr zueinander durch.

Trotz allem schien er sich aufrichtig für seinen Beruf und – als einem Teil davon – auch für mich zu interessieren, und zudem hatte ich den Eindruck, dass er auf seine Art vielleicht einsam war.

»Von woher, sagten Sie, kommen Sie?«, fragte er und beugte sich vor, bis seine Nase fast die Gläser auf dem Tisch berührte – wie einer jener Scherzvögel in den Schaufenstern von Krimskramsläden, die unaufhörlich mit dem Schnabel picken.

»Oh«, sagte ich, verblüfft von der Einfachheit oder auch Kompliziertheit der Frage. »Von Cape Breton.«

»Noch nie da gewesen«, sagte er. »Sollte ich?«

»Was?«, fragte ich.

»Hinfahren?«, sagte er. »Sollte ich mal hinfahren?«

»Ich weiß nicht«, entgegnete ich und suchte in Gedanken hastig nach irgendeiner passenden Antwort.

»Haben Sie Zahnärzte in der Familie? Ist Ihr Vater Zahnarzt?«, fragte er und wackelte weiter rhythmisch vor und zurück.

»Nein«, antwortete ich. »Beides nicht.«

»Oh«, sagte er. »Die meisten, die diesen Beruf ergreifen, kommen aus Zahnarztfamilien. Aber irgendwer muss wohl den Anfang machen. Ich will Ihnen was sagen«, meinte er, beugte sich vor und packte mich mit seiner nassen Hand fest an der Schulter. »Wir müssen Zähne gut behandeln und nicht immer gleich rausziehen, die kleinen Scheißer.«

Bei meiner Abschlussfeier noch im gleichen Frühjahr schien die Sonne, die Bäume und Blumen waren grün und blühten, während wir durch die traditionelle Zeremonie stakten und – je nachdem – unsere Auszeichnungen und Preise erhielten. Ich war zwei Tage davor nach Hause gefahren, um das Auto zu holen, das uns der Vater des rothaarigen Alexander MacDonald freundlicherweise für die Feier angeboten hatte. Opa und Oma fuhren mit, auch mein anderer Großvater sowie die Eltern des rothaarigen Alexander MacDonald.

Nachdem wir uns am Nachmittag vor der Feier auf den Zimmern eingerichtet hatten, sagte mein Großvater: »Zeig mir mal, wo die Bibliothek ist, ich will etwas nachschlagen.« Opa fragte: »Gibt es hier in der Gegend gute Kneipen?«, und Oma zog mit den anderen los, um Geschenke für die zu kaufen, von denen sie sich erst vor wenigen Stunden verabschiedet hatte. Meine Schwester feierte zur gleichen Zeit ihren Abschluss in Alberta, das offensichtlich so weit entfernt war, dass niemand daran teilnehmen konnte – aber wir schickten ihr alle gleich lautende Telegramme. Die Männer des *clann Chalum Ruaidh*, die meinen Brüdern gefolgt waren, darunter auch der rothaarige Alexander MacDonald, arbeiteten jetzt seit fast einem Monat am Elliot Lake in Ontario. Sie teuften Schächte ab und fuhren Strecken auf, nachdem Renco Development, ihr Arbeitgeber, das Uran wieder entdeckte, auf das man bereits vor zehn Jahren gestoßen war – nur machten die Preise und Märkte den Abbau jetzt wieder rentabel. Auch von ihnen kamen Telegramme in einer Mischung aus Gälisch und Englisch, zusammen mit einem Scheck über fünfhundert Dollar.

Bevor meine Brüder zum Elliot Lake gingen, hatten sie auf der Rückreise von Peru, dem Land, das sich seiner Grenzen nie gewiss ist, ein paar Tage zu Hause verbracht. Und auf dem Weg nach Ontario hatten sie mir einen kurzen Nachmittagsbesuch in Halifax abgestattet. Oben in den Bergen von Peru, wo sie Schächte abgeteuft hatten, erzählten sie, sei die Luft so dünn, dass sie anfangs an *soroche* litten, der Höhenkrankheit. Später, sagten sie, hätten sie sich allmählich daran gewöhnt. Peru sei überaus schön, sagten sie, auch wenn die Menschen arm seien und die politischen Auseinandersetzungen heftig. Sie waren im Jahr vor dem Militärputsch dort, und man warnte sie vor jeder politischen Verstrickung und legte ihnen nahe, unter sich zu bleiben und ihre Arbeit zu erledigen. Man riet ihnen außerdem, dass sie, falls sie auf den gewundenen Bergstraßen oder in den Dörfern (auf deren einziger Straße sie in der frühmorgendlichen Dunkelheit zur Arbeit rasten) zufällig ein Tier oder sogar einen Menschen überfuhren, keinesfalls halten sollten, da man befürchtete, sie könnten niedergemetzelt werden. Stattdessen sollten sie ins nächste Dorf weiterfahren und die Polizei dort oder in Cerro de Pasco informieren. Schon damals galt Peru als Land der *desaparecidos*, der »Verschwundenen«, und viele Menschen lebten im eigenen Land wie Verbannte. Die Nationalhymne, sagten meine Brüder, hieße *somos libres, somos lo siempre*. Wir sind frei, und das bleiben wir immer.

Am Tag der Abschlussfeier war es, wie gesagt, sonnig und freundlich, so wie es sich für solche Tage gehört. »Schön für dich«, sagte Opa, als ich in Barett und Talar dastand und meine diversen Diplome, Auszeichnungen und das Angebot für ein Forschungsstipendium im Sommer an die Brust drückte, während Oma fotografierte. »Schön für dich, *'ille bhig ruaidh*. Jetzt musst du nie mehr arbeiten.« Damit meinte er, ich müsste mein Leben nicht damit fristen, die Spannsäge durchs Holz zu ziehen oder hüfttief im eiskalten Wasser stehend das Boot vor der Landspitze abzustoßen. »Aber Menschenskind«, fügte er hinzu, »zweiunddreißig Zähne. Was würdest du bloß machen, wenn du ein ganzes Krankenhaus instand halten müsstest?«

An diesem heißen Nachmittag und frühen Abend brüteten wir auf dem Heimweg alle über Veränderungen in unserem Leben nach – egal, ob sie weit zurücklagen oder eben erst geschehen waren.

»Es stimmt«, sagte mein Großvater nach etwa einer Stunde Fahrt. »Ich habe es in der Bibliothek in Halifax gefunden.«

»Was?«, fragte Opa.

»Das mit Wolfe und den Hochländern auf den Plains of Abraham, vor den Toren Quebecs. Er hat sie nur gegen die Franzosen eingesetzt. Er misstraute ihnen und wäre vermutlich froh gewesen, wenn die Franzosen sie alle umgelegt hätten. Solange sie durchhielten, hat er sie für seine Zwecke missbraucht.«

»Aber«, warf Opa ein, »hast du mir nicht mal erzählt, dass es ein Französisch sprechender MacDonald war, der die Briten an den Wachposten vorbeischleuste? Und dass er und die anderen Hochländer als Erste oben auf der Klippe ankamen und sie sich an den Wurzeln der verwachsenen Bäume hinaufzogen? Das hast du doch gesagt.«

»Ja«, erwiderte mein Großvater. »*Die Ersten oben auf der Klippe*. Wolfe saß noch unten im Boot. Denk doch mal nach.«

»Sie waren die Ersten, weil sie die Besten waren«, sagte Opa störrisch. »Sie haben Kanada für uns erobert, so sehe ich es. Das haben sie bei Culloden gelernt.«

»Bei Culloden standen sie auf der *anderen Seite*«, sagte

Großvater, nunmehr fast gereizt. »Da kämpfte MacDonald *gegen* Wolfe. Dann ging er nach Paris. Dort lernte er Französisch. Dann hat man ihn begnadigt, damit er *für* die britische Armee kämpfen konnte. Bei Culloden kämpfte er gegen Wolfe, und Jahre später, bei Quebec, kämpfte er für ihn. Unter diesen Umständen kann man Wolfe vielleicht nicht verdenken, dass er misstrauisch war. Schließlich hatte er ein Gedächtnis wie jeder andere auch. Jedenfalls fiel MacDonald im Kampf *für* die britische Armee, nicht *gegen* sie. Und es ist keine schöne Vorstellung, dass Menschen unter trügerischen Umständen ihr Bestes geben, ja sogar ihr Leben.«

»Kein Mensch kennt die Gedanken dieser Männer«, sagte Opa philosophisch.

»Nein«, sagte Großvater, »aber manche Männer hinterlassen Aufzeichnungen von ihren Gedanken. Wolfe nannte die Hochländer seinen heimlichen Feind, und einmal, als er in einem Brief an seinen Freund Captain Rickson erwähnte, er wolle sie als Soldaten anwerben, machte er die zynische Bemerkung: ›Kein großes Unglück, wenn sie fallen.‹«

»Da wir gerade beim Krieg sind«, sagte Oma, die während der Unterhaltung geschwiegen hatte, »bevor wir gestern früh nach Halifax gefahren sind, kam ein Brief von meiner Schwester aus San Francisco. In der ganzen Aufregung hätte ich ihn fast vergessen.«

Sie holte einen Brief aus ihrer Handtasche und fing an zu lesen:

»Liebe Catherine, lieber Alexander!

Haben euren Brief erhalten und uns, wie immer, sehr darüber gefreut. Wie schön, dass es euch gut geht und ihr euch auf den Ausflug nach Halifax zur Abschlussfeier von Alexander freut (oder von *gille beag ruadh*, wie ihr ihn immer genannt habt). Dass seine Schwester Catherine in Alberta ihren Abschluss feiert, hat uns ebenfalls sehr erfreut. Wirklich schade, dass ihr an ihrem großen Tag nicht dabei sein konntet, aber man kann eben nicht auf zwei Hochzeiten gleichzeitig tanzen, wie wir ja alle wissen. Diese Kinder sind gewiss eine große Freude für euch beide.

Ihr habt euch sicher auch über das Wiedersehen mit den Jungen bei ihrer Rückkehr aus Peru gefreut. Es ist so schade, dass sie nicht in San Francisco Halt machen und uns besuchen konnten, aber wir wissen selbst, wie kompliziert die Sache mit den Flugtickets und der Einwanderungsbehörde und sonst allem ist. Vielleicht ein andermal. Ich hoffe, es geht ihnen gut in Ontario. Wo wir gerade bei Ontario sind: Unser Enkelsohn Alexander hat seinen Einberufungsbescheid erhalten, das heißt, sie wollen ihn für Vietnam holen. Er möchte nicht in den Krieg, und mittlerweile wollen wir auch nicht mehr, dass er geht. Unter dem *netten* Präsidenten Kennedy haben wir den Krieg unterstützt, inzwischen sieht es anders aus. Calum sagt, er traut den Augen von Lyndon Johnson nicht und dass man uns hier zu Hause nicht die Wahrheit erzählt und die Menschen dort drüben (Vietnam) eigentlich nur ihr Land für sich haben wollen. Jedenfalls herrscht bei uns im Augenblick eine große Verunsicherung über den Krieg, es gibt viele Demonstrationen, wie ihr vermutlich aus Fernsehen und Zeitungen wisst, und viele junge Männer gehen nach Kanada.

Wenn ihr uns die Adresse von euren Jungs in Ontario mitteilen könntet und ihnen schreiben würdet, vielleicht würden sie ihm dann helfen. ›Blut ist dicker als Wasser‹ heißt das alte Sprichwort, und ihr wisst, wir würden dasselbe für euch tun.

Uns beiden geht es recht gut, auch wenn wir nicht gerade jünger werden. Ich muss jetzt schließen und eine Tasse Tee kochen. Es ist wirklich schade, dass ihr nicht hier bei uns sein könnt. Calum sagt, wenn ihr hier wärt, käme etwas Stärkeres als Tee auf den Tisch. Er sagt, wenn er pensioniert ist, wird er im Keller seine eigene Brauerei eröffnen – alte Gewohnheiten sterben offenbar nicht aus.

Alles Liebe und *Beannachd leibh*,

mit herzlichen Grüßen, euer Bruder und eure Schwester

Calum und Sarah.«

»Schreib ihnen zurück, das geht klar«, sagte Opa, ohne eine Sekunde zu zögern. »Das machen die Jungs. Sie werden ihm in Ontario helfen. Unser *gille beag ruadh* hier wird es ihnen erklären«, sagte er und klopfte mir auf die Schulter. »Wir haben dir das bestmögliche Leben geboten. Von dem Tag an, als du mit drei Jahren für eine Nacht zu uns gekommen bist, bis zum heutigen Tag.«

»Ja«, sagte Oma, »zu Hause werde ich ihnen gleich antworten. Und du schreibst deinen Brüdern in Ontario. Sie sind zwar auch unsere Enkelkinder, aber du bist eben unser *gille beag ruadh*.«

Die Sonne hing weiter sengend am Himmel, als wir durch den Bezirk Pictou heimwärts fuhren. In der Nähe der Bezirksgrenze tippte mein Onkel mir auf die Schulter und zeigte zum Fenster hinaus.

»Da ist Barney's River«, sagte er. »Dein Vater und ich kamen 1938 hierher, um als Holzfäller zu arbeiten. Ein paar Männer aus dem Clan waren schon länger hier beschäftigt und hatten uns benachrichtigt, dass es Arbeit gab, wir sollten nur unsere eigenen Äxte mitbringen, weil die im Lager nicht scharf genug wären. Es war Dezember. Als wir in Barney's River Station nachts aus dem Zug stiegen, versanken wir im Schnee, und ich erinnere mich noch genau an die Kälte.

Das Camp befand sich ungefähr zwölf Meilen von hier

im Landesinneren«, sagte er, auf die zurückweichenden Hartholzwälder zeigend, »und wir marschierten los und hofften, dass wir dem richtigen Weg folgten. Die Nacht war so kalt, dass die Bäume vor Frost barsten. Sie platzten mit einem Geräusch auf, das an Gewehrschüsse erinnerte. Aber der weiße Schnee und der volle Mond – *Lochran àigh nam bochd*, die ›Lampe der Armen‹, wiesen uns den Weg. Manchmal sangen wir, damit wir uns nicht so allein fühlten, und passten unseren Schritt dem Rhythmus der Lieder an, wie bei einem Marsch. Irgendwann kamen wir über einen Hügel und unter uns lag das Camp. Ich erinnere mich noch an die Elche im Hof, sie suchten Heureste vor dem Eingang zum Stall, wo die Pferde untergebracht waren. Als wir unten ankamen, schauten sie uns nur an und rührten sich kaum von der Stelle. Ihr Hunger war größer als ihre Angst. Wir öffneten die Stalltür und warfen ihnen etwas Heu vor, draußen auf dem Schnee, dann legten wir uns in der Scheune zum Schlafen ins Heu. Es war warm, weil die Pferde Hitze abgaben, und selbst im Schlaf hörten wir ihre Bewegungen, ihr Stampfen und Schwänzeln und das Reiben ihrer Hälse an den Futtertrögen.

Am nächsten Morgen fingen wir an zu arbeiten und blieben bis Ende März, dann wurde es Zeit für die Fischerei. Wir gingen mit den Sternen am Himmel zur Arbeit und kehrten unter Sternen wieder zurück – einen Dollar pro Tag gab's für die Arbeit in den Hartholzwäldern.«

Er legte eine Pause ein und lächelte kurz. »Bevor wir mit unserem Lohn nach Cape Breton zurückkehrten, fuhren wir im Zug nach Truro. Auf den Straßen lag immer noch Schnee. In Truro gab es zu der Zeit keine öffentlichen Kneipen, deshalb kauften wir uns ein kleines Fläschchen. Da wir nicht wussten, wo wir trinken sollten, bogen wir in eine Seitenstraße. Bei einem Haus mit einer Außentreppe, die in den ersten Stock führte, stellten wir uns unter die Treppe, damit wir endlich einen Schluck nehmen konnten. Wir setzten gerade die Flasche an die Lippen, da kam eine Frau auf den Treppenabsatz und sah uns unter sich stehen. ›Macht, dass ihr weiterkommt‹, rief sie, ›sonst rufe ich sofort die Polizei.‹

›*Pog mo thon*‹, entgegnete dein Vater, weil er dachte, sie kann kein Gälisch.

›Ach, ihr Lieben‹, sagte sie. ›Kommt doch und esst mit uns zu Abend.‹ Sie gehörte zum *clann Chalum Ruaidh* und war überrascht und überglücklich zugleich, dass sie in Truro jemand Gälisch sprechen hörte – ungeachtet dessen, was gesagt wurde. Auch ihr Mann war unglaublich freundlich, als er nach Hause kam, und wir blieben zum Essen und gingen dann zu Bett. Ich erinnere mich noch, wie weiß und sauber mir die Laken vorkamen, nach allem, was wir aus den Holzfällercamps gewohnt waren. Noch Jahre danach schickten wir ihnen eine Karte zu Weihnachten, bis sie dann einmal zurückkam. Wahrscheinlich waren sie umgezogen. Dein Vater sagte manchmal: ›Es kommt nicht oft vor, dass man ‚Du kannst mich mal' sagt und dafür ein herrliches Essen und ein Bett mit sauberen Decken kriegt.‹

Ein andermal«, fuhr mein Onkel fort, »hausten wir in einem Holzcamp, in dem es vor Ratten wimmelte. Bevor wir ins Bett gingen, nahmen wir meistens zwei oder drei Brotlaibe und warfen sie in Brocken auf den Boden, damit die Ratten uns nicht im Bett überfielen.

Weißt du«, sagte er, verstummte plötzlich und legte mir seine Hand auf die Schulter, während ich fuhr, »dein Vater hat mir sehr gefehlt, und er fehlt mir immer noch. Ich war länger mit ihm zusammen, als er mit dir sein durfte, und Opa und Oma kannten ihn noch viel besser. Aber vielleicht teilen wir die gleiche Trauer«, sagte er nach einer Pause, »nur anders verpackt.«

»Ach na ja«, sagte Oma, »wir sollten für das dankbar sein, was wir hatten. Manche Leute sehen ihre Eltern überhaupt nie, und manche Männer wissen gar nicht, dass sie Kinder in die Welt gesetzt haben.«

»Darüber bin ich nie hinweggekommen«, sagte mein Großvater ruhig. »Nicht zu wissen, ob mein Vater jemals ahnte, dass er für mich oder jemand wie mich verantwortlich sein könnte. Ich glaube, dann wäre vieles anders gewesen.«

»Was konnte der Mann denn tun?«, fragte Opa. »Er war jung, und es war nicht seine Schuld, dass er umkam. Er hat nicht geplant, dass sich alles so entwickelt. Er wusste von deiner Existenz ebenso wenig wie von seinem Tod – es sei denn, er sah ihn auf sich zukommen, aber da war es schon zu spät.«

»Als Kind«, sagte mein Großvater, »wurde ich einmal von den anderen Kindern gehänselt und lief zu meiner Mutter, um sie etwas zu fragen. Ich weiß gar nicht, worum es sich handelte, und verstand es damals wahrscheinlich auch nicht. Irgendeine Andeutung über die Umstände meiner Empfängnis und warum ich anders war. Jedenfalls schlug sie mich so fest, dass ich durch das halbe Zimmer flog. ›Frag mich so etwas nie wieder!‹, schimpfte sie. ›Siehst du nicht, dass ich auch so schon genug Ärger mit dir habe?‹ Damit war die Unterhaltung beendet – falls man es so nennen kann. Sie wurde eine verbitterte Frau, meine Mutter, aber vielleicht darf man ihr keinen Vorwurf machen. Sie hat es nicht leicht gehabt im Leben.«

»Nein, wirklich nicht«, sagte Oma. »Unter den gegebenen Umständen hat sie sicher ihr Bestes getan.«

»Vielleicht. Ich habe immer bedauert, dass ich kein Bild von ihm besitze«, sagte mein Großvater. »Ein Bild in meinem Kopf. Inzwischen bin ich in dem Alter, wo ich gut und gern Urgroßvater sein könnte, aber ich suche ihn immer noch. Wenn ich mich morgens rasiere, auch heute früh in Halifax, blicke ich in den Spiegel und versuche ihn in meinem Gesicht zu finden, in den Augenbrauen, dem Kinn oder den Wangenknochen – aber wir sehen uns ja alle ziemlich ähnlich. Nur das eine Mal in meinem Leben, als ich betrunken war, da sah ich ihn im Spiegel. Ich ging ans Waschbecken, um mir Wasser ins Gesicht zu spritzen, und als ich aufblickte, stand er im Spiegel hinter mir. Er hatte rötliches Haar und einen rötlichen Schnurrbart und war jünger als ich zu der Zeit. Es ist komisch, wenn der eigene Vater jünger aussieht als man selbst. So schnell ich konnte, drehte ich mich um, rutschte aber im Wasser auf dem Boden aus, stürzte und schlug mir den Kopf an. Als ich aufstand, fühlte ich mich immer noch schwach auf den Beinen, und er war fort. Dieser Vorfall hat mich so nachhaltig beeindruckt, dass ich nie wieder betrunken war, aber seitdem trage ich den Schnurrbart.« Er machte eine Pause und berührte mit der rechten Hand seinen Schnurrbart.

»Das zweite Mal besuchte er mich im Schlaf, in der Nacht, nachdem meine Frau gestorben war. Vermutlich war es ein Traum. Er stand neben dem Bett und trug lange Wollunterwäsche, die Art, die man im Winter in einem Holzcamp anziehen würde. Er beugte sich über mich und legte mir seine Hand auf die Schulter. ›Kümmere dich um die Kleine‹, sagte er, ›dann fühlt ihr euch beide nicht so allein.‹«

Die Sonne schien immer noch, aber die heißeste Tageszeit war vorüber. Wir schwiegen alle eine Weile, während die Meilen an uns vorbeirauschten. Dann krochen wir den Havre-Boucher-Hügel hinauf, und die Straßenschilder verkündeten die Nähe zu Cape Breton. Doch schon vor dem Anstieg und den Schildern konnten wir Cape Breton sehen: Vor uns lag es zu unserer Linken blau und grün jenseits des Wassers.

»Schluss mit den traurigen Geschichten«, sagte Opa.

»Kommt, wir singen ein paar Lieder.« Und dann fingen wir an, gemeinsam zu singen:

»Chi mi bhuam, fada bhuam,
Chi mi bhuam, ri muir lain;
Chi mi Ceap Breatuinn mo luaidh
Fada bhuam thar an t-sail.«

Wir riefen die Namen der Ortschaften, soweit wir sie aufgereiht an der Küste erkennen konnten; wir versuchten das, was einst als Klagelied gedacht war, in ein beschwingtes, fröhliches Lied für unsere Heimkehr zu verwandeln. Immer wenn unsere Stimmen am Anfang einer neuen Strophe leiser wurden oder zögerten, wandten wir uns meinem Großvater zu, der uns klar und ohne zu schwanken führte. Und wieder war es eine kleine Überraschung, dass man ihn selten mit Singen in Verbindung brachte, er es aber ebenso gut beherrschte wie die Geige.

»Du machst nie einen Fehler«, sagte Oma zu ihm, als das Lied zu Ende war.

»Ich gebe mir auch viel Mühe«, entgegnete er, »und versuche mein Bestes.«

Wir überquerten den Canso-Damm. Als die Vorderräder Cape Breton berührten, sagte Opa: »Gott sei Dank, wir sind wieder zu Hause. Jetzt kann uns nichts Schlimmes mehr passieren.«

Vor uns lag noch eine gute Stunde Fahrt an der Küste entlang, aber es war nicht zu übersehen, dass Opa sich schon in »Gottes Land« oder in »unserem eigenen Land« wähnte, wie er es nannte. Mit einem Griff in seine Mantelinnentasche zauberte er eine Flasche Whiskey hervor, die er offenbar in Halifax gekauft hatte, und holte, nachdem er das halb offene Fenster ganz heruntergekurbelt hatte, wie ein Baseballwerfer aus und schleuderte den Korken, so weit er konnte, in das wogende Gras jenseits der Straße.

»Das müssen wir jetzt wohl oder übel alles austrinken«, sagte er und hielt die Flasche triumphierend hoch. »Als ich ein junger Mann war«, fuhr er ausgelassen fort, von der eigenen guten Laune beflügelt, »und wir im Frühling von der Arbeit aus dem Wald heimkehrten, bekam ich einen Ständer, sobald meine Füße den Boden von Cape Breton betraten. Jawohl, wie auf Kommando nahm er Habachtstellung in meiner Hose an. Ich konnte ihn nicht unten halten. Damals hatten wir noch Knöpfe an den Hosen«, fügte er hilfreich hinzu. »Das war noch vor der Zeit mit den Reißverschlüssen.«

»Scht«, machte Oma und stupste ihn mit dem Ellbogen in die Rippen, als wäre er damit selbst für ihren Geschmack ein wenig zu weit gegangen.

»Schon gut«, sagte er. »Kommt, wir singen noch ein bisschen. Möchte jemand einen Schluck?«

»Singen wir lieber«, entgegnete mein Großvater. »Alles ist besser als trinken.«

Wir sangen also, während ich das Auto meines Onkels über die gewundene Straße am Meer der untergehenden Sonne entgegenlenkte. Wir sangen *»Fail-ill-o Agus Ho Ro Eile«, »Mo Nighean Dubh«, »O Chruinneag«, »An T'altan Dubh«, »Mo Run Geal Dileas«* und *»O Siud An Taobh A Ghabhainn«*. Wir sangen all die alten Stücke, die Lieder, die Leute gemeinsam bei der Arbeit gesungen hatten, um eine schwere Aufgabe leichter zu machen.

Als wir an den Häusern auf »unserem eigenen Land« vorbeifuhren, zählte Opa seine Verwandten auf oder rief ihnen etwas zu, während sie neben ihren Haustüren standen, im Hof umherliefen oder ihren diversen frühabendlichen Pflichten nachkamen.

»Da ist *Aonghas Ruadh*«, sagte er. »Und da *Mairi.*« »Das ist *Gilleasbuig.*« »Und das *Domhnull Ruadh.*« »Drück auf die Hupe.«

Auf sein Geheiß drückte ich auf die Hupe, und wenn die Leute das Auto und seine Insassen erkannten, die langsam am Meer entlangrollten, winkten sie zurück. Manchmal schwenkte Opa die Whiskeyflasche zum Fenster hinaus, wenn ich hupte, als wollte er beweisen, wie gut er sich amüsierte.

»Sei doch nicht so albern«, sagte Großvater, der den Eindruck machte, als würde er sich am liebsten verkriechen, »sonst werden wir noch alle von der Polizei verhaftet.«

Wir fuhren dahin, winkten und sangen unsere Lieder, während sich die Sonne im Auto meines Onkels spiegelte und die unterschiedlichen Farben unserer Haare berührte, sie färbte den flachen ruhigen Ozean und zeichnete die Konturen der Insel, vor der mein Bruder und meine Eltern vor vielen Jahren, wie es schien, ertrunken waren.

17

Als wir zurückkamen, setzten wir erst meinen Großvater zu Hause ab. »Komm einen Augenblick mit herein«, sagte er. »Ich möchte dir etwas geben.« Aus seinem Schrank holte er zwei sorgfältig eingewickelte Geschenke.

»Mach sie auf«, sagte er.

Ein Päckchen enthielt ein handgeschnitztes Schachspiel, für das er sicher sehr viel Zeit gebraucht hatte, bis es fertig war; die Schnörkel und Rundungen der einzelnen Figuren schienen sich fein verschlungen unter dem polierten Holz zu bewegen. Im zweiten Päckchen fand ich eine handgeschnitzte Tafel, die das Wappen und den Wahlspruch der MacDonalds zeigte. »Meine Hoffnung ruht fest in dir«, stand da in sorgsam umrissenen, erhabenen Buchstaben.

»Deine Schwester bekommt das Gleiche«, sagte er verlegen. »Vor zwei Wochen habe ich es mit der Post nach Alberta geschickt. Ich wollte sichergehen, dass es rechtzeitig ankommt.«

»Vielen Dank«, sagte ich. »Hab vielen Dank.«

Ich versuchte mir die Sorgfalt vorzustellen, die in allem steckte – die gewissenhafte Detailarbeit, die Kopf und Hände geleistet hatten, wenn er die fein geschliffenen Werkzeuge benutzte, die meine Schwester und ich als Kinder immer im Regen hatten liegen lassen.

»Vielen Dank«, sagte ich erneut. »Hab vielen Dank.«

Auf der Heimfahrt winkten wir den Leuten auf der Straße zu, doch irgendwie grüßten sie nur zögernd zurück und betrachteten uns allzu interessiert. Als wir in den Hof fuhren, stand eine Menschentraube an der Haustür versammelt, und aus dem Kamin qualmte Rauch. Jemand, der sich im Haus auskannte, hatte das hintere Fenster aufgeschoben und war hineingestiegen, hatte Feuer gemacht und die Türen von innen geöffnet.

Der rothaarige Alexander MacDonald war am Nachmittag tödlich verunglückt, erzählten die Leute. Der Erzkübel hatte ihn unten im Schacht erwischt, er war sofort tot. Meine Brüder hatten angerufen. Sie begleiteten den Leichnam nach Hause.

Die Nachricht kam so plötzlich und unerwartet, dass sie mich völlig erstarren ließ. Kein Griff, kein Halt, nichts. Das Ganze schien zu kompliziert – während ich mich anschickte, in die Welt des perfekten Gebisses einzutreten, erwartete ihn plötzlich der Tod in der Nähe des Elliot Lake in einem Loch tief unter der Erde. Gerade als ich das Auto seiner Eltern steuerte und wir unsere Lieder sangen, starb er weit weg am Rand des Kanadischen Schildes. Ich musste daran denken, wie wir als Kinder gestritten hatten und ich ihn ausgelacht hatte, weil er seinen Tee aus der Untertasse schlürfte. Ich konnte noch seine kleine, aber entschlossene, schwielige Hand in meinem Nacken spüren, bevor Opa uns trennte. Und ich musste daran denken, dass wir immer geglaubt hatten, wir wüssten genau, wer die vom Glück Erwählten seien.

»Heute ist der Familie viel passiert«, sagte Oma und umarmte die Mutter des rothaarigen Alexander MacDonald. Als ich meine Großmutter so sah, das Gesicht von der Anstrengung des langen Tages und der heißen Fahrt gezeichnet, hielt ich sie zum ersten Mal für eine alte Frau.

»Heute ist der Familie viel passiert«, sagte sie noch einmal, »aber wir werden allem ins Auge blicken. Wir müssen stark sein. Wir können nicht wie ein Löffel voll Zucker im Glas Wasser verschwinden.«

»Ich habe ihm in Halifax ein Hemd gekauft«, sagte meine Tante ruhig. »Ein Hemd mit MacDonald-Karos. Heute Abend wollte ich es ihm einpacken.«

»Verflucht«, entfuhr es Opa, den die Wucht der Ereignisse schnell ernüchterte. »Verflucht noch mal, verflucht.«

18

Die sterblichen Überreste des rothaarigen Alexander MacDonald kamen aus Sudbury zum Flughafen in Sydney, eingehüllt in einen der Plastiksäcke, in denen die Fluggesellschaften Tote überführen. Die Mitglieder des *clann Chalum Ruaidh*, die mit ihm zusammengearbeitet hatten, begleiteten ihn auf seiner endgültig letzten Heimreise, und sein Vater bat mich, sie am Flughafen in Sydney abzuholen. Ich fuhr allein, damit für die Neuankömmlinge mehr Platz wäre.

Es war eine seltsame und einsame Hundertmeilenfahrt,

als ich in demselben Auto, das auf dem Weg nach Halifax zu meiner Abschlussfeier und zurück so voll besetzt gewesen war, der gewundenen Straße durch die Berge folgte. Im Wageninneren hing noch immer der leichte Geruch von Opas verschüttetem Schluck Whiskey, und das Radio lief nur ab und zu, da die Sender wegen der hohen Berge und tiefen Täler sowie den gelegentlich alles überschattenden Felsüberhängen immer wieder abrissen. Das Radio brachte die Wettervorhersage, spielte schottische Geigenmusik und berichtete über den Tod und die Vorbereitungen zur Beisetzung des rothaarigen Alexander MacDonald. Es war früher Nachmittag.

Als der *clann Chalum Ruaidh*, angeführt von meinem ältesten Bruder, in Sydney aus dem Flugzeug drängte, befanden sich die meisten schon in einem fortgeschrittenen Rausch. Viele waren wütend und redeten in einer Mischung aus Englisch und Gälisch. Die Geschäftsleitung von Renco Development stand unter Termindruck und hatte protestiert, als so viele Männer zu der Beerdigung gehen wollten.

»Es war doch bloß ein Mann«, hieß es in der Geschäftsleitung. »Der Rest von euch kann doch weitermachen. Die Arbeit muss weitergehen.«

Aber die Arbeit war keineswegs weitergegangen, denn alle hatten gekündigt. Sie waren aus den Baracken sowie von unten aus den Schächten und Strecken gekommen, und manche hatten ihre Ausrüstung ins Gebüsch neben der Förderanlage geschleudert, dass die noch in den Gürteln steckenden Schraubenschlüssel auf dem Stein des harten Kanadischen Schildes schepperten. Einige hatten ihren Lohn abgeholt, bevor sie gingen, andere hatten darauf verzichtet.

Jetzt sammelten sie sich am Gepäckkarussell und gaben spärliche Informationen von sich. »Es war ein Unfall«, sagten einige, andere waren da nicht so sicher. Der Anschläger hatte die Signale verwechselt und den Erzkübel den Schacht hinuntersausen lassen, statt ihn hochzuholen. In dem Glauben, der Kübel würde nach oben fahren, war der rothaarige Alexander MacDonald in den Sumpf gestiegen, um ihn zu reinigen. Er saß unten in der Falle. Wahrscheinlich hatte er nicht einmal gesehen, wie der Kübel auf ihn herabzischte. Keiner wusste Genaues. Jeder hatte seine Theorie. Unterm Strich zählte nur, dass der rothaarige Kopf von Alexander MacDonald für immer von seinem Körper abgetrennt war und wohl nie wieder mit ihm vereinigt würde, es sei denn bei einer künftigen Wiedergeburt. Irgendwie fiel mir dabei »Mac Ian« ein, der Anführer der MacDonalds von Glencoe, der am 13. Februar 1692 vornüber auf sein Bett stürzte, von der unsichtbaren und unerwarteten Wucht an seinem Hinterkopf vorwärts und nach unten getrieben. Sein rotes Haar auf immer leuchtend gefärbt vom Purpur seines Blutes.

Das Gepäck rollte langsam auf das Band, rotierte hin und her auf dem Weg zu seinen Besitzern, die sich mit ausgestreckten Händen vorbeugten.

Da ich nur ein Auto hatte, aber so viele Clan-Mitglieder gekommen waren, mieteten sie weitere Fahrzeuge, und mit meinem ältesten Bruder an der Spitze setzte sich unser Konvoi aus verwirrten und erschöpften Trauernden in Bewegung. Vielleicht war Calum zu müde, zu überwältigt von Kummer, zu zornig über den Verlust, zu betrunken oder zu erpicht darauf, nach Hause zu kommen. Vielleicht verleitete eine Kombination aus all diesen Faktoren meinen Bruder dazu, dass er auf dem Weg nach Hause zu schnell fuhr. Fast von Anbeginn setzte sich sein Mietwagen von uns ab, und bis wir die Seal Island Bridge und das Wasser des Bras d'Or Lake erblickten, hatte er auf der anderen Seite schon Kelly's

Mountain erklommen und war aus unserem Blickfeld verschwunden.

Später, hinter der Bergkuppe, an einem öden, unbewohnten Stück Straße, sahen wir vor uns das rote Flackerlicht eines Streifenwagens. Er stand am Straßenrand, doch als wir ihn überholten, entdeckten wir keine Spur von Polizisten, obwohl eine Wagentür offen stand. Etwa zehn, fünfzehn Meilen weiter – die Straße verlief nun etwas gerader – konnten wir wieder das Auto meines Bruders in der Ferne erkennen. Nach weiteren zehn Meilen sahen wir am Rand eines hohen Hügels noch mehr flackernde Lichter und nur wenige Meilen vor uns eine offenbar hastig aufgebaute, quer über die Straße gestellte Barrikade. Das Auto meines Bruders sauste vor uns die gewundene Straße hinab, wir sahen es in der Sonne glitzern, bevor es im Tal verschwand. Wir warteten darauf, dass es aus der Talsenke auftauchte und den flackernden Lichtern bergauf entgegenfuhr, doch es blieb verschwunden. Als wir in die Talsenke gelangten, entdeckten wir immer noch keine Spur davon, aber an einer abgelegenen, flachen Stelle zweigte eine kleine Schotterstraße nach links ab und verschwand sofort in den tief hängenden Bäumen am Fuße eines Berges. Von unserer vorherigen Position aus war die Straße nicht zu sehen, ebenso wenig für die Polizisten, die an der Barrikade vor uns und oben hinter der Kurve warteten. Als wir die abzweigende Schotterstraße erreichten, hing der Staub immer noch in der Luft, und wir konnten die kürzlich von den Reifen aufgewühlten Steinchen sehen. Wir fuhren weiter bergauf und um die Kurve, wo die Polizisten an der Barrikade uns durchwinkten.

Als wir bei meinen Großelten ankamen, standen der Hof und die Straße voller Autos, die meisten gehörten dem *clann Chalum Ruaidh*, der gekommen war, um sein Beileid auszusprechen und die Lebenden zu begrüßen, die den Toten begleitet hatten. Etwa eine halbe Stunde später rollte der vermisste Mietwagen in den Hof, bedeckt mit Staub und Schlammspritzern von den Bergstraßen und Bächen. Mein zweiter Bruder saß am Steuer, Calum schlief auf dem Beifahrersitz. Er hatte die rechte Hand zu einer Faust geballt, die Knöchel waren blau und geschwollen.

Ihr Wagen war offenbar angehalten worden und mein Bruder ausgestiegen und zu dem Streifenwagen zurückgelaufen. Der Polizist hatte sein Fahrzeug ebenfalls verlassen, und die beiden trafen sich am Straßenrand, zwischen dem Mietwagen und dem Polizeiwagen. Die Einzelheiten der Unterhaltung hatte niemand gehört, nur die vor Wut lauter werdenden Stimmen, und dann hatte mein Bruder sich umgedreht, um zu seinem Auto zurückzukehren. Der Polizist hatte ihm von hinten einen Schlag mit einem Gegenstand versetzt – einem Knüppel oder einer Taschenlampe –, Calums Kopf war vorwärts geflogen, aber er konnte sich wieder fangen, drehte sich um und verpasste dem Polizisten einen Fausthieb auf den Mund, worauf dieser über die Böschung in den Straßengraben fiel.

Calum lag noch immer schlafend auf dem Vordersitz, und es wurde schon befürchtet, er könnte ernsthafter verletzt sein als zunächst angenommen. Krustige Klumpen aus schwarzem getrocknetem Blut klebten in seinem Haar und zogen sich am Nacken entlang. Wir versuchten ihn zu wecken, und halb trugen, halb schleppten wir ihn in die Küche, wo Oma Opa mit seinem Whiskey verscheuchte und Calum mit heißem Tee verarztete. Die dünne Narbe auf seiner Unterlippe wurde abwechselnd weiß und blau.

Später am Nachmittag hielten drei RCMP-Streifenwagen mit flackernden Lichtern vor dem Haus meiner Großeltern. Vermutlich hatten sie die Nummernschilder erkannt und Informationen bei der Mietwagenfirma oder dem anderen Polizeikommando eingeholt. Offensichtlich waren wir leicht zu finden.

Als mein Bruder, der sich mittlerweile etwas erholt hatte, die Streifenwagen sah, blitzten seine Augen wütend auf und er schob seinen Stuhl vom Tisch zurück.

»Du«, sagte Opa, »gehst sofort nach oben ins Bett.« Er sprach mit einer Autorität, die er nicht oft an den Tag legte, und ich musste daran denken, wie er damals den rothaarigen Alexander MacDonald und mich getrennt hatte und uns auf Armeslänge festhielt, während unsere kleinen Füße empört in die Luft traten. Calum warf ihm einen verdutzten Blick zu, und mir wurde klar, dass ihm in den vergangenen Jahren nicht viele Leute vorgeschrieben hatten, was er tun sollte. Vielleicht war er seit dem Tod meiner Eltern nie wieder in der Situation gewesen, Befehle entgegennehmen und akzeptieren zu müssen, widerstrebend vielleicht, aber auch nicht ohne eine gewisse Erleichterung und eine komplizierte Form der Dankbarkeit. Seine Füße stampften über uns auf der Treppe, und wir hörten ihn schwer aufs Bett plumpsen.

»Der Rest von uns«, sagte Opa, »geht jetzt hinaus.«

Draußen auf dem Rasen vor Opas Haus standen etwa dreißig bis vierzig Clan-Leute und betrachteten die drei Polizeiautos mit ihren blinkenden Dachlichtern und die sechs Polizisten, die nervös davor standen. Die *Calum-Ruadh*-Hunde spitzten die Ohren und schlichen durch die Menge, als witterten sie, dass sich in ihrem Leben gerade ein großes Ereignis anbahnte.

»Wir kommen wegen MacDonald«, sagte der verantwortliche Polizist. Leises Kichern ging durch die Menge und vereinzelte Stimmen riefen: »Hier.« »Und hier.« Die Polizisten stammten nicht aus der Gegend und waren vermutlich nicht auf die Idee gekommen, dass wir fast alle MacDonald hießen. Niemand rührte sich, bis auf das Scharren von Füßen. Die roten Lichter auf den Autodächern kreisten in der Nachmittagssonne, und selbst die Hunde waren vorübergehend ruhig.

Auf einmal knallte die Tür und Oma trat heraus, sie trocknete sich die Hände an der Schürze ab.

»Das ist lächerlich«, sagte sie und schritt durch die Menge, die sich vor ihr teilte wie das Wasser vor einem Schiffsbug.

»Diese Familie hat einen Toten zu beklagen«, sagte sie zu dem Polizisten, »und wir wären Ihnen dankbar, wenn Sie uns während der Trauertage in Ruhe lassen würden.«

Der Polizist nahm seine Mütze ab, während sie mit ihm sprach, ging dann einige Schritte zurück und winkte seine Männer zu sich. Nach einer kurzen Lagebesprechung nickte er Oma zu, und sie stiegen in ihre Autos, fuhren los und stellten bei der Abfahrt die Flackerlichter ab. Jeder war erleichtert, obwohl wir alle einige Sekunden lang wie angewurzelt stehen blieben. Dann fingen die Hunde an umherzuwuseln, und wir kamen alle wieder in Bewegung.

Die Totenwache des rothaarigen Alexander MacDonald begann am Mittag des nächsten Tages. Der Leichnam war vom Leichenbestatter aus dem Plastiksack in einen Eichensarg gebettet worden, der auf einem Gestell stand. Der Sarg war verschlossen, weil der Tote für jene, die ihn kannten und liebten, nicht mehr zu erkennen war. Stattdessen stand sein Bild auf dem Sargdeckel, ein Foto, aufgenommen bei der High-School-Abschlussfeier: Das rote Haar war ordentlich gekämmt, die dunklen Augen blickten zuversichtlich in die Kamera. Am Revers prangte ein Ansteckstäußchen. Neben dem Bild lag ein kleiner Steinsplitter vom ursprünglichen *Calum-Ruadh*-Felsblock. Den Sarg umgaben Farne und Binsen, die auf *Calum-Ruadh*-Land gewachsen waren. Es war noch zu früh für die Sommerrosen, für die rosa und blauen Lupinen, die gelben Butterblumen und violetten Schwertlilien mit ihren weiß gesprenkelten Zentren. Zu früh auch für die zarten Purpurwinden, deren Ranken zwischen den Steinen am Meer wuchsen. Niedrig und dicht wuchsen sie im Gestein und schienen ihre Nahrung aus einer unsichtbaren Quelle zu schöpfen, aber wenn man sie pflückte und wegnahm, gingen sie schnell ein.

Am dritten Tag, kurz vor der Beerdigungsprozession, kam ein Brief vom rothaarigen Alexander MacDonald, adressiert an seine Eltern. Er war am Morgen seines Todes abgeschickt worden, bevor er seine letzte Schicht angetreten hatte. Der Brief enthielt keine nennenswerten Neuigkeiten, nur allgemeine Bemerkungen darüber, wie gut sie sich verstünden, und einen Scheck über zweihundertfünfzig Dollar. Seine Eltern brachen beide in Tränen aus, als wäre das irgendwie der Tropfen, der das Fass zum Überlaufen brachte. Doch dann umarmten sie einander, nahmen sich zusammen und widmeten sich dem, was sie als ihre unmittelbare Pflicht erachteten.

An dem Tag, als wir uns damals gestritten hatten, erinnerte ich mich, war sein Vater offenbar gekommen, um sich von Opa und Oma Geld zu leihen. Ich erinnerte mich auch, wie ungerecht ich damals die Welt fand, zumindest was die Frage anging, wer einen Vater hatte und wer nicht. Und er hatte es offenbar auch als ungerecht empfunden. Väter helfen Söhnen und Söhne helfen Vätern im geheimnisvollen Wechselspiel von Fähigkeit und Zeit.

Die Beerdigungsprozession zu der weißen Landkirche erstreckte sich über eine Meile, und Polizeiwagen sperrten mit laufendem Flackerlicht die Zufahrtsstraßen, wenn wir vorbeikamen. Wir blickten geradeaus, genau wie die Polizisten, und keiner nahm vom anderen Notiz.

Die Kirche war bis auf den letzten Platz gefüllt, einige Trauergäste mussten draußen auf der Treppe stehen. Der Dudelsackpfeifer, der Geiger und die Sänger warteten auf ihren Einsatz.

Mein anderer Großvater, »der Mann, bei dem man darauf zählen konnte, dass er jede Situation beherrscht«, trat ans Chorpult, um die erste Lesung zu übernehmen. Er war tadellos gekleidet, seine goldene Uhrkette hing über der Weste, und seine auf Hochglanz polierten Schuhe glänzten im Licht. Sein gepflegter roter Schnurrbart war sorgfältig gestutzt, die Fingernägel makellos sauber.

Er blätterte in der Bibel und begann: »Lesung aus dem Brief des Paulus an die Römer: ›Denn unser keiner lebt sich selber, und keiner stirbt sich selber.‹«

Dann machte er eine Pause, schien sich anders zu besinnen und blätterte zurück zum Alten Testament. Er setzte von neuem an: »Lesung aus dem Buch der Weisheit: ›Aber der Gerechte, ob er gleich zu zeitig stirbt, ist er doch in der Ruhe. Denn ein Alter in Ehren ist nicht, das lange lebt oder viele Jahre hat; Klugheit unter den Menschen ist das rechte graue Haar ...‹«

Ich hörte ihn nicht zum ersten Mal lesen, er wählte die Texte immer sorgfältig zu dem jeweiligen Anlass aus. Als Kind hatte ich ihn einmal aus der Offenbarung des Johannes lesen hören. Es war eine Beschreibung des kommenden Neuen Jerusalem und der damit verbundenen Vorbereitungen und wunderbaren Ereignisse. Eine Zeile hatte sich besonders nachdrücklich in meinem Gedächtnis festgesetzt. Sie lautete: »Und das Meer gab die Toten, die darin waren.«

Nachdem mein Großvater mit der Lesung fertig war, wurde der Gottesdienst gemäß unseren Bräuchen fortgesetzt. Der Geiger spielte »*Mo Dhachaidh*« (»My Home«) und

»Niel Gow's Lament«, und draußen spielte der Dudelsackpfeifer »Dark Island«, bevor die Männer, die mit dem rothaarigen Alexander MacDonald unter Tag gearbeitet hatten, seinen Sarg eigenhändig ins Grab senkten.

19

Nach der Beerdigung gingen wir zu meinen Großeltern, und später am Nachmittag kam ein Ferngespräch aus Toronto. Es war ein Anruf für meinen ältesten Bruder, der von der Geschäftsleitung der Renco Development durchgestellt wurde, und zwar vom Vorarbeiter persönlich, dem Mann, der die Schachtcrew damals nach Peru geschickt hatte. Als er anfing zu sprechen, hob Calum die Hand, damit Ruhe einkehrte, und das Stimmengewirr verebbte. Der Mann sprach sehr laut, als könnte er mit seinem Stimmvolumen die Entfernung eines riesigen Halbkontinents überwinden; wer im Zimmer saß, konnte ihn deutlich verstehen.

»Pass auf«, drängte er, »es tut mir sehr Leid, was da im Norden passiert ist. Ich bedaure den Todesfall und all die Umstände. Das Ganze war ein Missverständnis. Die Geschäftsleitung da oben kennt euch eben nicht so gut wie ich. Die hätten euch einfach erlauben sollen, zur Beerdigung zu gehen. Falls so etwas noch einmal vorkommt, ruft mich direkt an. Auf der Stelle. Ich verstehe euch. Ihr habt sehr lange für mich gearbeitet.«

Es entstand eine Pause.

»Bist du noch dran?«, fragte er.

»Ja«, entgegnete Calum, »ich bin noch dran.«

»Also«, sagte er. »Hör zu. Wir möchten euch wiederhaben. Vor allem ich. Es gibt keine Probleme. Sag nur, dass ihr kommt.«

»Ich weiß nicht«, sagte mein Bruder und ließ seine Augen durchs Zimmer schweifen. Er wirkte sehr müde, die fadendünne Narbe stach weißlich von seiner Lippe ab. Er bewegte schwerfällig den Kopf und hielt ihn leicht geneigt, ein Zeichen dafür, dass ihm der Hals immer noch wehtat. »Ich weiß nicht«, wiederholte er. »Vielleicht bleiben wir erst mal eine Weile zu Hause.«

»Hör zu«, beharrte der Vorarbeiter. »Wir erhöhen eure Prämie um ein Drittel. Das garantiere ich. Habe ich euch gegenüber nicht immer Wort gehalten?«

»Oh, das Geld ist nicht das Problem«, erwiderte Calum.

»Habe ich nicht immer Wort gehalten?«, wiederholte die Stimme. »Stimmt das etwa nicht?«

»Doch«, gab mein Bruder zurück.

»Gut, dann gib mir dein Wort. Sag mir einfach, dass du mit der gleichen Zahl von Männern kommst. Nenn mir einen Termin. Anfang nächster Woche? Wir schicken Autos nach Sudbury, die holen euch ab. Gib mir dein Wort, und ich weiß, ich kann mich auf dich verlassen.«

Während der Mann sprach, nahm mein Bruder Blickkontakt zu den anderen im Raum auf und hob fragend die Augenbrauen. Aber schon während dieser Geste sah es aus, als nickte er unmerklich mit dem Kopf.

Er ließ seinen Blick von Gesicht zu Gesicht wandern, und seine Männer nickten kurz.

»Bist du noch dran?«, fragte der Vorarbeiter wieder.

»Ja«, sagte Calum, »bin noch da.«

»Also, gib mir einfach dein Wort.«

»Okay«, entgegnete er. »Wir kommen.«

»Ausgezeichnet«, meinte der Vorarbeiter erleichtert. »Ich wusste, ich kann mit dir rechnen. Und mit der gleichen Zahl von Männern?«

Mein Bruder sah mich an, und ich wiederum schaute meinen Großeltern und den Eltern des rothaarigen Alexander MacDonald ins Gesicht. Dann nickte ich leicht.

»Ja«, sagte Calum in den Hörer. »Die gleiche Zahl. Wir werden da sein.«

Am Nachmittag packte mein Bruder drei Brotlaibe und zwei Schachteln mit Zuckerwürfeln ein und ging zu dem Grundstück unterhalb von *Calum Ruadhs* Landspitze. Vorbei an dem Haus, in dem er früher gewohnt hatte und dem Zeit und Wetter noch stärker zugesetzt hatten. Hinunter zu der felsigen Küste, wo der Wal gestrandet war und noch immer ein paar kreosotgetränkte Bohlen seiner Holzrutsche herumlagen. Es war, wie gesagt, die Zeit der Frühjahrsabschlussfeiern, der Sommer hatte noch nicht seine volle Pracht entfaltet, und das Gras war frisch und grün, aber noch nicht saftig. In den teuren Schuhen, die er zur Beerdigung getragen hatte, stand er auf den Bohlen der Holzrutsche und auf den Felsen der Küste, den Blick nach oben zu den Bäumen der Landspitze gerichtet. Es war ein heißer Nachmittag, man konnte nur die Silhouetten der Pferde erkennen, die unter den Bäumen standen und vor den Fliegen Schutz suchten. Als er aber seine Finger in den Mund steckte und die zwei schrillen Pfiffe ausstieß, gab es kein Zögern. Zwischen den Bäumen und Pferden entstand Bewegung, und Christy galoppierte in Richtung Küste hinunter, ihre eifrigen Hufe wirbelten kleine Steine und Stücke der Grasnarbe auf. »Ach, Christy«, sagte er, »*m'eudail bheag*«, und sie stieß ihren Kopf an seine Brust. Um Augen und Maul war sie grau geworden und auf ihrem linken Auge bildete sich ein leichter Film. Den ganzen Nachmittag lag er im warmen Gras und fütterte sie mit Brot und Zuckerwürfeln, während sie ihr Maul an sein Gesicht und seinen verdrehten Hals schmiegte und ihre riesigen Hufe vorsichtig außen an seinen Körper setzte. Ein paar jüngere Pferde, die einst ihre Fohlen waren, schauten dem Verhalten ihrer

Mutter fast verwundert zu. Er sang ihr etwas auf Gälisch vor, vielleicht wie damals bei dem heftigen Sturm, als er ihre Kraft gebraucht hatte und sie seinen Glauben und sein beruhigendes Vertrauen, damit sie weitermachen konnte. Den ganzen Tag blieben sie zusammen auf dem grünen Gras, und jeder gab, was er konnte, und nahm, was er bekam.

Bevor wir fortgingen, schenkte mir meine Tante das Hemd, das sie für ihren Sohn gekauft hatte. »Nimm es, aber zieh es auch an«, sagte sie und reichte es mir. »Lass es nicht in der Schachtel. Versprichst du das?«

»Ja«, erwiderte ich. »Ich verspreche es. Vielen Dank.«

20

Als wir in Sudbury ankamen, war es später Nachmittag, und die Autos von Renco Development holten uns wie versprochen ab. Unsere Fahrt führte auf dem Highway 17 westwärts, vorbei an Whitefish, McKerrow und der Straße nach Espanola. Wir passierten Webbwood, Massey, Spanish und Serpent River. Meine Brüder waren vor etwa zehn Jahren, auf dem ersten Höhepunkt des Uran-Booms, als junge Bergleute in diese Region gekommen. Der Boom hatte zu einem Überangebot geführt, und viele Fördertürme waren stillgelegt worden. Jetzt, mit der Ausssicht auf einen Vertrag, 23,64 Millionen Kilogramm uranhaltiges Erz im Laufe der nächsten zehn Jahre an Japan zu liefern, war die Firma wieder zur Stelle und entdeckte neu, was sie längst gefunden hatte. Nun hieß es, wie der Mann von Renco Development sagte: »Alles startklar.«

Als wir vom Highway 17 abbogen, war der lange Frühlingstag dem frühen Abend gewichen. Der Straßenbelag wechselte, wir fuhren über einen offenbar hastig hingeworfenen Asphalt und später über Schotter, den man mit einer staubbindenden Lösung besprüht hatte. Durch die offenen Autofenster roch die Lösung manchmal wie Öl, dann wieder wie Salz. Irgendwann verschwand auch die Lösung, und es gab nur noch den Geruch von Staub und das Geräusch der von den Reifen gegen die Karosserien geschleuderten Steine. Von Zeit zu Zeit saßen die Autos auf Steinbuckeln auf, die mitten aus der Straße ragten, dann kratzten und schrammten die Ölwannen und Auspufftöpfe über den nackten Stein. Auf beiden Seiten der eilig gebauten Straße lagen Bäume, die man mit Bulldozern aus dem Weg geschoben hatte, ihre langen gelben und weißen Wurzeln lagen völlig entblößt, Moosfäden und aufgewühlte Moorbrocken hingen noch immer an ihnen herab. Die Wurzeln erinnerten an kranke, schlecht gezogene Zähne. Am Straßenrand lagen zu Schrott gefahrene, herrenlose Autos, und einmal, als wir um eine Kurve bogen, fingen unsere Scheinwerfer die Augen eines riesigen Elchs ein, der neben der Haube eines zerbeulten Buicks stand. Seine roten Augen leuchteten aus der Dunkelheit wie glühende Kohlen, während die toten Lampen in den Scheinwerfern des Buicks und das silberne Chrom des Kühlergrills in unseren Lichtkegeln nur eine Sekunde lang aufblitzten. Der Elch rührte sich nicht von seiner Stelle neben der Straße, offenbar bewachte er die Überbleibsel dessen, was früher ein schnelles, teures Auto gewesen war.

Als wir das Camp neben der Zeche erreichten, gab man uns Decken und Laken und wies uns provisorisch Zimmer zu, die sich in hastig hochgezogenen, hauptsächlich aus Sperrholz gebauten Hütten befanden. In jedem Raum standen zwei Etagenbetten. Wir warfen Münzen, um zu entscheiden, wer unten liegen musste. Morgen früh, sagte man uns, bekämen wir vielleicht neue Zimmer. Es gäbe einige Zweibettzimmer, aber die seien im Moment alle besetzt. Es könnte ein Weilchen dauern.

Der Vorarbeiter kam herein, schüttelte meinem Bruder die Hand und klopfte ihm kräftig auf die Schulter. Wie es aussah, war er der verantwortliche Mann, als der rothaarige Alexander MacDonald umgekommen war, und derjenige, der gesagt hatte: »Es war doch bloß ein Mann« und: »Die Arbeit muss weitergehen.« Er sprach mit meinem Bruder und zählte uns gleichzeitig mit den Augen.

Draußen in der Nacht leuchteten die Lichter des Förderturms, wir konnten die Winde und die sirrenden Kabel hören und manchmal sogar die Signale, wenn der riesige Erzkübel im düsteren Schacht auf und ab donnerte. Die Frankokanadier hatten die Nachtschicht übernommen, wir würden am nächsten Morgen beginnen. Jetzt, da Renco Development wieder über »die gleiche Zahl von Männern« verfügte, stand zur Diskussion, ob drei Acht-Stunden-Schichten effektiver seien als zweimal zwölf Stunden. In letzterem Fall würde eine Gruppe morgens um sieben anfangen, die andere abends um sieben. Wir könnten unsere Schichten tauschen und unsere Zeit selber einteilen. Es würde hauptsächlich von der Qualität des Gesteins abhängen.

Am nächsten Morgen suchten meine Brüder und die übrigen Clan-Mitglieder ihre Ausrüstung für die Arbeit unter Tage zusammen. Einige Gürtel und Schraubenschlüssel, die sie bei der Förderanlage ins Gebüsch geworfen hatten, waren von anderen Männern aufgesammelt und aufbewahrt worden, in der Annahme, die ursprünglichen Besitzer könnten wiederkommen. Manche Teile ihrer Ausrüstung erkannten sie an anderen Männern wieder. Einiges davon wurde zurückgegeben, anderes nicht. Wer etwas wegwirft, darf vermutlich nicht erwarten, dass es jemals wieder in seinen Besitz gelangt. Mein zweiter Bruder erkannte seinen Gürtel an einem anderen Mann und wies auf seine mit einem Nagel auf die Gürtelinnenseite geritzten Initialen hin. Aber der

Mann behauptete, er habe den Gürtel einem Frankokanadier abgekauft und würde ihn nur für das Doppelte des ursprünglichen Preises abtreten. Immerhin willigte er ein, meinem Bruder den Gürtel für einen Tag zu leihen, zumal er gerade seine Schicht beendet hatte und mein Bruder die seine antrat. So begann der Sommer.

21

Neben dem fieberhaften Tun unter den Fördertürmen der Region herrschte auch über der Erde jede Menge Treiben. Straßen wurden gebaut, Arbeitstrupps hackten wie wild auf den Wald ein und sprengten die Steinoberfläche, um Raum für die Fundamente neuer Gebäude zu schaffen. Laster donnerten hin und her, beladen mit Holz und rotierenden Betonmischmaschinen. Hämmer klopften, und Sägen unterschiedlichster Art greinten und kreischten, jede hatte ihren eigenen Ton, wie die Motoren einzelner Autos. Schwere Erdbewegungsmaschinen rumpelten unablässig umher, und schrille Pfiffe zerrissen die Luft, um bevorstehende Sprengungen anzukündigen und jeden in der Nähe aufzufordern, in Deckung zu gehen.

Finanzielle Transaktionen wurden in der Bank durchgeführt, die ein eilends aufgestellter Trailer beherbergte; die gepanzerten Geldtransporter fuhren rasselnd vor, brachten das Geld zur Begleichung der diversen Lohnlisten und nahmen auch welches mit nach draußen. Viele Bau- und Betontrupps bestanden aus Italienern oder Portugiesen, mitunter auch aus Deutschen. Aus einem kleinen Dorf im Süden Irlands waren fast alle Männer da, und aus unserer Ecke die immer fröhlichen Neufundländer. Eine Zeit lang aßen wir alle in einem gemeinsamen Speisesaal. Sobald die Sirene die Mittagszeit einleitete, ließen die Baumannschaften alles liegen und stehen und rannten los, warfen unterwegs ihre Schutzhelme in die Luft und sprangen über jedes im Weg liegende Hindernis, damit sie in der drängelnden Schlange möglichst weit vorn standen. Im Speisesaal saßen die ethnischen Gruppen für sich, jede sprach ihre eigene Sprache, und inmitten von gestikulierenden Händen beugten sich die Männer angeregt vor. Uns versetzte die Mittagssirene weniger in Hektik, da wir unter Tage arbeiteten, und wer von uns mittags freihatte, war nicht wie viele Kumpel auf die Zeit zwischen zwölf und eins festgelegt. Wir kamen später oder manchmal früher, kurz vor dem Chaos stiftenden, heiß erwarteten Tuten der Sirene. Mit unseren Tabletts marschierten wir in bestimmte Ecken, wie Studenten, die im Kursraum stets bestimmte Plätze wählen, obwohl die Plätze nie offiziell verteilt wurden. Auf dem Weg zu den Leuten aus unserer eigenen Region passierten wir verschiedene Tische, und dabei drangen die Stimmen der kleinen, streng voneinander getrennten europäischen Gruppen an unser Ohr. Manchmal versuchte uns jemand mit ruhiger Stimme einzuordnen, wenn wir vorbeigingen. »Das sind die Hochländer«, hieß es dann, »aus Cape Breton. Die bleiben meistens unter sich.«

Es ist schwer zu erklären, warum wir unter diesen Umständen immer häufiger Gälisch sprachen. Vielleicht gab uns das, was wir als »unsere eigene Sprache« empfanden, eine stärkere Identität inmitten der vielen Einzelgruppen ringsum. Manchmal kamen wir mit den Iren ins Gespräch und verglichen Redewendungen und Ausdrücke. In Irland, erzählten sie, gäbe es entschiedene Bemühungen, das Gälische oder »Irische« zu erhalten. »In dieser Sprache unterhielt man sich im Garten Eden«, sagten sie. »Diese Sprache benutzte Gott, wenn er mit den Engeln redete.« Wenn wir uns langsam unterhielten, konnten wir uns recht gut verstehen.

»Warum nicht?«, fragte ein Ire. »Wir sind doch nur verschiedene Äste am gleichen Baum.«

Als die Sommertage immer länger wurden, nahm unsere Arbeit eine an Verzweiflung grenzende Intensität an. Nach dem Teufen der Schächte bis zum gewünschten Niveau wurden die Strecken entlang den Erzadern aufgefahren. Der *clann Chalum Ruaidh* stemmte sich gegen die Bohrhämmer am Steinstoß, und das Hämmern der nassen, kreisenden Bohreisen verwandelte das Gestein in graue Wassertröpfchen, die aus den Löchern rannen wie stete Bäche aus wässrigem Sperma oder flüssigem, dünnem Zement. Die gelben Druckluftschläuche schlängelten sich hinter den Bohrhämmern und den Männern, die sich gegen sie stemmten. War das Gestein »hart«, betrug die Tagesleistung manchmal nur acht Fuß, war es aber »weich«, benutzten wir oft 12-Fuß-Bohrstangen, um noch tiefere Löcher zu bohren, die dann mit Dynamit gefüllt und verdrahtet wurden. Die schlanken, gefährlichen Stangen wurden mit langen hölzernen Pfählen hineingerammt und die Zünddrähte untereinander mit dem zarten, empfindlichen Zündkabel verbunden. Entscheidend war, dass das Zentrum der Wand zuerst explodierte und die darauf folgenden Druckwellen in die Richtung der herausgesprengten Mitte führten. Das Dynamit in den Löchern am Fuß der Abbauwand, in den »Hebern«, musste den Stein in das leere Zentrum heben, während dem in den oberen Löchern die Schwerkraft zu Hilfe kam. Die Kunst bestand nicht nur darin, zu wissen, wie viel Löcher gebohrt werden, sondern auch wie tief sie sein mussten, außerdem musste man das Verhältnis von Sprengkraft und Steinstärke richtig einschätzen. Verlief die Sprengung nicht sauber und das Gestein platzte nicht gleichmäßig und bis in die erforderliche Tiefe weg, war die Arbeit der Schicht fast umsonst und musste praktisch von vorn begonnen werden. Nur gestaltete sich dann alles schwieriger wegen des unebenen Steinstoßes, der herumliegenden Schotterhaufen und der Angst vor verborgenem und nicht explodiertem Dynamit oder nicht gezündeten Sprengkapseln.

War die Abbauwand mit Dynamit gefüllt und verdrahtet, zogen wir uns zurück und gingen wieder aus dem Stollen oder Tunnel, den wir vorher zum Anschlag hin vorgetrieben hatten, und zogen den Zünddraht hinter uns her. Sobald der Griff des Kolbens nach unten gedrückt wurde, lauschten wir den aufeinander folgenden Explosionen der Sprengladungen. Wir zählten sie einzeln an den Fingern mit und konnten die Wirkung jeder einzelnen am Klang beurteilen. Angst und Sorge bereiteten uns »Verpuffungen«, denn das hieß, das Dynamit hatte den Stein ringsum nicht zerschmettert, sondern wurde lediglich wieder aus dem Loch geschleudert, in das wir es gerammt hatten. Wenn wir hörten, wie eine Ladung nur »ploppte«, statt zu explodieren, fluchten wir kopfschüttelnd oder schlugen uns mit der Faust in die Hand und fragten uns, was falsch gelaufen war. Kaum war die letzte Sprengladung explodiert, wehte uns der beißende Pulvergeruch der ersten entgegen, begleitet von einer gelben, schwefligen Wolke. Oft klingelten wir nach dem Förderkorb, und der Anschläger holte uns nach oben, damit wir atmen konnten.

Es war immer eine kleine Überraschung, an die Oberfläche zu gelangen und in die veränderten Wetter- und Zeitbedingungen einzutauchen. Manchmal war es vier Uhr morgens, die Nacht wich gerade dem Morgengrauen, und die Sterne erloschen wie ruhig erstickte Kerzen, während der sich rötende Himmel die Sonne versprach. Manchmal glomm der Mond weißlich über uns, und dann sagten meine Brüder: »*Chointe, lochran aigh nam bochd*«, »Seht nur, die Lampe der Armen.« Und manchmal, bei Neumond, verbeugte sich Calum oder machte fast einen altmodischen Knicks und wiederholte die Verse, die ihm die alten *Calum-Ruadh*-Männer auf dem Land beigebracht hatten:

»In dem Nam' von Vater, Sohn,
Heil'gem Geist auf Himmelsthron,
Die erschauen unser Leid
In heiliger Dreifaltigkeit.

Sei zur Ehre dargebracht,
Heller Mond in dunkler Nacht,
Der du bis zur jüngsten Frist
Aller Armen Lampe bist.«

Manchmal wiederholten wir die Zeilen auf Englisch oder wechselten ins gälische Original:

»*Gloir dhuit féin gu bràth,*
A ghealch gheal, a nochd;
Is tu féin gu bràth
Lochran àigh nam bochd.«

Im Land des *clann Chalum Ruaidh* beeinflusste der Mond das Wetter und den Zeitpunkt, wann die Kartoffeln gesetzt und die Tiere geschlachtet wurden, und vielleicht auch die Empfängnis und Geburt der Kinder. »Heute Nacht wechselt der Mond«, sagte Oma zu den überfälligen, ängstlichen schwangeren Frauen – ihren Töchtern und Schwiegertöchtern. »Nach dem Abendessen machen wir einen Spaziergang, und wenn Gott mit uns ist, wird das Kind heute Nacht auf die Welt kommen.« Und jetzt, während mir das durch den Kopf geht, üben die mondbewegten Gewässer ihren Druck auf die *Calum-Ruadh*-Landspitze aus. Mit dem

Kreislauf der Sonne wechseln die Gezeiten, sie überspülen das Land, ziehen sich zurück und lassen ihre ruhige, aber unerbittliche Kraft unter der Führung des Mondes wirken.

Manchmal herrschte strahlender Sonnenschein, wenn wir aus dem Schacht nach oben kamen. Fast verlegen schalteten wir unsere Grubenlampen aus, schoben uns die Gummibänder um den Hals und blinzelten ein paar Mal, um uns an das grelle Sonnenlicht zu gewöhnen. Wir nahmen die Schutzhelme ab, zogen die Ölmäntel aus und warfen alles auf den Boden. Dann schnippten wir die Verschlüsse an den Gummilatzhosen auf, die wir über unserer normalen Kleidung trugen, und ließen sie über die Hüften bis zu den Knien hinunterhängen. Wir streiften die Gummihandschuhe ab, zogen manchmal die Finger von innen nach außen, damit sie trocknen konnten, oder wir schüttelten bloß die Wassertröpfchen heraus. Die Handschuhe verströmten den Gestank von menschlichem Schweiß – wie zu lange getragene Socken. Trotz der harten Haut an unseren Händen waren unsere Finger immer rosa und verschrumpelt von der feuchten Hitze in den Handschuhen. Anfangs kamen sie einem fast wie die Finger eines Fremden vor oder wie Frauenhände, die zu lange im Abwaschwasser stecken, oder wie kleine Kinderhände, die man zu lange im Badewasser lässt. An der Luft nahmen sie schnell wieder ihre normale Farbe und Struktur an. Der nassgraue Dreck, der an unseren Gummistiefeln mit den Stahlkappen klebte, trocknete in der Sonne und verwandelte sich in feinen grauen Pulverstaub.

Manchmal regnete es, wenn wir nach oben kamen, und auch das traf uns überraschend. Oder der Wind wehte und ließ die still stehenden Bäume ächzen und seufzen, während sich ihre Äste aneinander rieben.

Im Berg, unter der Erdoberfläche, war das Wetter immer gleich. Nie schien die Sonne und nirgends spiegelte sich der

Mond. Kein Wind regte sich, außer dem leisen Wispern der Luft, die in den Schacht gepresst wurde, damit wir am Leben blieben, und kein Regen fiel, obwohl überall Wasser tropfte und rieselte. Bis auf unsere Stimmen und das Wasser gab es keine natürlichen Geräusche. Nur das Brummen der Luftkompressoren und Generatoren sowie das Geräusch von rotierendem, hämmerndem Stahl, der sich knirschend in den Stein bohrte. Man verlor schnell jegliches Gefühl für Zeit und Raum, denn für uns diktierte das Leben unter Tage, was an der Oberfläche passierte.

In einem Sommer, erzählte mein ältester Bruder, hatte er mit einigen Clan-Männern in Keno Hill im Yukon gearbeitet. Wenn sie um vier Uhr aus dem Schlaf nach der Schicht aufwachten, schien die Sonne durch die Barackenfenster. Manchmal hängten sie ihre Hemden innen über die Fenster, um das Sonnenlicht auszuschließen und besser schlafen zu können, aber wenn sie aufwachten und auf die Uhr blickten, fragten sie sich im ersten Moment, ob es nun vier Uhr nachmittags oder vier Uhr morgens war. Sie lagen eine Weile ruhig da und überlegten, wo sie sich vor dem Schlafengehen aufgehalten hatten und was man im Laufe des kommenden Tages oder der kommenden Nacht von ihnen erwartete. Manchmal standen sie auf und holten die festgeklemmten Hemden herunter, um zu sehen, in welcher Position die Sonne am Himmel stand. Sie betrachteten die Sonne, um zu erfahren oder bestätigt zu bekommen, was sie zu wissen glaubten. Die Zeit war ihnen entglitten, so wie jene, die viel reisen, beim Erwachen oft unsicher sind, an welchem Ort sie sich befinden. Wie jemand, der viel unterwegs ist und in der fremden, aber gleichzeitig altbekannten Einrichtung irgendeines Hotelzimmers aufwacht. »Wo bin ich?«, mag er kurz überlegen, während sein Blick über die beigefarbenen Vorhänge streift, den festgeschraubten Fernseher und die cremefarbene Karte, die den Zimmerservice anpreist. »Ach«, wird er sagen, wenn die Zweifel beseitigt sind, »stimmt ja. Alles in Ordnung. Ich bin in Toronto oder Cleveland oder Biloxi/Mississippi.«

Nach unserer Schicht schleppten wir uns müde ins Waschhaus oder die »Waschkaue«, wie sie genannt wurde. Die Grubenlampen gaben wir bei dem alten Mann ab, der wegen seiner fehlenden Finger und einer Staublunge nicht mehr unter Tage arbeiten konnte, und er stellte sie auf den Akku, um sie für die nächste Schicht aufzuladen. Wir zogen unsere Öllatzhosen aus, dann die Gummistiefel mit den Stahlkappen und die schweißdurchtränkten Wollsocken. Danach unsere Flanellhemden und was immer wir als Hosen trugen. Einige zogen ihre zerrissenen Unterhemden und Unterhosen aus. Meine Brüder aber trugen lange, durchgehende Wollunterwäsche, die Wundscheuern verhinderte, sagten sie, und die sowohl das Tropfwasser von oben wie auch den eigenen Körperschweiß aufsaugte. Manchmal nahmen sie die langen wollenen Anzüge und wrangen sie aus, und das spritzende Wasser bildete graue, immer größer werdende Pfützen unter ihren rosafarbenen verschrumpelten Füßen. Dann stellten wir uns lange unter den heißen Wasserstrahl in der großen Gemeinschaftsdusche, wir gurgelten, spuckten die von der Kieselerde grauen Schleimbatzen aus und seiften uns mit der stark desinfizierenden gelben Seife ein.

Wir wuschen den beißenden Schwefelgeruch des Sprengpulvers ab und betrachteten leicht verwundert die Veränderungen, die in den vergangenen acht oder zwölf Stunden auf unserem Körper stattgefunden hatten. Überall fanden wir neue Beulen und Schwellungen, frische Schnitte und Quetschungen. Manchmal entdeckten wir hinten im Nacken kleine Schnittwunden, verursacht durch fliegende Steinsplitter. Und wenn wir nach dem Einseifen die Hände vom Hals nahmen, liefen uns winzige Bluttröpfchen vermischt mit Seifenwasser zwischen den Fingern herab. Und der Hals brannte von der scharfen Seife in den kleinen, für uns unsichtbaren Wunden. Von Zeit zu Zeit drangen winzige Staubpartikel in unsere Poren, die sich in der feuchten Hitze während der Arbeit öffneten, und später kam es zu kleinen Ausschlägen, die wiederum zu Furunkeln führten, ganz ähnlich den Salzwasserbeulen, die an den Handgelenken meiner Brüder blühten, als sie noch vor der Landspitze gefischt hatten. Meistens bildeten sich die Ausschläge unter den Achseln oder in der Leistengegend, und später, in der Privatsphäre unserer Zimmer, stachen wir sie mit Nadeln auf und drückten das pulsierende Gift aus. Vor dem Aufstechen hielten wir die Nadelspitzen über eine Feuerzeugflamme, um weitere Infektionen zu verhindern.

Nach dem Duschen liefen wir denselben Weg zurück zu den Bänken und Körben mit unserer Kleidung. Jeder hinterließ seine nassen Fußstapfen auf dem grauen Zementfußboden, wo sie ganz kurz in ihrer Einmaligkeit verharrten, ehe sie in den Hitzeschwaden verdunsteten. Aus den herabgelassenen Drahtkörben suchten wir unsere »Straßenkleidung« aus, wohl wissend, dass es draußen gar keine Straßen gab. Und dann schickten wir unsere Bergmannskluft an Seilzügen zum Dach des Gebäudes, wo sie sich im Kreis drehte und trocknete, bis wir sie wieder herunterholten. Wir kämmten unsere schwarzen oder roten Haare, packten unsere leeren Henkelmänner und gingen entweder in den Tag oder die Nacht hinaus. War es Tag, wurden wir von Mückenschwärmen empfangen: Sie drangen in Nasenlöcher, Ohren und Augenwinkel ein. Am aggressivsten attackierten sie die Rothaarigen, und selbst Männer, die sonst nicht rauchten, pafften manchmal eine Zigarette, damit ihnen der Rauch die Mücken vom Leib hielt.

Wir wohnten in speziellen Arbeiterbaracken von Renco Development, und verglichen mit dem sonstigen Zustand im Camp waren unsere Unterkünfte vom Besten. Viele Bauarbeiter schliefen in riesigen, offenen Baracken mit zwanzig oder dreißig zusammengepferchten Betten. Die Männer wussten nicht, wo sie ihre Brieftaschen während der Arbeit lassen sollten, und klagten über Bagatelldiebstähle von Rasiercreme, Rasierklingen und leicht zu verwechselnden Socken. Viele Männer führten Kalender über ihren Pritschen und durchkreuzten am Ende jeder Schicht das Datum des überstandenen Tages. Manche hatten sehnsüchtig ein bestimmtes Datum eingekreist oder eingekästelt und darunter oft in Englisch ein Wort oder eine Phrase geschrieben: »Freiheit«, »Fort«, »Letzter Tag« oder gleichbedeutende Wörter in verschiedenen europäischen Sprachen. Schafften die Schreiber es tatsächlich bis zu dem anvisierten Termin, warfen sie ihre Schutzhelme unter wildem Freudengeschrei ins Gebüsch. Manche sprühten Obszönitäten auf die Felsen des Kanadischen Schildes, ihre Bemerkungen galten ausbeuterischen Firmen, verhassten Vorarbeitern oder schlechten, ungeliebten Köchen.

Mit ihrem Verdienst stürzten sie sich in das ins Auge gefasste Leben nach dem eingekreisten oder eingekästelten Datum. In Toronto, Portugal oder Süditalien. Um zu heiraten, etwas Richtiges zu lernen, ein Geschäft zu eröffnen oder ein Auto zu kaufen. Einige wenige kamen nicht über Espanola, Spanish oder Sudbury hinaus und kehrten Tage oder Wochen später zurück, bleich und deprimiert, sie hatten ihr Geld beim Pokern verspielt, an betrügerische Zuhälter oder Straßenräuber auf der Männertoilette verloren oder es in teure, kurzlebige Autos investiert, die jetzt irgendwo kaputt, herrenlos und schrottreif herumstanden. Bleich und deprimiert kamen sie zurück, in der Hoffnung, keiner möge sie mit den Obszönitäten aus einer scheinbar anderen Zeit in Verbindung bringen. Sie hofften auf eine neue Gelegenheit und die Chance, einen neuen Kalender anzufangen. Sie legten heimliche Versprechen ab und hegten gute Vorsätze.

Der *clann Chalum Ruaidh* funktionierte nach einem anderen Muster. Als Streb- und Abbauspezialisten arbeiteten wir auf der Basis von befristeten Verträgen mit Renco Development. Wir erhielten zwar einen festen Stundenlohn, finanziell interessant aber waren für uns die diversen Prämienklauseln. Wir wurden nach Fuß bezahlt und danach, wie schnell wir zu dem schwarzen Uranerz vorstießen, das in und hinter den Gesteinswänden auf Renco Development und uns wartete. In gewisser Weise glichen wir Sportteams, angefeuert und beflügelt durch persönliche Absprachen und Zulagen, die auf unserer Leistung beruhten. Wir arbeiteten hauptsächlich für uns, die Siege und Verluste berechnete jeder für sich und alle gemeinsam, aber wie viel der Einzelne zum Gruppenergebnis beitrug, war allen bewusst.

Wenn wir nicht arbeiteten oder schliefen, legten wir die Platten mit der Geigenmusik von Cape Breton auf, die meine Brüder überallhin begleiteten. Manchmal spielten sie selbst auf ihrer ramponierten Fiedel. Und manchmal summten oder sangen wir die alten gälischen Lieder. Wenn wir uns unterhielten – oft auf Gälisch –, dann meistens über die Vergangenheit und die ferne Landschaft, die wir unser Zuhause nannten. Die Zukunft war ungewiss und hatte für uns nichts mit dem Ort zu tun, an dem wir uns befanden. Der Tod des rothaarigen Alexander MacDonald hing uns allen schwer nach, er unterstrich die Gefahr und Vergänglichkeit unseres Lebens. Es wurde schon von dem neuen Städtchen gesprochen, das entstehen sollte, und von der Lage der Häuser, Hockeybahnen und Schulen. Und gleichzeitig überlegten wir, wohin unser Clan gehen könnte, wenn das Abteufen der

Schächte und der Vortrieb zum Erz abgeschlossen wären. Einmal flog Calum für Renco Development nach Squamish in British Columbia, um eine Sprengung am Steinstoß durchzuführen. Die Firma zahlte ihm tausendfünfhundert Dollar und mehr, um eine Sprengung vorzubereiten, die nur Sekunden dauerte, aber ein so feines, ausgesuchtes Fingerspitzengefühl erforderte, dass die Geschäftsleitung meinte, man könnte nur ihn damit betrauen. Vielleicht würden die anderen nach Squamish gehen, wenn im Herbst mein Zahnmedizinstudium anfing. Oder wieder nach Südamerika oder Südafrika. Einige schauten kurz in ihren Pass, um festzustellen, wann er ablief. Vielleicht würden sie auch nach Hause gehen.

Wenn wir tagsüber oder am frühen Abend freihatten, saßen wir oft draußen auf Bänken neben den Barackentüren. Wir spielten ziellos Hufeisenwerfen oder unterhielten uns mit den Iren und Neufundländern. Viele von ihnen waren ältere Männer mit Familien, die an Zahltagen in der kleinen Bank Schlange standen, um Zahlungsanweisungen oder internationale Bankwechsel zu kaufen und sie ihren Lieben in der Ferne zu schicken. Manchmal saßen sie auf den Bänken und rieben sich geistesabwesend zwischen den Beinen. »In Irland«, sagte der rothaarige Ire, »habe ich ein Zuhause, aber kein Geld. Hier habe ich jede Menge Geld, aber kein Zuhause.« Wir hoben alle die Augenbrauen, zum Zeichen, dass wir ihn verstanden.

Wenn wir an den Baracken der Frankokanadier vorbeigingen, hörten wir sie manchmal durch die teilweise geöffneten Fenster singen und Fiedel spielen. Viele ihrer Gigues und Reels klangen wie die unseren, sie wurden nur etwas schneller gespielt. Wir hörten sie mit den Füßen auf den Sperrholzboden stampfen und in die Hände klatschen oder auf die Oberschenkel, ohne jemals aus dem Takt zu kommen. Gelegentlich hörten wir sie als Musikbegleitung »Löffel schlagen«; das rhythmische Klappern des aus dem Speisesaal stibitzten Geschirrs wechselte den Klang, je nachdem, ob die Löffel auf Hände, Oberschenkel, Knie, Ellbogen oder Schulter trafen, im Takt von »*Les Souliers Rouges*«, »*Tadoussac*« oder »*Le Reel St. Jean*«. Wir setzten nie einen Fuß in ihre Baracken und sie nie in die unseren. Das wäre gewesen, als hätte man die Umkleidekabine der gegnerischen Mannschaft betreten.

Die Zulus in Südafrika, sagten meine Brüder, sangen unaufhörlich. Mythische Lieder, Stammeslieder und Arbeitslieder mit Refrains, die nicht aus Texten bestanden, sondern aus rhythmischen Klängen und Silben. In singenden Konvois zogen sie in der Wandersaison von ihren Homelands zu den Minen. Starke, überhebliche junge Männer besangen die Länge ihrer Penisse und die zahlreichen Frauen, die sie in einer fernen, aber ungewissen Zukunft zu schwängern gedachten. Sie kamen in die Hitze des Bergwerks, angezogen vom Geld und der Prahlerei, den Streitigkeiten und Messerstechereien auf dem Minengelände.

22

Draußen vor den Toren der Förderanlage und hinter den Häuschen der Wachposten herrschte eine andere Welt. Offiziell durfte niemand das Gelände betreten, es sei denn, er konnte einen Ausweis vorzeigen oder eine Plakette des Arbeitgebers. Zu den Wachposten in den Sperrholzhäuschen kam ein steter Besucherstrom mit den verschiedensten Anliegen und Bitten. Manche suchten Arbeit und waren über die rauen, steinigen Straßen gefahren, von nichts weiter ermutigt als Spekulationen. Andere waren per Anhalter gekommen und standen da, das Gepäck zu ihren

Füßen, auf ihren Hemden noch immer der schweißverschmierte Abdruck des Rucksacks. Wieder andere suchten echte oder erfundene Verwandte: Brüder, Cousins, Liebhaber, Männer, die ihre Alimente nicht gezahlt hatten. Einige waren hier, um Schulden einzutreiben. Und einige wollten nur eine Mahlzeit. »Nein«, sagten die Wachposten immer und immer wieder. »Ohne Plakette kein Zutritt.« »Nein, ich habe keine Liste von allen Leuten, die hier arbeiten.« »Nein, ich weiß nicht, ob zur Zeit Stellen frei sind. Da müssen Sie wieder nach Sudbury und sich dort arbeitslos melden.« »Nein, ich kenne keinen hoch gewachsenen dunklen Mann mit einem fehlenden Finger und einer Narbe auf der Backe.« »Nein, ich entsinne mich an niemanden mit diesem Namen.« »Nein, Sie dürfen nicht rein, um sich mal kurz umzusehen.« »Nein, Sie brauchen mir keine Nachricht hier zu lassen, denn ich kann sie nicht überbringen.« »Nein, das habe ich Ihnen schon gestern gesagt.« »Nein, ich darf Sie nicht reinlassen, auch wenn Sie mir zwanzig Dollar geben.«

Etwas weiter vom Eingang entfernt hatte man mit Bulldozern hastig im Busch einen primitiven Parkplatz freigeschoben. Inmitten von umgestürzten Felsbrocken und entwurzelten Baumstümpfen warteten die Wagen der wenigen Angestellten, die meinten, der Besitz lohne sich, neben den Autos von unbekannten Besuchern. Am Rand des Parkplatzes und entlang der Straße standen noch mehr kaputte und verlassene Fahrzeuge, die man mit Bulldozern auf die eine oder andere Seite geräumt hatte. Um nicht entdeckt zu werden, hatten die früheren Besitzer meistens die Nummernschilder abmontiert, und nun dienten viele als vorübergehende Unterkünfte oder provisorische Umschlagplätze. Aus den verlassenen Autos und jenen der Besucher tauchten Gestalten auf, die ihre Waren und Dienste zum Kauf anpriesen. Straßenhändler verhökerten Arbeitshemden und Handschuhe billiger als das Verpflegungsmagazin auf dem Zechengelände. Männer boten Ringe und Armbanduhren auf Vorlagetabletts feil, andere pornographische Bilder und diverses erotisches Spielzeug. Die nervösen, misstrauischen Alkoholschmuggler waren immer da und blickten unaufhörlich über die Schulter, während sie Kästen mit warmem Bier anboten, die sie zwischen den Baumstümpfen versteckt hielten, oder Krüge mit Wein oder Schnapsflaschen zum doppelten Ladenpreis. In manchen Autos saßen junge Indianerinnen aus den Reservaten, die auf der Suche nach Geld und vielleicht einem aufregenden Abenteuer gekommen waren. Manchmal saßen sie in der heißen Sommersonne auf den Motorhauben, auf ausgebreiteten Decken, um die Hitze des Metalls zu dämpfen. Gelegentlich beugten sie sich zur Seite, blickten in verdrehte Seitenspiegel oder zerbrochene, gesplitterte Windschutzscheiben und kämmten oder bürsteten ihr langes schwarzes Haar, oder sie schürzten die Lippen, wenn sie ihren blutroten Lippenstift auflegten, und konzentrierten sich angespannt, wenn sie ihre langen, spitzen Fingernägel scharlachrot lackierten und polierten. Sie boten einander Kaugummistreifen an, zerdrückte Zigaretten oder einen Schluck warmen Wein aus undurchsichtigen Pappbechern. Auf ihren billigen Kofferradios versuchten sie Country- und Western-Sender zu empfangen, sie drehten die Radios hierhin und dorthin, um die Musik über die von den Felsen des Kanadischen Schildes verursachten Störungen hinweg anzulocken.

Ging man nachts in der Nähe der Autos spazieren, hörte man Stöhnen und Seufzen sowie Bruchstücke gedämpfter Unterhaltungen. Manchmal wurden die Stimmen von dem Quietschen der Federn unter den schmutzigen Polstern übertönt.

Eines Morgens machten Calum und ich einen Spaziergang außerhalb des Camps. Wir hatten gerade die Nachtschicht hinter uns und gefrühstückt, aber die Sonne hing wie eine geschmolzene Kugel am Himmel und prophezeite die kommende Hitze und damit die Schwierigkeit für unsere ausgelaugten Körper, trotz der Müdigkeit Schlaf zu finden. Wir beschlossen, das anstrengende Einschlafen zu verschieben, und gingen zu den Toren hinaus, über den platt gewalzten grauen Schotter in Richtung Parkplatz. Plötzlich hörten wir die schwebenden, lockenden Töne einer Fiedel in der aufsteigenden Hitze des Tages. Wir sahen uns an und erkannten die Melodie von »MacNab's Hornpipe«, ein klassisches Stück beim Squaredance in Cape Breton. Die Musik kam aus einem der verlassenen Autos, und als wir ihr folgten, fiel unser Blick auf ein Wrack, das einst ein eleganter, dunkelblauer Crown Victoria gewesen sein musste. Der Kühlergrill war verbeult und die Haube zurückgebogen, sie glich fast einem spitzen Hausdach. Das Auto saß auf den Felgen; jemand hatte die Räder und offenbar auch die Kofferraumklappe entfernt. Das Glas der Windschutzscheibe und der Fenster war größtenteils zerbrochen, nur die gezackten Kanten waren stehen geblieben und erinnerten trotz der Sommerhitze an die ersten Eissplitter am Rand eines Herbstteiches.

Durch die zerbrochene Windschutzscheibe konnten wir auf dem Beifahrersitz einen kleinen, nach vorn gebeugten Mann sehen. Er bewegte den ganzen Körper zur Musik, und mit dem rechten Fuß klopfte er den Takt auf die Fußmatte, während der Bogen über die vier straff gespannten Saiten flitzte. Trotz der frühen Morgenstunde bildeten sich schon erste Schweißperlen auf seiner Oberlippe und Stirn. Durch das kaputte Fensterglas sah er lächelnd zu uns hoch. »*Cousin agam fhein*«, sagte er in einer Mischung aus Englisch und Gälisch und richtete den Blick auf mein Hemd, mied jedoch meine Augen. Er trug eine schmuddelige rote Baseballmütze mit der Aufschrift »Last Stop Hotel« über der Skizze eines gigantischen Fisches, der auf einen Köder zusprang. Er sei ein Cree von der James Bay, sagte er, und sein Großvater oder Urgroßvater, das wusste er nicht genau, sei ein Mann aus Schottland gewesen, der in den Jahren, als Pelz noch der große Renner war, die Handelsstraßen im Norden befahren hatte. Diese Fiedel habe ihm gehört, erzählte er und hielt uns das verschrammte Instrument entgegen. Er heiße James MacDonald, erklärte er, und hätte das Schottenkaro auf dem Hemd des rothaarigen Alexander MacDonald erkannt, das ich zu der Zeit trug. Der englisch-gälische Ausdruck bedeutete »mein Cousin«.

»Wie heißt das Stück, das du gespielt hast?«, fragte mein Bruder und drehte die Fiedel in seinen Händen.

»›Crossing the Minch‹«, antwortete er und nickte in Richtung der Fiedel. »Den Titel hat man mit dem Instrument an mich weitergegeben.«

»Komm mit«, forderte ihn mein Bruder auf, »wir besorgen dir etwas zu essen.«

Am Wachhäuschen sagte Calum: »*Cousin agam fhein*«, und nickte zu James MacDonald. Und als Antwort auf den verdutzten Blick des Wachmanns fügte er hinzu: »Er gehört zu uns.«

Mein Bruder und der Wachmann wechselten einen kurzen Blick. Dann winkte er uns durch, denn seine Schicht näherte sich dem Ende und er wollte in keine Auseinandersetzung verstrickt werden.

Wir nahmen James MacDonald mit in unsere Baracke, und jemand ging zur Küche und brachte einen Korb voll Essen mit zurück. Berge von Schinken und Toast, in eine Serviette eingewickelte, hart gekochte Eier, Stapel von warmem Kuchen und eine Thermoskanne Kaffee. Er war ausgehungert und schien fast ein Drittel seines Federgewichts auf einen Schlag zu verschlingen. Danach nahm er seine Fiedel, ging hinaus und setzte sich auf eine Bank.

Er war, wie Calum sagte, »ein wunderbarer Spieler«, und meine Brüder holten ihre eigene Fiedel heraus und spielten abwechselnd mit ihm. Und dann trat der riesige Fern Picard, der Anführer der Frankokanadier, mit einigen seiner Männer aus den Baracken. Sie beobachteten uns einen Augenblick aus der Entfernung, gingen dann wieder in die Baracken und kehrten mit ihren Fiedeln und Löffeln zurück. Zwei brachten eine Mundharmonika mit und einer ein Knopfakkordeon. Sie setzten sich auf die Bänke neben uns, was wir bisher noch nie erlebt hatten, und stimmten in die Musik ein. Nach einer Weile stand einer von ihnen auf und ging in seine Baracke, riss dort zwei Sperrholzplatten aus der Wand und trug sie zu den sonnenüberfluteten Bänken heraus.

»Für *la bastringue*«, sagte er. »*La danse d'étapes.*«

Er schob eine Platte unter die Füße der französischen Musiker, und während er das tat, hoben sie die Beine hoch, blieben aber sitzen und spielten ohne eine falsche Note weiter, und als das Holz richtig lag, stampften sie mit den Füßen in perfektem Einklang auf. Ihre Schuhspitzen landeten vollkommen im Takt auf dem Holz, und dann verschmolz der Klang von Leder auf Holz mit der Musik. Der Stakkato-Rhythmus der Sperrholzplatten verband sich mit dem Klappern der Löffel und verstärkte den anschwellenden Klang der herkömmlichen Instrumente.

»*Le gigeur*«, sagte der Mann mit den Sperrholzplatten und nickte dem ihm am nächsten sitzenden Fiedler zu. Der Mann lächelte und nickte leicht nach links, ohne das Kinn zu heben, das er fest auf den angewinkelten Korpus seiner Geige gedrückt hielt. Seine Finger und Füße schienen zu fliegen, als er sich zu und mit der Musik bewegte, nur die Gegend um seine Taille blieb ruhig. Mir fiel auf, dass er den Gürtel von einem meiner Brüder trug.

Die höher steigende Sonne brannte immer heißer vom Himmel, doch an Schlaf schien niemand zu denken. Es war, als hätten wir den Zug zum Einschlafen verpasst, und daran konnten wir in unserem jetzigen Zustand nichts ändern.

Die Musik wurde leiser und lauter, und die lederbesohlten Schuhe schlugen auf das widerhallende Holz. Manchmal sagte ein Fiedler den Titel eines Stücks an, worauf die anderen wissend nickten und mit einstimmten, bei »The Crooked Stovepipe«, »Deeside«, »Saint Anne's Reel«, »The Farmer's Daughter« oder »*Brandy Canadien*«. Manche Titel waren offenbar vergessen oder vielleicht nie bekannt gewesen, obwohl die Melodien nach den ersten paar Takten zu erkennen waren. »Ach ja«, nickten die Fiedler ahnungsvoll. »Aha«, »*Mais oui*«, und sie stimmten gemeinsam in das musikalische Gewebe ein. Allmählich fielen die Titel aus den verschiedenen Sprachen fast ganz unter den Tisch, die Musik blieb weitgehend unangekündigt oder wurde nur grob eingeordnet: »*la bastringue*«, »ein alter Hornpipe«, »*la gigue*«, »ein Hochzeits-Reel«, »*un reel sans nom*«.

»Manchmal«, sagte James MacDonald am Ende einer Melodie, die alle vom Hören kannten, aber nicht namentlich, »ist es wie mit einem Mann, der einen Sohn bekommt, aber zu weit entfernt ist, um ihm einen Namen zu geben.« Er verstummte. »Aber den Sohn gibt es trotzdem«, fügte er schüchtern hinzu, als wäre es ihm peinlich, dass er so viel gesagt hatte.

Die Musik ging weiter, das Tempo schien sich zu steigern. Jemand zerrte die zweite Sperrholzplatte auf den staubigen Platz vor den Musikern und versuchte, sie als primitive Fläche zum Stepptanzen flach hinzulegen. Es war nicht einfach wegen der Felsbuckel, die aus der kärglichen Erde ragten.

Kleine Steine wurden an strategischen Punkten unter das Holz geschoben, um eine ebene Fläche zu schaffen. Die Tänzer wechselten sich ab, manchmal versuchten auch zwei Männer sich das vibrierende hölzerne Rechteck zu teilen. Ein paar Männer tanzten im »alten« Stil – sie hielten den Oberkörper gerade und pressten die Arme steif an die Seiten. Andere bewegten den ganzen Körper.

»Wir brauchen Bier«, sagte jemand.

Ein Hut wurde neben die Tanzfläche gestellt; er war bald voller Geld. Jemand beschwerte die Scheine mit einem Stein, damit sie nicht wegflogen, obwohl sich eigentlich kein Windhauch regte. Später verschwanden Geld und Hut, und noch später tauchten Kästen mit warmem Bier auf, die jemand bei den nervösen Schwarzhändlern auf dem Parkplatz gekauft und an den Wachposten vorbei oder um sie herumgeschmuggelt hatte. Einige öffneten das Bier mit Flaschenöffnern, die an Schlüsselketten hingen, andere mit den Klingen von Taschenmessern, und wieder andere benutzten ihre Zähne und spuckten die Kronkorken auf den staubigen Stein zu ihren Füßen. Schweiß perlte den Musikern auf der Stirn, und in den Achselhöhlen der Tänzer bildeten sich dunkle Kreise.

»Was, zum Teufel, treibt ihr denn da?«, sagte der Vorarbeiter, der unerwartet um die Ecke einer Baracke kam.

Die Fiedler verstummten, die tanzenden Füße blieben stehen. Die fehlende Musik schien das Schweigen noch zu verstärken.

»Wer, zum Teufel, bist du?«, fragte der Vorarbeiter und trat vor James MacDonald, der seinen Blick abwandte und langsam seine Fiedel senkte.

»Wie bist du hier hereingekommen?«, hakte er nach, nunmehr etwas energischer, während er über den kleinen Kerl gebeugt stand, der immer noch auf der Bank saß. James Mac-

Donald zuckte unverbindlich die Schultern und unterstrich die Geste, indem er seine Handteller nach oben kehrte.

»Er gehört zu uns«, sagte mein Bruder und trat aus der kleinen Männergruppe vor, die sich auf einer Seite versammelt hatte.

»*Cousin agam fhein*«, sagte jemand aus der Menge, worauf nervöses Gekicher folgte.

Der Vorarbeiter drehte sich abrupt in die Richtung der Stimme. Er konnte weder Französisch noch Gälisch oder Cree und hörte nicht gern Sätze in Sprachen, die er nicht verstand.

»Schaff ihn von hier weg«, sagte er, wieder meinem Bruder zugewandt, und zeigte mit dem Fuß auf James MacDonald. Die beiden blickten sich ziemlich lang in die Augen.

»Und das Bier verschwindet auch von hier«, sagte er etwas ruhiger und kehrte seinen Blick ab. »Ihr wisst, Alkohol ist auf dem Gelände verboten. Heute Abend erwarte ich euch alle auf der Schicht.«

Er machte auf dem Absatz kehrt und stampfte davon.

Die Musiker packten langsam die Instrumente ein. Jemand schleuderte eine Bierflasche ins Gebüsch und wir warteten, bis wir sie in der Ferne auf einem unsichtbaren Stein zerschellen hörten. Der Mann mit den Sperrholzplatten trug einen Bierkasten in seine Baracke, das Holz ließ er liegen. James MacDonald sagte etwas auf Cree zu sich und lächelte resigniert, als hätte er das alles schon einmal erlebt.

»Vergiss ihn«, sagte mein Bruder zu James MacDonald. »Du musst nicht gehen. Du kannst bei uns bleiben, solange du willst.«

Als wir an diesem Abend zur Arbeit gingen, klang uns die Musik noch immer in den Ohren. Die erste Stunde verbrachten wir schweigend und leicht benommen von all dem Bier und der Tatsache, dass wir den ganzen Tag weder gegessen noch geschlafen hatten. Die Luft schien schlechter als sonst, der Gestank des Pulvers noch strenger. Später verstärkten die vibrierenden Stahlbohrer im Stein unsere leichte Übelkeit und schienen in unseren Köpfen ein ähnliches Vibirieren hervorzurufen. Unsere Unterwäsche war schweißdurchtränkt, und wir durchwühlten unsere Henkelmänner nach Orangen, um den Wasserverlust zu verringern.

Als wir am nächsten Morgen über Tag gingen, schien die Musik Jahre hinter uns zu liegen. Wir standen unter der Dusche und ließen das Wasser auf uns niederprasseln. Die Haare auf unseren Körpern lagen flach auf der Haut und wiesen alle in die gleiche Richtung. In weiter Ferne, wenn der Wind und das Meer über *Calum Ruadhs* Landspitze peitschten, lag das Gras ebenfalls flach auf dem Fleisch der Erde, die Wurzeln hielten es im Wasser und im Wind fest, und sobald der Sturm abflaute, richtete es sich wieder auf. Als wir das Waschhaus verließen, merkten wir, dass es nachts stark geregnet hatte, und als wir uns den Baracken näherten, fielen uns die beiden Sperrholzplatten vom vorherigen Tag auf. Sie waren schlammig und verschmutzt und verzogen sich offenbar schon durch den Druck des Regens. Die Frankokanadier packten eine Platte, wir die andere, dann warfen wir sie hinter unseren Behausungen ins Gebüsch.

James MacDonald schlief völlig angezogen in Calums Bett. Die Mütze mit der Aufschrift »Last Stop Hotel« lag neben ihm auf dem Boden. Mein Bruder kroch in das Bett von einem unserer Cousins, der seine Schicht angetreten hatte, als wir von unserer kamen.

James MacDonald blieb zwei Tage bei uns. Er hatte kein Geld und fragte nach Arbeit. Mein Bruder nahm ihn zweimal mit zur Schicht und bezahlte ihn jedes Mal danach. Jeder von uns spendete etwas zu seiner Arbeitskleidung, obwohl es nicht leicht war, passende Kleidung und Schuhe für seine kleine Statur zu finden. Er hatte Todesangst unten im Berg und konnte sich nicht an die Enge und die Dunkelheit gewöhnen, an das stinkende Pulver und den aggressiven Lärm. Zudem war er selbst für die leichtesten Arbeiten nicht stark genug, und Lademaschinen oder unerwartete Geräusche führten dazu, dass er sich aufgeschreckt an die Steinwände kauerte. Einmal entdeckte ihn der Vorarbeiter auf einer seiner Runden, aber er sagte nichts. Zu der Zeit kamen wir gut voran und lagen mit unserer Leistung über dem Soll. Als wir eines Nachmittags aus dem Schlaf nach unserer Schicht aufwachten, merkten wir, dass James MacDonald samt seiner Fiedel verschwunden war.

»Für diese Arbeit war er sowieso nicht geschaffen«, sagte mein Bruder, nachdem er die Situation begriffen hatte. »Er ist besser dran, wenn er sich vom Bergwerk fern hält.« Zwei Wochen später sagte uns jemand, man verlange am Eingang nach uns. Eines der einheimischen Mädchen stand da und führte uns zu dem Gerippe des einst eleganten Crown Victoria. Auf dem Sitz lag eine sorgfältig in Gaze eingewickelte Elchkeule, aber das Blut sickerte trotzdem durch. Ein abgerissenes Kalenderblatt war an dem Stoff befestigt. »Danke«, lautete das einzige, mit einem Bleistift in Druckbuchstaben geschriebene Wort, und dann war da noch eine gezeichnete Fiedel und ein gewaltiger Fisch, der auf einen Köder zuspringt.

23

Einmal, erzählte meine Schwester in Calgary, sei sie mit ihrem Mann, dem Erdölingenieur Pankovich, in einem der vornehmen Hotels in Aberdeen bei einem großartigen Dinner gewesen, in der Gesellschaft von Ölmagnaten und deren Frauen aus Houston und Denver. Sie hatten zu viel gegessen und zu viel getrunken und schwankend schottische Tänze parodiert. Als sie später die Treppe zu ihrem Zimmer hochstiegen, begegnete ihr eine junge Frau – vielleicht ein Zimmermädchen, sie wusste es nicht genau –, die sie leicht streifte und ihr etwas auf Gälisch zuflüsterte. Als meine Schwester den Sinn erfasste, drehte sie sich um, doch die Frau war fort.

Später erwachte sie durch etwas Ungewöhnliches aus dem Schlaf; eine Frau stand neben ihr am Bett. Als sie sich aufsetzte, ging die Gestalt ans Fußende und schien sie herzuwinken. Meine Schwester stieß ihren Mann mit dem Ellbogen in den Rücken, bekam ihn jedoch nicht wach. Das Zimmer lag im Halbdunkel, da es jedoch Sommer war und Aberdeen weit im Norden lag, war es heller, als man hätte erwarten können. Sie kniff die Augen zusammen und versuchte besser zu sehen. Die Gestalt bewegte sich zur Tür und schien zu verschwinden. Meine Schwester stand langsam auf, schlich zur Tür und wollte sie öffnen, doch sie war verschlossen. Sie öffnete und schaute den Flur entlang. Etwa auf der Hälfte sah sie einen Mann in einem Kilt, er schlief auf dem Fußboden und hielt seinen Schlüssel fest umklammert. Sie ging wieder in ihr Zimmer, zog die Vorhänge auf und sah zum Fenster hinaus. Es war ziemlich hell, doch die Straße war menschenleer. Das einzige Geräusch kam von den Möwen, die in der Luft schwebten. Sie ging noch einmal auf den Flur hinaus. Der Mann war verschwunden. Es war vier Uhr morgens.

Als ihr Mann aufwachte, fragte sie ihn, ob er sich an die Frau entsinne, die auf der Treppe an ihnen vorbeigehuscht sei. Er verneinte und sagte, er wolle sich die Bohrtürme in der Nordsee ansehen. Zwei Tage werde er unterwegs sein.

Beim Frühstück hielt sie Ausschau nach der jungen Frau und dem Mann im Kilt, entdeckte aber keinen von beiden.

»Du könntest dir ein Auto mieten«, sagte ihr Mann, »und herumfahren. Dir die Gegend ansehen.«

Es war schon spät am Tag, als sie die Stelle erreichte, die man ihres Wissen das »raue Grenzgebiet« von Moidart genannt hatte, während der gelehrte Schriftsteller auf der Durchreise von einer »scheußlichen Gegend« sprach. Sie ging an den Rhododendren und Farnsträuchern vorbei, machte sich auf nach Castle Tiarim, jenem Schloss, das wie prophezeit zerstört worden war. Sie wanderte bei Ebbe hinüber, um sich die Ruine anzusehen, und schaffte es fast nicht rechtzeitig zum Wagen zurück, erzählte sie, weil die Flut langsam einsetzte. Sie musste ihre Schuhe ausziehen und in der Hand tragen. Ihr Rock war tropfnass. Sie setzte sich ins Auto und fuhr die schmalen gewundenen Wege entlang, achtete auf Schafe und wich rücksichtsvoll aus, wenn ihr eines der seltenen Fahrzeuge entgegenkam. Sie hielt an einer anderen Stelle am Meer, schlenderte die Felsen entlang und betrachtete den Tang und zwei spritzende Seehunde. Horchte auf das Kreischen der Möwen. Sah die Gestalt einer älteren Frau näher kommen, die eine Tasche in der Hand trug. Später erfuhr sie, dass die Tasche Meeresschnecken enthielt, die die Frau bei Ebbe gesammelt hatte.

Und dann, erzählte meine Schwester, stand sie der Frau gegenüber und sie blickten sich fest in die Augen.

»Sie sind von hier«, sagte die Frau.

»Nein«, entgegnete meine Schwester, »ich komme aus Kanada.«

»Das mag ja sein«, sagte die Frau. »Aber eigentlich sind Sie von hier. Sie waren nur eine Zeit lang fort.«

Sie ging mit der Frau zu einem niedrigen Steinhaus, aus dem ihnen drei braunweiße Hunde entgegensprangen, in geduckter Haltung und mit flach angelegten Ohren.

»Die tun Ihnen nichts«, sagte die Frau. »Die erkennen Sie an Ihrem Geruch.«

Die Hunde leckten ihr die Hand und wedelten mit dem Schwanz.

»Diese Frau kommt aus Kanada«, sagte die Begleiterin meiner Schwester zu einem alten Mann, der im Haus auf einem Holzstuhl saß. »Aber eigentlich stammt sie von hier. Sie war bloß eine Zeit lang fort.«

Im Inneren des Steinhauses war es kalt und feucht, obwohl es Sommer war. »Die Kälte erinnerte mich an die Keller zu Hause«, erzählte meine Schwester.

»Oh«, sagte der alte Mann, aber meine Schwester konnte nicht beurteilen, wie viel er verstand. Er trug eine Stoffmütze und ein schmutziges kariertes Hemd unter einem schwarzen Pullover. Seine Augen wirkten wässrig, und sie vermutete, er könnte schwerhörig sein und vielleicht auch ein bisschen senil.

»*Co tha seo?*«, fragte er und musterte sie genauer.

»*Clann Chalum Ruaidh*«, antwortete sie.

»Ha«, sagte er und sah sie weiter forschend an.

»Warten Sie hier«, sagte die Frau, ging hinaus und ließ meine Schwester mit dem alten Mann allein.

»Kommen Sie von weit her?«, fragte er.

»Aus Kanada«, antwortete sie, wieder unsicher, wie viel er begriff.

»Ha«, sagte er, »aus dem Land der Bäume. Dorthin sind viele Leute auf den Schiffen gefahren. Manche auch nach Amerika. Und manche nach Australien, dem Land hinter der Sonne. Fast alle sind jetzt fort«, sagte er und schaute zum Fenster hinaus. »Die nach Kanada gegangen sind«, fügte er hinzu, als redete er mit sich selbst, »das sind die vom Glück Erwählten.

Sagen Sie«, fuhr er fort und blickte sie wieder forschend an, »stimmt es, dass die Häuser in Kanada aus Holz sind?«

»Ja«, erwiderte sie. »Manche jedenfalls.«

»Oh«, sagte er. »Aber ist es nicht kalt in solchen Häusern? Vermodern sie nicht?«

»Nein. Na ja, nicht dass ich wüsste. Kann sein, dass hin und wieder eins vermodert.«

»Komische Sache«, sagte er. »Hab mich schon oft darüber gewundert. Dass man Häuser aus Holz baut.«

Es entstand eine Pause.

»Der Prinz war hier, wissen Sie«, sagte er plötzlich.

»Der Prinz?«

»Ja, der Prinz. Bonnie Prinz Charlie. Genau an dieser Stelle. Er kam im Sommer 1745 aus Frankreich und kämpfte für Schottlands Krone. Wir standen Frankreich immer nahe«, fügte er verträumt hinzu und sah wieder zum Fenster hinaus. »Die ›Alte Bekanntschaft‹ nannten wir das.«

»O ja«, sagte meine Schwester. »Davon hab ich gehört.«

»Er war erst fünfundzwanzig«, fuhr er fort, durch die Geschichte plötzlich ganz überschwänglich geworden. »Obwohl er unser Prinz war, wuchs er in Frankreich auf und sprach hauptsächlich Französisch, wir dagegen Gälisch. Fast tausend Männer gingen mit ihm von hier fort. Das *Bratach Ban*, das weiße und purpurrote Banner, wurde in Glenfinnan von MacDonald gesegnet. Die meisten Männer von hier fuhren mit dem Schiff, aber manche gingen auch zu Fuß.

Wir hätten gewinnen können«, sagte er aufgeregt, »wären doch bloß die Schiffe aus Frankreich gekommen. Wir hätten gewinnen können, wenn sich der Rest des Landes uns angeschlossen hätte. Der Kampf hätte sich gelohnt, für unser Land, unser Volk und unsere Lebensart.«

Er war so erregt, dass er sich zu meiner Schwester vorbeugte und seine Riesenhände, die seine Knie umfassten, an den Knöchelkuppen weiß wurden.

»Der Prinz hatte rotes Haar«, fuhr er fort, überlegte es

sich plötzlich anders und senkte die Stimme verschwörerisch leise. »Und man sagt ihm eine große Schwäche für Mädchen nach. Einige von uns«, flüsterte er, »könnten Nachfahren von ihm sein.«

Die Tür ging auf, und die ältere Frau kam in Begleitung mehrerer Leute verschiedenen Alters herein.

»Einige«, erinnerte sich meine Schwester, »hatten rotes Haar und einige schwarzes wie ich oder sogar noch schwärzer. Alle hatten die gleichen Augen. Ich kam mir vor wie bei Opa und Oma in der Küche.« Ich lehnte mich zurück, während meine Schwester mit ihrer Geschichte fortfuhr:

Die ältere Frau sagte zu der Gruppe, die sie mitgebracht hatte: »Das ist die Frau, von der ich euch erzählt habe.« Dann sprach sie auf Gälisch mit ihnen und alle nickten. Ich nickte zurück, bis mir nach einigen Sekunden dämmerte, dass ich sie verstanden hatte, obwohl sie Gälisch sprach. Offenbar war ich lange nicht mehr mit der Sprache in Berührung gekommen.

Anfangs waren alle etwas schüchtern, bis eine Frau in etwa meinem Alter sagte: »Sie sind von weit her gekommen, und Ihr Rock ist noch nass vom Wasser.«

»Ja«, erwiderte ich.

»Aber das macht nichts«, fügte sie hinzu. »Jetzt sind Sie ja hier. Wir werden Ihnen trockene Kleider besorgen. Man muss sich vor dem Wasser in Acht nehmen.«

Sie sagte alles auf Gälisch, und dann fing ich an, mit ihr und den anderen ebenfalls Gälisch zu sprechen. An die einzelnen Wörter und Sätze kann ich mich kaum erinnern. Irgendwie sprudelte es einfach aus mir heraus, als hätte tief in mir ein unterirdischer Fluss geschlummert, der plötzlich hervorbrach. Dann redeten alle gleichzeitig und beugten sich in meine Richtung, als versuchten sie, während sie redeten, ein entferntes, aber bekanntes Funksignal aufzuschnappen. Wir unterhielten uns ungefähr fünf Minuten ohne Unterbrechung, es kann auch länger oder kürzer gewesen sein. Ich weiß es nicht. Ich habe auch keine Ahnung, wovon wir redeten. Die Worte waren wichtiger als ihre Bedeutung, falls du weißt, was ich meine. Auf einmal fingen wir alle an zu weinen. Jeder schluchzte, so wie er dort in Moidart stand oder saß.

»Mir ist, als wären Sie nie fort gewesen«, sagte der alte Mann. »Ja«, bestätigten die anderen im Chor, »als wären Sie nie fort gewesen.«

Plötzlich wurden wir wieder alle verlegen. Wischten uns verschämt die Augen. Wie in der Phase, die der Leidenschaft folgt. Als könnten wir nach dieser ungehemmten Gefühlswallung nun plötzlich und unfreiwillig in ein kollektives Nickerchen verfallen.

»Möchten Sie etwas Tee?«, fragte die Frau, die ich am Strand getroffen hatte, und erhob sich aus ihrem Stuhl.

»Ja, das wäre nett.«

»Oder vielleicht ein Schnäpschen?«, fügte sie hinzu.

»Ja«, erwiderte ich. »Das wäre auch nett.«

»Warten Sie hier«, sagte sie, »ich hole es Ihnen und bringe gleich trockene Kleidung mit.«

Sie verschwand durch eine Tür in einen Nebenraum.

»Haben sie immer noch rote Haare?«, fragte die Frau, als sie zurückkam.

»Ja, manche schon.«

»Aha«, sagte der alte Mann von seinem Stuhl aus.

»Und die Zwillinge?«

»Ja, ich bin selbst ein Zwilling.«

»Tatsächlich? Noch ein Mädchen?«

»Nein, ein Bruder. Er hat rotes Haar.«

»Oh«, riefen sie, »ein *gille beag ruadh*.«

»Ja«, sagte ich, »ein *gille beag ruadh*. So haben sie ihn genannt. Am ersten Schultag wusste er nicht einmal seinen richtigen Namen.«

»Vielen Dank«, sagte ich zu meiner Schwester in ihrem modernistischen Haus in Calgary.

»Sei doch nicht albern«, entgegnete sie. »Damals warst du auch noch kein Kieferorthopäde, der für ein paar Zahnklammern Tausende in Rechnung stellt. Du warst noch ein kleiner Junge.«

»Und die Hündin?«, fragte die ältere Frau. »Die Alten haben immer von ihr gesprochen. Ich erinnere mich noch, wie meine Großeltern erzählten, sie hätten die Geschichte von früheren Generationen gehört. Wie sie ins Meer sprang und hinter dem Boot herschwamm, das nach Amerika aufbrach. Die Leute, die hier blieben, waren auf den höchsten Hügel gestiegen, um zum Abschied zu winken, und sie konnten sehen, wie ihr Kopf einen Keil durchs Wassers schnitt und dem auslaufenden Boot immer weiter nachschwamm, bis der Kopf irgendwann nur noch ein Fleck war und sie Calum Ruadh schimpfen und fluchen hörten, seine Stimme trieb über das flache Meer und rief: ›Zurück mit dir, los, du dummes Ding. Mach, dass du heimkommst, sonst wirst du noch ertrinken.‹ Dann wurde ihm wohl klar«, sagte die ältere Frau, »dass die Hündin nie umkehren würde. Dass sie versuchen würde, nach Amerika zu schwimmen. Oder bei dem Versuch sterben würde. Da hörten die Leute, die auf den Klippen standen und ein letztes Lebewohl mit ihren Hauben und hellen Kleidungsstücken winkten, wie seine Stimme sich veränderte. Ihm vor Rührung versagte, als er rief: ›Komm her, meine Kleine, du schaffst es. Komm schon! Hierher!

Gib nicht auf! Du schaffst es! Jetzt mach schon. Ich warte doch hier auf dich.‹
Die Leute auf den Klippen erzählten, sie hätten gesehen, wie ihr kleiner Kopf aus dem Wasser stieß, in Reaktion auf seinen positiven Zuspruch. Als hätte er ihr Hoffnung gegeben. Der Keil wurde immer schneller und breiter, sie bemühte sich immer stärker. Der Mann beugte sich über die Bootsseite und klopfte ermutigend mit der Hand auf den hölzernen Rumpf, dann streckte er den Arm aus und hob die Hündin aus dem Wasser. Das ist das letzte Bild, das jedem hier von dieser Familie in Erinnerung blieb«, sagte die Frau. »Danach winkten sie nur noch von den Klippen, bis auch das Schiff ein winziger Fleck auf dem Meer wurde, nicht größer als vorher der Kopf der Hündin.«
»Ja«, sagte der alte Mann und nickte in die Richtung der braunweißen Hunde, die in dem Steinhaus in Moidart wie Teppiche unter dem Tisch und den Stühlen lagen. »Diese Hunde waren immer treu und stets bemüht, das war ihnen geradezu angeboren.«
Meine Schwester stimmte zu und erzählte ihnen die Geschichte: »Als meine Eltern ertranken, war auch so eine Hündin dabei. Und später kam auch sie auf der Insel um. Sie starb, weil sie immer treu und stets bemüht war.«
»Wie sind Ihre Eltern ertrunken?«, fragten die Leute alle gleichzeitig. »Das tut uns Leid. Welche Insel war das?«
»Ach richtig, das können Sie ja nicht wissen«, sagte meine Schwester. »Irgendwie habe ich das Gefühl, als würde ich Sie mein Leben lang kennen und Sie müssten eigentlich alles über mich wissen. Ich werde es Ihnen später erzählen.«
»Wie schön, dass Sie so empfinden«, sagte die Frau lächelnd und bot ihr ein Glas an. »Jetzt sind Sie zu Hause.«

»Wusstest du«, fragte meine Schwester in ihrem modernistischen Haus in Calgary, »dass *Calum Ruadh* nach der Ankunft in Pictou einen Mann mit dem Messer angegriffen hat?«

»Nein«, entgegnete ich. »Davon habe ich nie etwas gehört. Nur, dass er depressiv war.«

»Tja, so war es aber«, sagte sie. »Großvater hat es mir erzählt. Willst du wissen, wieso er ihn angegriffen hat?«

»Ja.«

»Weil er seine Hündin getreten hat«, sagte sie ruhig und blickte mir direkt in die Augen, während ihre Finger auf den teuren Tisch trommelten.

»Sie war hochschwanger, und der Mann trat sie in den Bauch.«

Wir gingen aus dem Haus und blickten den prestigeträchtigen Hang hinab. Es war Spätnachmittag, und in der Ferne sahen wir die Autos auf dem TransCanada Highway in Richtung Osten strömen. Sie kamen aus Banff und von der Grenze zu British Columbia. Die Sonne glitzerte auf den metallenen Dächern, und es sah aus, als hüpfe sie in reflektierten goldenen Lichtstrahlen wieder in den Himmel zurück.

24

Jetzt, in den Straßen von Toronto, steht die Sonne hoch über dem Smog, und die Menschen rempeln sich hektisch auf dem Weg zu ihrem jeweiligen Ziel. Manche tragen Einkaufsnetze voller Sachen, die aus ihren Heimatländern stammen. Die Röstenten rotieren langsam hinter den Glasscheiben, und die ausgeweideten Ferkel hängen an Stahlhaken, die man ihnen durch die Beine gebohrt hat. Ihre entschlossenen Zähnchen sind im Tod fest zusammengeklemmt, das Zahnfleisch leuchtet rosa-violett hinter den stummen, nach innen gezogenen Lippen.

Im Südwesten Ontarios ziehen die Pflücker über die flachen, heißen Felder, oder sie greifen in die Zweige der beladenen Bäume. Die Kinder der Familien aus den Dörfern und Städten der Umgebung sind inzwischen noch müder und kurz vor der offenen Rebellion. Sie sehnen sich nach ihren Computerzimmern und Videospielen, nach eisgekühlten Getränken und langen Telefongesprächen mit Freunden, denen sie die Verzweiflung über ihre Schmerzen mitteilen können. Auch ihren Eltern ist jetzt heiß, sie sind müde und bis zur Reizbarkeit verärgert durch das in ihren Augen unkooperative Verhalten der Jungen. Sie reden ihnen nun nicht mehr gut zu, sondern drohen ganz offen. Zornige Väter in schweißdurchtränkten Unterhemden, deren große Hände wütend an den Seiten zittern, überqueren mit großen Schritten die grünen Reihen und stellen die unwilligen Erntehelfer zur Rede. »Wieso bist du zu faul, das Obst zu pflücken, das du später isst?«, werden manche fragen. »Wenn du dich nicht am Riemen reißt, gibt's Hausarrest. Dann bleibst du zwei Wochen in deinem Zimmer.« Bald werden diese Familien in düsterem Schweigen nach Hause fahren und finster aus den Fenstern blicken, hinaus auf die Felder und Obstplantagen und die zurückgelassenen Pflücker.

Die Jamaikaner, die mexikanischen Mennoniten und die Frankokanadier arbeiten mit Geschick und ruhigem Tempo. Ihre kräftigen, sicheren Finger schließen und öffnen sich automatisch, während ihre Augen bereits den nächsten geschickten Zug planen. Ihre Hände zerdrücken das Obst nicht, und ihre Füße zertrampeln weder die Zweige noch die Ranken. Und sie werden nicht zwischen den grünen, blühenden Reihen an Herzattacken sterben. Sie werden arbeiten, bis die Sonne untergeht, und sich dann in ihre meist von

Männern belegten Quartiere zurückziehen. Viele sind mit einer befristeten Arbeitserlaubnis als Erntehelfer in Kanada, und wenn die Saison vorüber ist, müssen sie wieder auf die lange Heimreise.

Einige haben Neun-Monats-Verträge, die ihnen höchstens einen Aufenthalt von neun Monaten am Stück gewähren. Dürften sie länger bleiben, erhielten sie das Recht auf die kanadischen Sozialleistungen und Gesundheitsprogramme, aber außer ihnen selbst will niemand, dass sie in den Genuss solcher Programme kommen. Manchmal, wenn ihre Arbeitskraft gefragt ist, verlassen sie das Land für ein paar Tage, reisen dann wieder ein und beginnen einen weiteren neunmonatigen Aufenthalt, oder sie bleiben, bis man sie nicht mehr braucht. Nach diesem Muster arbeiten einige seit Jahrzehnten, über Kontinente und Meere hinweg getrennt von ihren Kindern. Sie sehen und sprechen ihre Kinder selten. Weder sie noch ihre Kinder gehen jemals zum Kieferorthopäden. In den kleinen Häusern, die sie immer nur kurz bewohnen, sitzen sie am Ende des Tages im Unterhemd auf dem Eisenrahmen ihres Bettes. Die langsam kreisenden Ventilatoren bewegen die feuchte Luft, während jene, die keine Analphabeten sind, die Post von zu Hause lesen. Die weniger Begünstigten bitten Freunde, vorzulesen oder auch für sie zu schreiben. Manchmal liegen sie auf dem Bett, die Hände unter dem Kopf verschränkt, und starren auf die Spanplattendecke. Manchmal hören sie Musikkassetten, deren Rhythmus, Dialekt und Sprache für die Passanten auf den größeren Straßen oft nicht identifizierbar sind. Auf Orangenkisten oder vernarbten Nachttischchen stehen eingerahmte Fotografien. Am Montagmorgen, wenn ich meinen ersten Patienten lächelnd begrüße, werden die kleinen Häuser leer sein und die Männer schon lange Stunden in der Sonne verbracht haben.

Frei von dem Zwang, richtig und schnell zu handeln, werde ich irgendeine Flasche Alkohol nehmen und mitbringen, vielleicht ist es ja völlig unwichtig. Wichtig ist nur, dass ich zu ihm zurückgehe.

25

In der Hitze dieses Sommers kamen wir zügig voran. Wir stießen auf ein weiches Steinareal, das unseren Bohrern und Dynamitstangen leicht nachgab, und allmählich waren wir unserem Soll voraus. Der durch den Tod des rothaarigen Alexander MacDonald bedingte Zeitverlust war schnell wettgemacht, Renco Development war mehr als zufrieden. Es hieß, man bezahle uns zu hoch, zumal wir auf den »weichen Stein« gestoßen seien. Aber wir bestanden darauf, dass eine Vereinbarung eine Vereinbarung sei und uns irgendwann bestimmt wieder »harter Stein« und harte Zeiten erwarteten, wie es für alle zutraf, die im Abbau arbeiteten. Calum übernahm die Verhandlungen für den Clan, und keiner wollte sich mit ihm streiten oder sich ihm in den Weg stellen.

Nach dem Verschwinden von James MacDonald schien unsere musikalische Ader in der Sommerhitze zu verkümmern, und auch die Frankokanadier spielten nur noch selten. Sie schotteten sich mehr und mehr in der Abgeschiedenheit ihrer Baracken ab, genau wie wir, und wir beäugten einander mit misstrauischen Blicken. Unter uns hatte sich der Verdacht festgesetzt, dass der Dienst habende frankokanadische Anschläger genau gewusst hatte, dass Alexander MacDonald unten im Schacht war, als er den Erzkübel hinuntersausen ließ, und dass er sich nicht getäuscht und die Signale verwechselt hatte. Wir erfuhren auch, dass Fern Picard am Tag nach dem Tod von Alexander MacDonald an

Renco Development mit dem Vorschlag herangetreten war, er könne eine Truppe von seinen Verwandten aus Temiskaming zusammentrommeln, um den *clann Chalum Ruaidh* zu ersetzen. Wir erfuhren zudem, dass er und seine Männer von dem Angebot wussten, das man uns inoffiziell am Telefon gemacht hatte, und dass sie der Verdacht, man würde uns besser bezahlen als sie, ziemlich verstimmte. Wir betrachteten sie – so wie sie uns – mit einem gewissen Misstrauen; wir hielten immer Ausschau nach einer Beleidigung oder einer Bevorzugung, ob wirklich oder eingebildet; wir glichen rivalisierenden Hockeymannschaften, die auf den richtigen Zeitpunkt warteten, um Schlägermaße oder regelwidrige Ausrüstung ins Feld zu führen; wir warteten den rechten Augenblick ab und hielten die Augen offen. Doch die Arbeit ging weiter, während unser Leben zwischen der kühlen, tropfenden Nässe unter Tage und der drückenden, von Mückenschwärmen heimgesuchten Sommerhitze über Tag wechselte.

Manchmal stellte ich mir vor, ich wäre in Halifax geblieben und hätte über den Sommer das Forschungsstipendium angenommen, das ich abgelehnt hatte, um hierher zu kommen. Natürlich bot Halifax ganz andere Möglichkeiten, dort gab es ein Leben mit Kinos, Musik und dazu Bibliotheken und Labore. Gelegentlich vermisste ich – oder jedenfalls bildete ich es mir ein – die Theater und Restaurants, die ich kaum jemals besucht hatte, oder die Diskussionen mit Kommilitonen über aktuelle Themen. Mir war klar, es gab eine Welt, die nicht von einem Berufsstand derart ausschließlich männlich besetzt war.

Hin und wieder schweiften meine Gedanken zu dem kleinen gemieteten Zimmer in meiner Pension in Halifax. Ich stellte mir vor, wie meine nicht mehr ganz junge Vermieterin dort in der eigenen Hitze fast erstickte und ihrem Gesicht

Luft mit der Zeitung zufächelte, während sie auf ihrem Holzstuhl saß, die Strümpfe bis zu den Waden hinuntergerollt. Wie sie die Abwesenheit ihrer durchreisenden Studenten erleichterte, aber auch langweilte; nun hatte sie keine fremden Sachen zu durchstöbern, und niemand war da, der sich ihre Vorschriften anhörte, die das Radio betrafen, die Hauslichter, das Türenschließen und das Schneeschippen ihres Gehwegs im Winter. Von Zeit zu Zeit stellte ich mir auch vor, wie meine Fachbereichsleiter und Kollegen in weißen Mänteln und auf weichen Sohlen über die polierten Fußböden der klimatisierten Labore schlichen, wie sie Bakterienkulturen kontrollierten oder in Mikroskope spähten und ihnen manchmal, wenn sie im grellen Neonlicht eines Waschraumspiegels standen, ein Fünkchen Langeweile entgegenblitzte.

Zudem fühlte ich mich irgendwie schuldig am Tod des rothaarigen Alexander MacDonald, auch wenn ich nicht sicher war, ob es wirklich meine Schuld war oder hätte sein sollen. Doch für mich verband sich ein vages Unwohlsein mit den Umständen und dem Zeitpunkt seines Todes. Ich redete mir ein, dass er nach der High School im Bergwerk angefangen hatte, weil ihm nichts an einer akademischen Ausbildung lag. Ich wusste aber, dass er es zumindest teilweise auch getan hatte, um seine Familie zu unterstützen, die ohne eigenes Verschulden von den Nachwirkungen einer Armut heimgesucht wurde, der die Region seit Generationen ausgesetzt war wie dem beharrlichen Wispern und Seufzen des unsichtbaren Windes. Mir war klar, dass Alexander MacDonald zum Teil den Wagen bezahlt hatte, der mich von meiner großartigen Abschlussfeier nach Hause befördert hatte, und mir war bewusst, dass es nun keine Gelegenheit mehr gäbe, ihm dafür zu danken und es wieder gutzumachen. Wie oft hatte ich mir die Szene in Erinnerung gerufen, als er mich »glücklich« nannte, weil meine Eltern ums Leben gekommen waren, und das Gefühl der Schwielen an seinen kleinen, entschlossenen, hart arbeitenden Händen schien fest an meine sich sträubenden Nackenhaare gebunden zu sein. Wie es aussah, gehörte die Berührung seiner kleinen Hände jetzt für immer mir, auch wenn ich mir einredete, dass sein Hinscheiden andere viel tiefer getroffen hatte und ich mich lieber nicht so wichtig nehmen sollte.

26

In den Pausen zwischen den Schichten sprachen meine Brüder oft von der Landschaft ihrer Jugend und ersten Mannesjahre. Weit entfernt, am Rand des Kanadischen Schildes, ließen sie aus großem geographischen und geistigen Abstand heraus Bilder von Jahren und Jahreszeiten aufleben. Sie erinnerten sich ganz deutlich an ihre erste Zeit auf der Insel: an die von den Klippen aufstiebenden Möwenschwärme und die Seehundkolonien am nördlichen Zipfel der Insel. Ging man im Sommer schwimmen, erzählten sie, musste man sich vor den männlichen Seehunden, den Bullen, in Acht nehmen; manchmal griffen sie an, in dem Glauben, man dringe in ihr Terrain ein oder bedrohe die Damen ihres Harems, die sich auf den Felsen in der Sommersonne aalten. Besonders oft erwähnten sie die wunderbare Süßwasserquelle, die aus den Felsen am Meeresrand sprudelte.

»Erinnerst du dich noch an den Brunnen, *'ille bhig ruaidh*?«, fragten sie.

»Nein«, erwiderte ich, »nur an das, was man mir davon erzählt hat.«

Der Brunnen wurde von einer unterirdischen Quelle gespeist, und sein Wasser war auffällig süß. Mensch und Tier tranken es gleichermaßen, und Besucher vom Festland nahmen es flaschenweise mit zurück, weil sie es für ein Tonikum oder eine besondere Erfrischung hielten. »Opa füllte es immer in Flaschen ab«, erzählten meine Brüder, »er glaubte, es steigere das sexuelle Verlangen und wäre außerdem ein Heilmittel gegen Arthritis.«

Ich entsinne mich, dass er es immer »Arthur-itis« nannte. Bei sturmgepeitschter See, manchmal auch bei Flut, war die Quelle überschwemmt. Unter der donnernden Brandung verschwand sie dann aus dem Blick, und wer mit den Launen des Meeres rechnete, schöpfte schleunigst eimerweise Wasser und »rettete« es in hölzernen Fässern und Bottichen, die sicher auf dem Fels oberhalb der Hochwassermarke standen. Wütete der Sturm in voller Stärke, sah es aus, als existiere die Quelle nicht, und selbst nach dem Rückgang der Wellen war das Wasser salzig und ungenießbar. Doch nach wenigen Stunden hatte es sich »selbst gereinigt«, wie sie sagten. »Wir mussten nur die Tiere beobachten«, erklärten meine Brüder. »Sie standen um die Quelle, und wenn sie anfingen zu trinken, wussten wir, das Wasser war auch für uns wieder in Ordnung.« Lange wurde befürchtet, ein schwerer Sturm könnte sie völlig zerstören oder die Wasserader umleiten, doch das geschah nie. In der Ruhe nach dem Sturm war sie immer da. Selbst wenn es aussah, als sei sie zerstört, war sie noch da.

»Einmal«, sagte mein zweiter Bruder, »kam Opa im März mit einer Ladung Heu übers Eis. Unser Vorrat ging zu Ende, und wir hatten keine Möglichkeit, die Pferde zu beschlagen, damit sie auf dem Eis gehen konnten. Er borgte sich ein Gespann und ließ beim Beschlagen ›Stollen‹ an den Eisen anbringen. Über die Ladung hatte er Seile mit Steinen an jedem Ende gespannt, damit das Heu nicht wegwehte; die braune Hündin begleitete ihn – die Mutter oder Großmutter der Hündin, die der Mann aus Pictou erschossen hatte.

Opa hatte sich mit zwei oder drei Flaschen Rum versorgt, zum ›Schutz‹ vor der Kälte, wie er sagte. Wir konnten sehen, wie er sich der Insel näherte, die Hündin rannte voraus, dann kam das Pferdegespann mit dem Schlitten. Die Pferde waren braun, mit einem weißen Stern auf der Stirn, eines war die Mutter oder Großmutter von Christy, das zweite eines ihrer Fohlen. Ich weiß noch, wie unser Vater sagte: ›Seht nur, sie bewegen sich im Gleichtakt. Sie heben und senken die Hufe in absoluter Übereinstimmung. Im gleichen Rhythmus. Wenn man ein anderes Pferd kaufen müsste und es mit einem von den beiden paaren würde, könnten sie die Ladung nicht so ziehen, denn sie wären immer leicht aus dem Schritt. Sie sind wie Tänzer oder Sänger aus der gleichen Familie. Laufen immer völlig synchron. Im gleichen Takt. Und haben eine ganz eigene Harmonie.‹

Die Pferde kamen gut voran«, fuhr mein Bruder fort, »sie vertrauten den scharfen Stollen an ihren Hufeisen, die sich in das Eis bohrten und ihnen auf der rutschigen Oberfläche Halt gaben. Trotz der Kälte brachte sie das Gewicht der Ladung ins Schwitzen, der weiße Schaum unter ihrem Kummet unterstrich das ergraute Weiß ihrer Felle, auf denen der Schweiß gefror. Eisgrau auf eisgrau zogen sie über das schneeweiße Eis.

Als sie näher kamen, hörten wir Opa draußen auf dem Eis gälische Lieder singen. Uns war klar, er hatte einen sitzen, weil er manche Strophen in der falschen Reihenfolge sang und andere, die er gerade beendet hatte, gleich wiederholte. Wir gingen hinunter zum Eis und führten ihn an Land. Nachdem wir das Heu abgeladen, die Pferde in den Stall gebracht und etwas gegessen hatten, legte sich Opa auf ein Nickerchen hin, stand dann aber auf und sagte, er wolle zurück. Er hatte länger geschlafen als geplant, bald würde es dunkel werden. Alle wollten ihn zum Übernachten überreden, aber er sagte, er beabsichtige, später noch Karten mit seinen Freunden zu spielen, außerdem wollten die Pferde unbedingt nach Hause und ohne die Ladung hinter ihnen würden sie die Überfahrt schnell schaffen. Als er fort war, sagte unser Vater: ›Für einen Mann ist es schwer, dem eigenen Vater Ratschläge zu erteilen. Selbst wenn man versucht, ihn als ganz normalen Menschen zu sehen, ist und bleibt er der eigene Vater und man bleibt sein Sohn, egal, wie alt man inzwischen ist.‹«

Auf der Rückfahrt schlief Opa offenbar ein, in der wohligen Wärme seiner Winterdecken und des Rums sowie im Vertrauen auf Pferde und Hund. Als der Schlitten irgendwann stehen blieb, nahm er an, er sei im Hof des Pferdebesitzers und stieg aus, um die Pferde abzuschirren. In diesem Augenblick bemerkte er das dunkle, schwappende Wasser vor sich. Das Eis hatte sich »geöffnet«, der Hund war stehen geblieben und dann auch die Pferde. Die Dunkelheit war hereingebrochen, und seine Finger waren zu taub, um die Pferde wieder anzuschirren, zudem war ihm klar, dass er sie wohl kaum dazu bewegen könnte, zur Insel umzukehren, darum nahm er ihnen den Rest des Geschirrs ab und ließ sie laufen.

Er selbst machte kehrt und lief auf die Markierungsfeuer der Insel zu, in der Hoffnung, das offene Wasser möge nun hinter statt vor ihm liegen. Später erklomm er im Dunkeln die Felsen am Ufer der Insel, offenbar noch immer im Besitz einer seiner Rumflaschen. Da er keine Lampe im Schlitten mitgenommen hatte, ahnte niemand auf der Insel oder auf dem Festland, was passiert war. An Ohren und Wangen nebst Fingern und Zehen hatte er schlimme Erfrierungen, und später hörten wir, wie er unserem Vater auf Gälisch anvertraute: »Ich glaube, mein Schwanz ist auch erfroren, aber kein Wort davon vor deiner Frau und den kleinen Kindern.«

Opas Extremitäten wurden – mit einer Ausnahme – erst in Schnee gebadet und dann in mit lauwarmem Wasser durchtränkte Tücher gewickelt. Meinem zweitem Bruder zufolge konnte man sehen, wie die glitzernden Eiskristalle in seinen erfrorenen Ohren langsam auftauten.

Danach saß er da, die Füße in einer Spülschüssel mit warmem Wasser und die Hände in feuchte, warme Handtücher gewickelt.

Spätabends, erzählte mein Bruder, kamen der Hund und die Pferde zu Hause auf dem Festland an. Sie hatten das Eis überquert und schmale Kanäle, die sich vor ihnen auftaten, vermutlich übersprungen oder durchschwommen. Die Leute im Haus spielten Karten, als der Hund bellend an dem erleuchteten Fenster hochsprang und sie das Knirschen der Pferdehufe auf dem Schnee hörten, ehe sie die großen braunen Pferdeköpfe an den reifüberzogenen Fensterscheiben sahen. Bei extrem kaltem Wetter ließen sich Pferde, die sich im Freien aufhielten, von dem orangefarbenen Lichtschimmer hinter den Fenstern anlocken. Für sie schien das Licht ein Bild von Wärme und hoffnungsfroher Rettung zu symbolisieren, wie vielleicht auch der Anblick des Leuchtturms auf der Insel. Wenn nicht jemand hinauseilte und ihrer stummen Bitte nachkam, bestand die Gefahr, dass der Druck ihrer Köpfe gegen die Scheiben das Glas zerbrach und die Wärme, die sie angezogen hatte, in die eiskalte Luft entwich.

Anfangs befürchteten die Leute, es sei ein schrecklicher Unfall passiert, aber als sie die abgeschirrten Pferde sahen, folgerten sie, dass sie von der Insel »ausgerissen« waren, weil sie in ihrem eigenen Stall stehen wollten. Da es auf der Insel kein Telefon gab und man keinen Kontakt aufnehmen konnte, brachten die Leute die Pferde in den Stall und warteten den nächsten Tag ab.

Am nächsten Morgen konnte man den Schlitten draußen

auf dem Eis erkennen, dort, wo Opa ihn verlassen hatte. Sowohl vom Festland wie von der Insel aus sahen ihn die Leute deutlich durch ihre Feldstecher. Er stand jetzt nicht mehr vor offenem Wasser, denn das Eis war offenbar über Nacht »geheilt« und die offene Wunde nicht mehr sichtbar. Als später am Nachmittag die Sonne schien, überquerte unser Vater von der Insel aus das Eis und wurde von den Männern vom Festland empfangen. Sie benutzten den Schlitten als Treffpunkt, alle trugen Pickel und Stangen und testeten das Eis vor sich. Mein Vater erzählte den Männern vom Festland, was passiert war, und versicherte ihnen, dass mit Opa alles in Ordnung sei. Wasser und Schneematsch waren an den Kufen festgefroren, der Schlitten war fest eingeschlossen. Die Männer testeten das Eis ringsum und beschlossen, die Kufen freizupickeln. Später führten sie die nervösen Pferde von der dem kürzlich noch offenen Kanal gegenüberliegenden Seite an den Schlitten heran, wohl wissend, dass etwas, das einen Mann trägt, nicht unbedingt einem Pferd standhält. Doch das Eis »hielt«, und es gelang ihnen, den Schlitten sicher an Land zu schaffen. Immerhin war es bereits März, und keiner wollte das Leben der Pferde noch einmal aufs Spiel setzen. Opa konnte wegen seiner erfrorenen Füße eine Zeit lang nicht gut laufen und blieb mehrere Wochen auf der Insel. Seine erfrorenen Ohren färbten sich erst schwarz, dann nahmen sie eine violette Tönung an, die einem gesunden Rosa wich, als der Blutkreislauf wieder normal funktionierte.

Ein paar Tage nach dem Unfall ging Großvater mit zwei seiner jüngeren Verwandten zur Insel hinüber. Sie trugen alle »Spikes«, die in etwa den »Stollen« auf der Unterseite der Hufeisen entsprachen. Man setzte sie ähnlich wie bei den Pferdehufen am Schuhwerk an, und sie boten sicheren Halt auf dem alten Eis. Opa bewahrte sie immer an einem Nagel auf seiner Veranda auf. Die Männer trugen Eisstaken, Seilrollen und eine Lampe, obwohl die Sonne schien. »Auf dem Eis kann man nie vorsichtig genug sein«, sagte Großvater. Sie nahmen auch ein paar Kleidungsstücke für Opa mit sowie eine Flasche Whiskey und eine Nachricht von Oma. »Gottes Segen sei mit ihm«, sagte sie zu den dreien, bevor sie aufbrachen.

Nach ihrer Ankunft auf der Insel bat Opa Großvater, mit ihm nach oben in eines der Schlafzimmer zu gehen. Sie waren beide leicht betagt und etwa gleich alt, kannten sich seit langem und teilten eine gewisse Vertrautheit. Der unterschiedliche Tonfall ihrer Stimmen schwebte die Treppe herab, während sie vom Gälischen ins Englische wechselten und wieder zurück.

»Den Schwanz erfroren?«, fragte Großvater gereizt. »Mir scheint eher, dein Verstand ist erfroren. Was bist du bloß für ein unvernünftiger Esel. Allein aufs Eis zu gehen, dazu noch betrunken und in der Dunkelheit ohne Lampe. Du hättest leicht ertrinken können. Man muss sich vorher überlegen, was man tut.«

Nachdem Opa eingeschlafen war, eingelullt von der Wärme des Whiskeys, wandte sich Großvater an die restliche Familie in der Küche. »Bevor ich herüberkam, habe ich mit Oma gesprochen«, sagte er. »Er fehlt ihr sehr. Ihr solltet wissen, dass er zwei Tage damit zubrachte, den Schlitten zu borgen, die Pferde beschlagen zu lassen, das Heu zu kaufen und aufzuladen. Er hat das Heu aus seiner eigenen Tasche bezahlt. Er wusste von euren Schwierigkeiten hier draußen mit dem Vieh und dass es verhungern könnte, wenn nicht jemand herüberfährt. Er war in Sachen Rettung unterwegs.« Großvater machte eine Pause. »Er geht vielleicht anders an sein Leben heran als ich«, fuhr er fort, »aber wie Oma ganz richtig sagt: ›Sein Herz ist groß wie das Meer.‹

Davon bin ich überzeugt, und keiner von euch sollte das je vergessen.«

Das Eis brach in diesem Frühjahr ziemlich schnell, und man konnte ein Boot zu Wasser lassen und Opa sicher nach Hause bringen. Seine Hände und Füße waren verheilt, das peinliche Schwarz und Violett seiner Ohren war verschwunden. Bevor er ging, erkundigte sich unser Vater diskret nach der »anderen Sache«.

»Ach, das wird schon wieder«, sagte Opa lächelnd. »Daheim hab ich ein warmes Plätzchen, wo er gut aufgehoben ist.« Oma war überglücklich, als sie ihn wiedersah. Sie hatte ihm eine große Flasche Rum gekauft, eine Schleife darum gebunden und auf den Küchentisch gestellt. Als sie sich umarmten, schimmerten Tränen in Opas Augen. »Gottes Segen sei mit dir«, sagte Oma. »Es ist so schön, dich wiederzuhaben.«

In der Zeit nach Opas »Beinaheunfall« wurde die Geschichte nur selten erwähnt, vielleicht weil sie allen zu peinlich erschien und man sie hätte vermeiden können. Aber einmal, als Opa zu viel getrunken hatte, hörte jemand, wie er fröhlich zu Großvater sagte: »Weißt du noch, wie er ausgesehen hat?«

»Nein«, erwiderte Großvater grantig, »keine Ahnung. Lass uns das Thema wechseln.«

»Schon gut«, sagte Opa einvernehmlich, »aber Menschenskind, eins will ich dir sagen, in der Nacht draußen auf dem Eis war er auf eine Art hart, wie man es sich wirklich nicht wünscht.«

»An das alles kannst du dich nicht erinnern, *'ille bhig ruaidh*«, sagte mein ältester Bruder. »Du und deine Schwester, ihr wart damals noch klein und habt in Körben neben dem Herd geschlafen.«

»Du hast Recht«, antwortete ich. »Das liegt noch vor unserer Erinnerung.«

»Schon komisch, was einem im Gedächtnis bleibt«, überlegte mein zweiter Bruder. »Im Nachhinein denke ich oft daran, was unser Vater sagte, als Opa an dem Abend mit den Pferden das Eis überqueren wollte, nämlich dass es schwierig ist, dem eigenen Vater Ratschläge zu erteilen, weil man unabhängig vom Alter irgendwie immer sein Kind bleibt. Zu der Zeit«, fuhr er fort, »stellten wir ab und zu die Entscheidungen unserer Eltern infrage und hätten gut und gerne auf all ihre Ratschläge verzichtet, und dann hatten wir eines Tages plötzlich mehr Freiheit, als jedem von uns lieb war. Es gab keinen mehr, der uns sagte, wir sollen uns das Gesicht waschen oder die Unterwäsche und Socken wechseln; keiner schrieb uns vor, wann wir aufstehen oder ins Bett gehen oder ob und wann wir zur Schule gehen sollen. Ich musste oft an die Bemerkung denken, die unsere Mutter am letzten Tag über meine Ohren gemacht hat, und wie pikiert ich war, dass sie saubere Ohren von mir erwartete, während ich einfach nur frei sein wollte.«

»Ein paar Jahre lang haben wir in dem alten Haus fast nur das getan, was wir wollten, abgesehen von den Dingen, die zum Überleben notwendig sind«, sagte mein dritter Bruder. »Manchmal besuchten uns Mädchen, die meinten: ›Es muss herrlich sein, in einem Haus zu leben, wo keine Eltern herumschnüffeln.‹ Aber nach einer Weile fingen sie doch an, auf die Uhr zu sehen und Fristen und Grenzen zu erwähnen, die sie, aber nicht uns betrafen.«

»Schon seltsam«, sagte mein zweiter Bruder, »dass Opa im März auf dem Eis gerettet wurde und dennoch als leichtsinnig galt, während unsere Eltern, die immer alles richtig machen wollten, ohne Rettung untergingen. Opa hätte ebenso gut verunglücken können, dann wäre einiges anders gekommen – vor allem für dich, *'ille bhig ruaidh*. Hast du darüber schon mal nachgedacht?«

»Ja«, erwiderte ich. »Ziemlich oft.«

»Nach dem Verlust von Colin und unseren Eltern hat er nie wieder erwähnt, dass er selbst nur knapp davongekommen war. Wahrscheinlich fand er sein Malheur vergleichsweise trivial«, sagte Calum.

Während dieser Unterhaltung saßen wir auf einer der Bänke vor unserer Baracke. Es war Spätnachmittag, und die Sonne ging langsam unter. Plötzlich spazierte Fern Picard vorbei, und wir bildeten uns ein zu hören, wie er »Dreckspack« sagte, waren uns aber nicht sicher. Wir gingen nach drinnen und bereiteten uns auf die Nachtschicht vor.

27

Über der Straße in Toronto zieht die Sonne die ihr vorbestimmte Bahn. In Gedanken versunken, habe ich nicht bemerkt, dass sie ihren Zenit erreicht hat – und jetzt, in diesem Land, hinter den Hochhaustürmen, den teuren Restaurants und dem Obersten Gerichtshof der Provinz Ontario, geht sie langsam in Richtung Westen unter. Trotzdem ist es noch sehr heiß, und vielleicht beschließe ich wegen der Hitze, Bier zu kaufen, denn es reicht länger, und der Alkoholgehalt geht im flüssigen Volumen unter.

Der Laden ist ausgestattet mit allen Objekten kommerzieller Zerstreuung. Auf den ersten Blick wirkt er wie ein buntes Bekleidungsgeschäft für unter Fünfundzwanzigjährige. Hemden, Mützen, Jacken und enge, ärmellose T-Shirts in knalligen Farben verkünden die fröhlich-gute Absicht der weit entfernten Hersteller. Es gibt Kühlbehälter, Kühlakkus und Thermoskannen – alles sommerlichem Vergnügen gewidmet, obwohl schon September ist. Die Firmen tun sich schwer, auf die Sommerfreuden zu verzichten. Der gut aussehende junge Mann, der mich bedient, pfeift bei der Arbeit. Als ich ihn um zwei 12er-Kartons bitte, stutzt er kurz, weil ich keine spezielle Marke nenne. Er zeigt auf die über dem Laufband ausgestellte Reihe mit Flaschen und Dosen. »Wählen Sie selbst«, sagt er. Als ich ihm versichere, dass die Marke nicht wichtig sei, gewinnt er sein lächelndes Wesen zurück und rollt die Pappkartons unbekümmert in meine Richtung. Ich lege mein Geld auf die Plastikablage. Alles in dem Getränkeladen verströmt Glück und Gefälligkeit. Man könnte meinen, der Laden imitiere die gnadenlosen Werbespots im Fernsehen – wobei die Werbespots und der Laden offenbar Produkte ähnlicher Agenturen sind. Ich glaube nicht, dass sie sich meinen blutenden, in Unterwäsche auf der Bettkante hockenden Bruder als glücklichen Musterkunden vorstellen würden.

Als ich durch die automatische Tür hinaustrete, fragt mich ein zitternder alter Mann im Wintermantel, ob er sich eine Zigarette »borgen« könne. Ich gebe ihm das Wechselgeld von der Plastikablage. Der stets wachsame und nette junge Angestellte kommt an die Tür und sagt dem Alten, er soll weiterziehen. Er wirkt nicht mehr ganz so fröhlich. Der Alte schlurft davon. Der junge Mann kehrt zurück in seine Oase des Glücks.

Inzwischen ist die Straße belebter, und ich halte die Bierkartons dicht an meine Knie, um anderen Fußgängern nicht in die Quere zu kommen. Ich habe zwei 12er- statt einen 24er-Karton verlangt, denn sie sind leichter zu tragen, aber langsam spüre ich, wie die Pappgriffe der Schachteln in meine empfindlichen Hände schneiden. Das jahrelange Forschen in den Mundhöhlen fremder Menschen hat meine Hände weich gemacht. Seitdem es Aids gibt, haben wir uns alle angewöhnt, Latexhandschuhe bei der Arbeit zu tragen. Wenn ich sie abstreife, sehe ich die gleichen feuchten rosafarbenen Fältchen an meinen Händen wie vor so vielen Jahren, als ich sie aus dem Gestank meiner Bergmannshandschuhe befreite.

In der Zeit, als meine Brüder in dem alten *Calum-Ruadh*-Haus lebten und bevor sie in die Minen gingen, waren ihre Hände so schwielig, dass sie sie kaum schließen konnten. Abends schnitten sie im Licht der Öllampen die hart gewordene, abgestorbene Haut mit Messern oder Rasierklingen ab. Die abgepulten toten Hautreste lagen dann auf dem Tisch mit dem Wachstuch, wie eingerollte gelbe Splitter von alten, abgeschnittenen Fingernägeln. Meine Brüder machten die Hände auf und zu, um Bewegung und Gefühl zu erproben. Wo die tote Haut abgeschnitten worden war, schimmerte die Haut erst blass und dann, sobald sie besser durchblutet war, wieder rosa. Am nächsten Morgen, wenn ihre Hände die Äxte, Ketten oder Seile an den Hummerfallen packten, bildeten sich die Schwielen langsam von neuem. Meine Brüder achteten immer darauf, nicht so tief zu schneiden, dass es blutete.

Als ich von der Straße trete und wieder die Treppe hochsteige, wirkt die Atmosphäre nicht mehr befremdlich oder verstörend. Vertrautheit ist ein Gefühl, das schnell entsteht. »Man kann sich an fast alles gewöhnen«, sagte Oma immer, »außer einen Nagel im Schuh.«

Die Tür steht offen. Er hat sich etwas Wasser ins Gesicht und auf sein welliges weißes Haar gespritzt. Offenbar ist er in dem kleinen Zimmer auf und ab gegangen. Die Wassertröpfchen glitzern auf seiner weißen Mähne. »Ach«, sagt er, »da bist du wieder. Du warst nicht sehr lang weg. Wie ich sehe, hast du Bier mitgebracht. Das wird lange reichen. In der Not frisst der Teufel Fliegen.«

Er greift nach dem ersten Karton und reißt die Pappe oben mit seinen großen Händen auf, die nach dem Brandy jetzt etwas ruhiger sind. Mir fällt auf, dass die Flasche fast leer ist; am Boden sind vielleicht noch fünf Zentimeter übrig. Der Brandy wirkt wie eine Infusion, man kann geradezu sehen, wie er ihn durchströmt. Er rötet sein Gesicht und betont das Gitterwerk aus geplatzten, violetten Äderchen über den Wangenknochen und unter den Augen. Die dicken Adern auf seinen Handrücken sind geschwollen von der durch sie pulsierenden Flüssigkeit.

Er zieht eine Bierflasche heraus und dreht den Verschluss mit einem einzigen Handgriff auf. Heute muss man sie nicht mehr mit den Zähnen öffnen. Er wirft den Verschluss in Richtung Papierkorb, trifft aber nicht, und das Ding landet leise scheppernd auf dem Fußboden. Er bietet mir die Flasche an. »Jetzt nicht«, sage ich. »Vielleicht trinke ich später ein Bier. Ich muss noch zurückfahren. Wir müssen heute Abend noch zu einem Essen.«

Er lächelt und nimmt einen Schluck aus der Flasche. Dann wendet er sich der Brandyflasche zu und kippt den restlichen Inhalt in sich hinein.

»Jetzt, wo ich das Bier habe«, sagt er, »muss ich das nicht mehr aufheben.«

Er trinkt einen Schluck Bier hinterher, um das Brennen des Brandys zu lindern. Die Bierflasche ist jetzt halb voll oder halb leer, je nachdem, wie man es betrachtet.

»Heute ist ein schöner Tag an der Landspitze«, sagt er und geht zum Fenster. »Ich höre jeden Morgen Nachrichten, um zu wissen, wie das Wetter auf Cape Breton ist. Sogar in Kingston habe ich das gemacht. Und selbst im Bergwerk, wo das Wetter für unsere Arbeit keine Rolle spielte, hat es mich interessiert. Aber wir haben es lange hautnah erlebt und immer nur an die Gezeiten, Wind, Heuwetter und Stürme gedacht, die das Boot beschädigen oder Makrelen und Heringe bringen könnten. Und natürlich an das Eis, das sich verschob und bewegte«, fügt er nach einer Pause hinzu und richtet den Blick durch das schmutzige, sonnenbeschienene Fenster. Winzige Staubfussel wirbeln in den Strahlen. Er wischt sich mit dem Handrücken über den Mund.

»Erinnerst du dich noch, als wir in dem alten Haus wohnten und kurz vor dem Schlafengehen immer nach draußen gingen, um das Wetter für den nächsten Tag zu prüfen? Wir befühlten die Feuchtigkeit in der Luft und den Tau auf dem Gras, wir stellten die Windrichtung fest, horchten auf das Meeresrauschen und betrachteten den Mond und die Sterne. Weißt du das noch?«

»Ja, das weiß ich noch.«

Er dreht sich vom Fenster ab und sieht mich an. »Armer Opa«, sagt er. »Er kannte einen Witz über ein älteres Ehepaar, das vor dem Schlafengehen immer nach draußen geht, um das Wetter zu prüfen, aber auch, um sich zu erleichtern. Die Frau macht eine Bemerkung über den Mond, die der Mann als Anspielung auf seinen Penis auffasst. Er sagt so was wie: ›Keine Sorge, jetzt ist er noch unten, aber in der Nacht steht er immer auf‹ oder ›Später, wenn's dunkler ist, wird er höher steigen‹, etwas in der Art. Erinnerst du dich? Hat er dir den Witz mal erzählt?«

»Nein«, entgegne ich, »den kenne ich nicht.«

»Ach na ja«, sagt er, »vielleicht hielt er dich damals noch für zu jung. Jeder hat eine andere Vergangenheit, aber sie holt einen immer ein. Vor ein paar Tagen musste ich an unsere alten Autos denken und dass man die Auspuffgase immer in der kalten Winterluft sehen konnte. Wir fuhren oft mit abgefahrenen Reifen und mussten den Motor hochdrehen, damit wir die vereisten Steigungen hochkamen, aber wenn wir vor einer Kreuzung halten mussten, überholte uns immer das bläuliche Weiß der Abgase. Wir konnten sie sehen und riechen. Wir dachten, wir hätten sie irgendwo auf der Straße hinter uns gelassen, aber wenn wir langsamer fuhren, holten sie uns ein und umringten uns. Vermutlich fuhren wir nicht schnell oder weit genug. Komisch, ausgerechnet bei dem heißen Wetter daran zu denken«, fügt er hinzu. »Vielleicht denken wir ja immer an die Jahreszeit, in der wir gerade nicht leben.«

»Ja, schon möglich.«

Ich greife nach einer Flasche Bier, nicht weil mir danach ist, sondern weil ich mir ungesellig und fast schon herablassend vorkomme, ihn dabei zu beobachten, wie er allein so hastig trinkt. Aber vor mir liegt noch eine fast vierstündige Fahrt, weil ich später mit meiner Frau und meinen Kollegen zu einem beinahe zwingenden Abendessen muss.

»Hab ich dir erzählt, dass ich vor ein paar Monaten deinen alten Freund Marcel Gingras getroffen habe? Ich ging den Gehsteig entlang und sah drei Autos auf mich zukommen. Cadillacs oder Lincolns, große teure Schlitten, voll besetzt mit Männern, die ihre tätowierten Arme durch die offenen Fenster an der Seite runterhängen ließen. Mir war fast schon klar, um wen es sich handelte, bevor ich sie richtig erkannte, denn sie fuhren in dieser typisch arroganten Art, immer dicht zusammen, halb auf den Straßenbahnschienen und halb auf der Spur daneben. Die Nummernschilder mit der Aufschrift *Je me souviens* fielen mir fast gleichzeitig mit dem Fahrstil auf.

Sobald Marcel mich sah, fuhr er mit seinem Wagen auf den Gehsteig und die anderen folgten ihm. Er trug ein fast bis zum Gürtel aufgeknöpftes Hawaiihemd und eine Sonnenbrille, dazu ein Goldkettchen um den Hals und mehrere dicke Ringe an den Fingern. Er hatte sich sein Haar machen lassen, es war lang und gewellt. Früher hatte er immer einen Bürstenschnitt, weißt du noch?«

»Ja, stimmt«, entgegnete ich.

»Er hielt an, stellte den Motor aber nicht ab und sprang förmlich zu mir auf den Gehsteig. Es ging so schnell, dass ich ihn als Einzelperson nicht einordnen konnte, obwohl ich glaubte, die Gruppe zu erkennen. Ich trug eine Flasche mit billigem Sherry in einer Tüte, mehr konnte ich mir nicht leisten, und ich weiß noch, wie ich dachte: ›Na schön, wenn ich mich damit verteidigen muss, werde ich dem Inhalt nicht groß nachtrauern.‹ Ich packte den Flaschenhals, aber da stand er schon vor mir und umarmte mich.

›*Bonjour*‹, sagte er, ›ich hab dich an deinem Gang erkannt.‹ Er stellte mich den anderen Männern in den Autos vor. ›Das ist *Calum Mor*‹, erklärte er. ›Vor langer Zeit, als wir das erste Mal mit Fern Picard kamen, war er der beste Bergmann, den wir je gesehen hatten.‹

Die Männer in den Autos nickten und gaben mir die Hand. Sie sprachen hauptsächlich Französisch, nur zwei waren MacKenzies, Nachkommen von Wolfes Soldaten auf den Plains of Abraham. Wir plauderten ein Weilchen. Sie hatten gehört, dass von Sarnia aus ein Eisenbahntunnel unter dem Fluss zur amerikanischen Seite hinüber gebaut wurde, dort gab es Arbeit. Oder dass bei St. Louis ein Tunnel geplant war und in der Nähe von Boston Leute gesucht wurden. ›Mehr Geld in den Vereinigten Staaten‹, sagte Marcel und rieb in der wohl bekannten Gebärde den Daumen gegen den Mittel- und Zeigefinger der rechten Hand. ›Sehr viele Leute aus Cape Breton in Massachusetts, in Waltham. Wir waren schon dort. Komm mit uns.‹

›Nein‹, sagte ich, ›lieber nicht. Ich würde bei der Röntgenuntersuchung durchfallen.‹ Sie lachten alle, und Marcel fragte nach dir – ›den Bücherwurm‹ nannten sie dich meistens. Ich erzählte ihm, was du machst, worauf er meinte, er wüsste noch, dass du gut in der Schule warst. Ich gab ihm deine Telefonnummer. Hat er sich mal gemeldet?«

»Nein, nie.«

»Jedenfalls unterhielten wir uns eine Zeit lang. Der Verkehr staute sich hinter ihnen, die Leute wurden allmählich ärgerlich. Ein Polizist kam vorbei. Anfangs war er von den Autos beeindruckt und dachte, ich sei lediglich ein alter Säufer, der Reiche behelligt. Dann sah er die Nummernschilder.

›Sie können nicht einfach den Verkehr auf der Straße und auf dem Gehsteig aufhalten‹, sagte er. ›*Je ne parle pas l'anglais*‹, entgegnete Marcel. Der Polizist wandte sich an mich. ›Ich wollte ihnen nur den Weg beschreiben‹, sagte ich.

Sie legten den Gang ein und fuhren langsam davon. Die MacKenzies winkten vom Rücksitz des letzten Autos, Marcel hielt die Hand aus dem Fenster und winkte. Ich sehe noch die Sonne auf seinen Ringen glitzern.

Der Polizist sagte zu mir: ›Verzieh dich mit deinem Wein lieber nach Hause. Von wegen, du kannst Französisch.‹

Ich glaube, das habe ich dir doch schon erzählt«, sagt mein Bruder. »Verrückt, ihn einfach so wiederzusehen.«

»Ja, das hast du mir erzählt«, entgegne ich. »Wirklich verrückt. Marcel sagte mir einmal, dass er um alles in der Welt Englisch lernen möchte. Er bot mir sogar Geld, damit ich es ihm beibringe. Er glaubte, mit Englisch wäre ihm ein Job in Sudbury sicher. Bei Inco oder einer der großen Firmen.«

Die Sonne ist weitergezogen, ihr Licht dringt nicht mehr direkt ins Zimmer. Nervös pule ich das Etikett von meiner Bierflasche. Mein Bruder taumelt zur Spüle und zieht unterwegs den Reißverschluss an seiner Hose auf. Er spricht zwar noch deutlich, aber seine Bewegungen sind ungleichmäßig, und er schert sich nicht mehr um reale oder eingebildete Feinheiten. Opa sagte oft: »Bier trinken ist eine herrliche Sache. Es reinigt den Körper und läuft in der gleichen Farbe aus dir heraus, wie es reingekommen ist.« Ich bin mir nicht sicher, wie er in dieser Situation reagiert oder ob sein guter Wille so weit gereicht hätte.

»Bevor das alles passiert ist«, erzählte meine Oma irgendwann meiner Zwillingsschwester und mir, »saßen wir einmal um den Tisch. Es war Jahre, bevor ihr zwei und Colin auf der Welt wart. Opas Bierflasche stand auf dem Tisch, und Calum war vielleicht vier oder fünf. Als er vorbeiging, fiel die Sonne so durchs Fenster, dass das Glas das Licht reflektierte und er sein kleines Spiegelbild vor sich sah. ›Oh‹, staunte Calum, ›ich sehe mich in der Bierflasche. Das bin wirklich ich. Als wenn ich da drin wäre!‹

Er war so aufgeregt, dass ich die Szene nie vergaß. Später sah ich, wie er die Bierflasche betrachtete, aber das Licht hatte sich verändert, er konnte sich nicht mehr sehen. Es war fast eine Prophezeiung dessen, was später passieren sollte. Er war so ein lieber kleiner Junge.«

»Ich muss jetzt los«, sage ich und erhebe mich von meinem Stuhl. Calum dreht sich an der Spüle um, vorne an der Hose sind dunkle nasse Flecken, und der Reißverschluss ist noch auf. »Aber ich komme wieder, wenn nicht nächste, dann übernächste Woche. Wenn du willst, lass ich dir etwas Geld hier, damit du bis Montag über die Runden kommst.«

»Ach, ich glaube, ich komme schon zurecht«, sagt er. »Nicht nötig.«

Ich greife in meine Tasche und taste nach der zerknitterten, von meinem Schweiß feucht gewordenen Geldscheinrolle. Ich lege das Geld auf den Tisch und bemühe mich, es möglichst nicht anzusehen oder zu zählen, das wäre irgendwie so demütigend.

»Mach's gut«, sage ich. »*Beannachd leibh.*« Er kommt zu mir, nimmt meine rechte Hand und legt mir seine Linke auf die Schulter. Er schwankt jetzt leicht, und da er immer noch groß und kräftig ist, muss ich unter seinem Gewicht meine Füße verlagern, um nicht umzukippen.

»Meine Hoffnung ruht fest in dir, Clan Donald«, sagt er lächelnd. Wir lehnen aneinander wie zwei müde Boxer in der Mitte des Rings. Jeder ist dem anderen die gesuchte Stütze.

Er dreht sich zum Fenster. Ich gehe und schließe die Tür.

Die Fahrt aus Toronto hinaus verläuft ziemlich problemlos. Die Demonstranten und ihre Antipoden sind offenbar nach Hause gegangen. Der Verkehr ist dicht, aber nicht erdrückend. Da es später Samstagnachmittag ist, ruht der übliche Berufsverkehr, und die Hauptstraßen im Norden der Stadt spiegeln die relative Beschaulichkeit eines Wochenendes wider. Die verzweifelte Ungeduld von Freitag- und Sonntagabenden ist entweder vorüber oder steht noch aus, denn die überladenen Wohnmobile und schwankenden Boote haben ihre herbstlichen Ziele offenbar schon erreicht. Die Leute versuchen den Sommer zu verlängern, so lange es geht.

Vielleicht sieht mein Bruder durch sein schlieriges Fenster die hohen Hartholzwälder von Cape Breton. Dort hat das Laub sich bereits verfärbt, rote und goldene Farbtupfer schimmern im Morgendunst zwischen dem Grün. Die fetten Rehe ziehen über die faulenden, vom Wind abgeschlagenen Äpfel, und die Makrelenschwärme schwimmen gegen den Wind. Bei Nacht kann man hören, wie das Wasser gegen das Ufer stößt. Fast so, als wollte es das Land beharrlich zurückdrängen. Das Geräusch erinnert nicht an Sturm, sondern eher an Geduld und Ausdauer, und in den Sommermonaten hört man es gar nicht. Jetzt aber strömt das mondgelenkte Wasser rhythmisch wie pulsierendes Blut.

Die »Lampe der Armen« ist im städtischen Südwesten

Ontarios kaum sichtbar, obwohl es dort viele Arme gibt, die einsam unter ihr umherirren. Und die Sterne sind über der Schmutzglocke des Wohlstands nur selten klar zu sehen.

28

»Wenn ich nachts über den Atlantik fliege«, sagte meine Zwillingsschwester einmal in Calgary, »betrachte ich die hell leuchtenden Sterne und den standhaften Mond, und auf dem Rückflug versuche ich immer, das Meer unten zu sehen. Ich denke dann an Catherine MacPherson, unsere Ururgroßmutter, die in ein Leinentuch eingenäht über Bord geworfen wurde und weder in dem neuen Land ankommen noch in das alte zurückkehren durfte. Ich frage mich oft, was sie wohl dachte, bevor sie starb und alles, was sie kannte, dem Mann zurückließ, der erst ihre Schwester geheiratet hatte. Ich frage mich auch oft, ob sie wegen der gälischen Sprache irgendwie anders dachte, aber ich nehme an, man denkt und träumt in der Sprache, die einem in die Wiege gelegt wird.«

»In den Baracken der Bergleute und Bauarbeiter«, sagte ich in Erinnerung an ein altes Bild, »konnte man die Männer spätnachts in allen erdenklichen Sprachen träumen hören. Manchmal riefen sie etwas auf Portugiesisch, Italienisch, Polnisch, Ungarisch oder was immer ihre Muttersprache war. Ermutigende, warnende, ängstliche Rufe oder manchmal leisere Beteuerungen der Zuneigung und Liebe. Keiner verstand, was sie sagten, außer vielleicht die Männer mit der gleichen Herkunft. Wir träumten selbst oft, die Älteren unter uns in Gälisch, und auch die Frankokanadier hatten ihre Träume. ›Und die Zulus in Südafrika‹, erzählten unsere Brüder, ›sprachen ebenfalls in der Nacht.‹«

»Weißt du noch«, fragte meine Schwester, »wie Opa und

Oma manchmal in Englisch und manchmal in Gälisch träumten, gegen Ende aber fast ausschließlich in Gälisch? Als kehrten sie in die Zeit ihrer frühen Jahre zurück. Als sei es immer die Sprache ihrer Herzen gewesen. Manchmal bilde ich mir ein, dass ich selbst in Gälisch träume, aber irgendwie bin ich mir nie sicher. Wenn ich aufwache, weiß ich es einfach nicht, obwohl ich meine, die Worte immer noch in mir zu spüren. Wenn ich Mike frage, ob er mich im Schlaf sprechen hört, sagt er nein, nie, aber er schläft ja auch so tief.

In *The Diviners* von Margaret Laurence gibt es eine Stelle, wo Morag von verlorenen Sprachen spricht, die in den Ventrikeln des Herzens schlummern. Ich kehre oft zu dieser Passage zurück, und wenn ich das Buch in die Hand nehme, schlägt sich die Seite von allein auf, 244.« Ich lächelte meine Schwester an.

»Als ich am Anfang im Westen Schauspiel studierte«, fuhr sie fort, »sagte mein Professor, ich müsste meinen Akzent ablegen, sofern ich nicht während meiner ganzen Karriere die Rolle einer irischen Maid spielen wollte. Mir war überhaupt nicht bewusst, dass ich einen Akzent hatte. Ich dachte, so wie ich sprechen alle. Denkst du manchmal über die Art nach, wie du sprichst, über die Sprache des Herzens und die Sprache des Verstandes?«

»Nein«, entgegnete ich, »in meiner Welt spielt so etwas keine Rolle. Da ist es fast, als hätten wir die Sprache hinter uns gelassen.«

»Vielleicht hast du das ja«, sagte sie. »Könnte das nicht mit ein Grund sein für die hohe Selbstmordrate unter den Leuten in deinem Metier? Du weißt doch, dass ihr eine der höchsten Suizidraten habt, oder?«

»Ja, ist mir bekannt.«

»Du musst vorsichtig sein«, sagte sie mit einem Anflug von Sorge.

»Oh, keine Angst.«

Sie seufzte. »Wenn ich am Pearson Airport zwischenlande und ein bisschen Zeit habe, schlendere ich manchmal zu den Abflug-Gates in Richtung Ostküste. Diese Gates scheinen immer ganz am Ende zu liegen, ich kann nur hin, wenn ich viel Zeit habe. Eigentlich gibt es keinen triftigen Grund dafür, außer dass ich in der Nähe dieser Menschen sein möchte. Um ihren Akzent zu hören und an ihrer Aufregung teilzuhaben. Gelegentlich warten dort auch Geschäftsleute, aber man erkennt sie meistens, weil sie abseits sitzen und emotional unbeteiligt wirken. Ich bin immer gerührt, wenn diese nicht mehr ganz jungen Neufundländerinnen aus Fort McMurray ihren Kindern einreden wollen, dass Neufundland ein Ort ist, auf den man stolz sein sollte, statt sich dafür zu schämen, und wie sie versuchen, ihren Akzent und ihre Sprache zu rechtfertigen. Findest du das albern von mir?«

»Nein«, erwiderte ich. »Ganz und gar nicht.«

»Einmal stand ich am Gate nach Halifax, da sagte eine Frau zu mir: ›Ist es nicht herrlich, nach Hause zu fahren?‹ Ich war verblüfft, denn ich dachte, dass ich eher einem dieser Geschäftsleute glich, aber dem war wohl nicht so. Sie fragte mich, wo ich herkäme, und bevor ich nachdenken konnte, antwortete ich: ›Aus Glenfinnan.‹

›Oh‹, rief sie. ›Mein Mann ist von dort. Ein wunderschöner Flecken. Vor der Küste liegt eine Insel. Kennen Sie die?‹

›Ja, die kenne ich.‹

›Mein Mann heißt Alexander MacDonald. Waren Sie auch eine MacDonald?‹

›Ja.‹

›Er will mich in Halifax abholen, dann mache ich Sie mit ihm bekannt‹, schlug sie vor. ›Vielleicht sind Sie miteinander verwandt.‹

›Schon möglich‹, sagte ich. ›Ich gehöre zum *clann Chalum Ruaidh*.‹

›Er auch‹, erwiderte sie.

In diesem Augenblick wurden alle Fluggäste mit Sitzplätzen im hinteren Teil der Maschine aufgefordert einzusteigen, und so sammelte die Frau ihre vielen Taschen ein. ›Wir sehen uns am Gepäckkarussell‹, sagte sie. ›Nicht vergessen. Mein Mann hat rotes Haar.‹ Damit war sie verschwunden. Ich wollte ihr zuwinken oder wenigstens erklären, dass ich nicht mit ihr fliege, aber es blieb keine Zeit; sie verschwand hinter dem Flugbegleiter, der die Bordkarten einsammelte.

Nachdem sie fort war, blieb ich noch lange an dem Gate stehen. Ich beobachtete, wie die Türen geschlossen wurden, wie die Maschine zur Startbahn rollte und dann in den Himmel stieg. Ich wartete noch eine Weile. Mir war nicht bewusst, wie auffallend allein ich da stand, bis ein Angestellter der Fluggesellschaft auf mich zutrat.

›Können wir irgendetwas für Sie tun, Ma'am?‹, fragte er. ›Der nächste Flug von diesem Gate geht erst in einer Stunde.‹

›Nein‹, sagte ich. ›Tut mir Leid. Sie können nichts für mich tun.‹

Wusstest du eigentlich«, fragte sie, das Thema wechselnd, »dass James Wolfe rotes Haar hatte?«

»Nein, das ist mir neu«, entgegnete ich.

»Tja«, sagte sie, »hatte er aber.«

29

Ich fahre jetzt südwestlich, der untergehenden Sonne entgegen. Die Pflücker weiter im Süden betrachten den sich neigenden Tag aus anderen Perspektiven. Und die Familien aus den Städten sind froh, dass der Tag vorüber ist, und freuen sich auf das Essen und einen gemütlichen

Abend mit ausgeliehenen Videofilmen oder langen Telefongesprächen mit Freunden. Die Kinder werden am Montag zur Schule gehen.

Die Familien der mexikanischen Mennoniten und Jamaikaner werden pflücken, bis die Sonne untergeht, genau wie die Familien der Frankokanadier aus New Brunswick und Quebec. Schule ist für viele von ihnen ein Luxus, sie wähnen sich in einem fremden Land, dessen Behörden ihrer Existenz wenig Beachtung schenken. In New Brunswick wird das Schuljahr geändert, um den Bedürfnissen der unterschiedlichen Erntearbeiter entgegenzukommen, und in Quebec lässt man Nachsicht walten.

Später in der Saison, wenn man sie nicht mehr braucht, werden die Pflücker ihre kleinen Hütten verlassen und die lange Heimreise antreten. Einige mexikanische Mennoniten werden wegen ihrer komplizierten Biographien an den Grenzen in Schwierigkeiten geraten. Seit ihrem letzten Grenzübertritt haben sie möglicherweise Autos gekauft oder Kinder zur Welt gebracht. Wenn sie versuchen, in die USA einzureisen, werden sie von der Einwanderungsbehörde zur Seite gewunken, und dasselbe könnte ihnen passieren, wenn sie Tausende von staubigen Meilen weiter den Staat Texas verlassen wollen.

Man wird sie in kleinen, überfüllten Räumen zusammenpferchen, wo sie ihre Fahrzeugzulassung festhalten, die zerknitterten und zerfledderten Geburtsurkunden, die vergilbten Arbeitsvisa und ihre Pässe mit den farbstichigen Fotos. Die Kinder werden sich an die braun gebrannten Hände ihrer Eltern klammern. Man wird sie auffordern, eine Nummer zu ziehen, um später die komplizierte Frage zu beantworten, wer genau sie denn seien.

Die Frankokanadier besuchen auf ihrer Heimreise vielleicht Verwandte in St. Catharines oder in Welland, bevor sie die letzte Etappe in Angriff nehmen. In Anbetracht der Wirtschaftslage werden manche noch auf der Ontario-Seite der Grenze ihren Tank füllen, denn dort war Benzin schon seit jeher billiger. Andere patriotisch Gesinnte dagegen werden mit fast leerem Tank die Grenze passieren und ihn mit dem teureren Benzin in Rivière-Beaudette oder St. Zotique auffüllen. Alle werden ihren Kindern erklären, um wie viel besser die Autobahnrastplätze in Quebec verglichen mit jenen in Ontario seien, und dabei auf das kostenlos fließende heiße Wasser hinweisen und dass es keinen Kaufzwang gebe. Innerhalb der Grenzen ihrer eigenen Region rasten sie sehr viel entspannter.

In der Zeit vor der langen Heimreise werden viele der Männer an ihren Autos basteln. Fast alle sind – gezwungenermaßen – technisch bewandert und gehen so selten in eine Werkstatt wie zum Zahnarzt. Abend für Abend beugen sie sich dann im Spätherbst bei Sonnenuntergang unter die aufgeklappten Motorhauben. Sie ersetzen Wasserpumpen und Benzinpumpen und dichten zischende Schläuche mit Isolierband ab. Sie überprüfen Vergaser, reinigen Zündkerzen, ziehen Keilriemen nach und horchen ängstlich mit geübtem Ohr, ob der Motor auch gleichmäßig schnurrt. Später montieren sie die abgefahrenen Reifen von vorne nach hinten und testen die Scheinwerferlampen für die Reise durch die Nacht. Doch das ist noch Zukunft. Heute, an diesem Spätnachmittag und Abend, ist noch einiges zu erledigen, bevor die Sonne endgültig versinkt und der gemütliche Teil des Samstagabends beginnt. Dann gibt es vielleicht Bier und flimmernde Fernsehshows, die viele in einer für sie fremden Sprache empfangen. Sie werden sich höchst konzentriert vorbeugen und von Zeit zu Zeit dem Wink der aufdringlichen Lachkonserven folgen. Manche werden Karten spielen, andere Domino.

Morgen, am Sonntag, werden einige der allein stehenden jungen Männer die Kleider wechseln und sich vielleicht an die steinigen Strände wagen. Dort werden sie oft viel zu laut lachen und den jungen Frauen in gebrochenem Englisch, in Französisch, Spanisch oder jamaikanischem Patois hinterherrufen. Sie werden meist unverständliche Antworten bekommen und sich trösten, indem sie einander auf die Oberarme oder muskelgestählten Schultern boxen.

30

In den Monaten auf dem Kanadischen Schild, als das Leben von Marcel Gingras das meine berührte, glichen wir sanft aneinander stoßenden Planeten oder heliumgefüllten Ballons. Wir standen zwar in Kontakt, stießen aber nicht zusammen, und obwohl sich unser Dasein an der Peripherie streifte, blieben wir doch tief in den getrennten Bereichen unserer eigenen Welt. Bei Schichtwechsel nickten wir uns manchmal zu. Die Geschäftsleitung von Renco Development bat mich ein- oder zweimal, ihm die Klingelsignale des Anschlägers zu erklären oder beim Lesen der Anweisungen auf den Dynamitkisten zu helfen. Und zweimal, als die Fördermaschine nachts zusammenbrach, bezahlte man uns beide dafür, dass wir oben auf der Plattform des Förderturms saßen und die Grundlagen der englischen und französischen Sprache erforschten.

Wir fingen mit den sichtbaren Körperteilen an, zeigten abwechselnd auf den Kopf, die Augen, den Mund und riefen dabei uns und den funkelnden Sternen zu: »*la tête*«, »*les yeux*«, »*la bouche*«. Später gingen wir zum Inhalt unserer Henkelmänner über und riefen »Apfel« – »*la pomme*«, »Kuchen« – »*le gâteau*«, »Brot« – »*le pain*« und hielten jeden Gegenstand zur Begutachtung hoch. Stimmten die Antworten, schlug Marcel begeistert mit den Händen in die Luft, und wir wechselten von den Essensnamen zu den Arbeitsgeräten, die zufällig vor uns auf dem Boden der Plattform lagen, und zeigten auf *une chaîne, la dynamite, la poudre, la poudre de mine*, immer wieder beeindruckt und überrascht, wie ähnlich doch viele englische und französische Wörter trotz der unterschiedlichen Aussprache klangen. Manchmal sah es aus, als wären Marcel Gingras und ich lange Zeit Bewohner verschiedener Räume in ein und demselben großen Haus gewesen. Es ging das Gerücht, dass Renco Development plante, uns beide in naher oder ferner Zukunft als Anschläger auszubilden.

Renco Development war in dieser Phase darauf bedacht, die gesteckten Ziele und Fristen zu erfüllen, genau wie wir. Jeder von uns schloss sich dem gnadenlosen Ansturm auf das schwarze, strahlende Uran an, das hinter den Gesteinswänden lag.

In der dunklen, tropfenden Kälte unter Tage und in der drückenden Hitze oben in den Baracken schien sich die Zeit fast gleichzeitig zu komprimieren und auszudehnen. Unter der Erde konnten wir unmöglich Tag und Nacht unterscheiden. Wenn wir abends um sieben zur Arbeit gingen, kamen wir morgens um sieben nach oben und begriffen zunächst gar nicht, dass wir an einem Tag zur Arbeit gegangen waren und sie am nächsten beendet hatten. Wir blinzelten im ungewohnten Licht der Sonne. Manchmal wirkten wir wie jetlaggeplagte Reisende, die sich durch Zeitzonen bewegten, in denen alles gleich schien, aber auch irgendwie anders war. In der widerlichen Hitze der Baracken konnte man tagsüber oft kaum schlafen, die Laken klebten feucht am Körper, und der Schweiß perlte auf der Stirn. Mitunter war es fast eine Herausforderung, sich beim Aufwachen auf die Tageszeit zu besinnen oder auf den Wochentag oder gar auf die Woche im Monat. Man ärgerte sich schnell über ein plärrendes Radio im Nebenzimmer oder reagierte gereizt, wenn jemand die langweiligen, altbekannten Rituale unterbrach, die wir selbst nur noch überdrüssig vollzogen.

An einem heißen, stickigen Tag hörte ich eine Stimme »Hey, hey« rufen und merkte, wie mich jemand an der Schulter stupste. Ich hatte einen wirren, verschwitzten Schlaf hinter mir, deshalb empfand ich die Stimme und das Stupsen zunächst wie aus dumpfer Ferne. Als beides noch intensiver wurde, schlug ich die Augen auf und sah einen besorgt blickenden Wachmann vor mir. Er trat näher, stupste mich, sagte »Hey, hey«, dann sprang er ein Stückchen zurück, als fürchtete er, eine gefährliche Falle zu berühren, die zuschnappen und ihm wehtun könnte.

»Was? Was ist denn?«, sagte ich und versuchte, aus den zwielichtigen Regionen meines trüben Schlafs aufzutauchen.

»Sind Sie Alexander MacDonald?«, fragte er und hielt weiter eine Art Sicherheitsabstand zu seinem frisch erwachten Operationsziel.

»Ja«, antwortete ich, »das bin ich.«

»Sie werden am Telefon verlangt. Kommen Sie zum Eingangstor. Sie wissen, eigentlich darf ich keine Anrufe annehmen und überbringen oder die Pforte verlassen, aber es ist ein Ferngespräch, also beeilen Sie sich.«

Er drehte sich um und stapfte in einer Art erleichterten Aufregung zur Tür hinaus.

Ich schaute auf die Uhr und warf einen kurzen Blick auf meine Umgebung. Elf Uhr vormittags, ich war allein im Zimmer. Ich schlüpfte in meine Hose und in die offenen Schuhe und folgte dem Weg, den der Wachmann eingeschlagen hatte. Als ich die Tür erreichte, verschwand er schon in der Sperrholzhütte.

Der Hörer schwang am Ende der spiralförmigen Schnur.

»Hallo«, sagte ich.

»*Ciamar a tha sibh*?«, fragte Opa aus weiter Ferne. »Wie geht's dir?«, wiederholte er auf Englisch.

»Gut«, sagte ich. »Und dir?«

»Nicht schlecht für einen alten Mann. Ich wollte dir sagen, dass er morgen kommt.«

»Wer kommt?«, fragte ich, bemüht, den Schlaf aus meinem Kopf zu vertreiben. »Und wohin?«

»Dein Cousin«, sagte er, »*cousin agam fhein*, aus San Francisco. Erinnerst du dich an den Brief, den Oma am Tag deiner Abschlussfeier vorgelesen hat? Den von meinem Bruder und ihrer Schwester? Nun, morgen kommt er nach Sudbury. Um drei Uhr nachmittags. Sie haben aus San Francisco geschrieben. Von ihrer Seite aus ist alles arrangiert. Jetzt müssen wir unseren Teil erfüllen.«

»Was?«, sagte ich, immer noch halb betäubt.

»Bist du eigentlich wach?«, fragte Opa, seine Stimme klang fast schon gereizt. »Wie spät ist es bei euch? Hier ist es mittags, kurz nach zwölf.«

»Ja«, antwortete ich wenig überzeugend, »ich bin wach.«

»Hast du schon gefrühstückt?«, fragte er. »Hast du Haferbrei gegessen oder das andere Zeug?«

»Welches andere Zeug?«

»Ich hab vergessen, wie es heißt«, sagte er. »Es sieht aus wie kleine Heuballen.«

»Ach, du meinst Weizenmüsli. Nein, das gab's nicht.«

»Gut für dich. Bleib bei Haferbrei. Jetzt klingst du wenigstens etwas wacher. Du hast dich angehört, als wenn du dir die ganze Nacht mit einer Freundin um die Ohren geschlagen hättest oder so was.«

»Nein«, sagte ich, »hier gibt es keine Freundinnen.«

»Ach so«, sagte er. »Schade. Irgendwann vielleicht. Also, du hast den jungen Mann zwar noch nie gesehen, aber es ist wie in dem Gedicht, das dein Großvater immer zitiert: ›Zwischen uns Berge und die Weite der See – Doch das Blut ist noch stark, das Herz ist im Hochland.‹ Ich hoffe, du erinnerst dich daran.«

»Ja, sicher.«

»Gut. Trink einen auf mich in Sudbury. Gibt's dort viele Kneipen?«

»Ja, jede Menge.«

»Gut«, entgegnete er. »Meine Hoffnung ruht fest in dir, Clan Donald. Jetzt geb ich dir Oma.«

»Hallo, *'ille bhig ruaidh*«, begrüßte sie mich. »Opa sagte ja schon, morgen um drei kommt er in Sudbury an. Ist Sudbury weit von euch entfernt?«

»Ungefähr hundertsechzig Meilen«, erwiderte ich.

»Ach, das geht ja. Calum soll mit dir fahren. Eigentlich sollte ich mit ihm sprechen, weil er der Älteste ist und auch unser Enkel, aber du bist uns eben wie ein Sohn, und wir haben dir in all den Jahren das Beste gegeben, was wir konnten. Blut ist dicker als Wasser, wie du oft von uns gehört hast. Wären unsere Geschwister nicht nach San Francisco gezogen, dann wären wir in den letzten Jahren immer zusammen gewesen, und dieser Krieg würde uns nicht so treffen, aber damit müssen wir uns jetzt abfinden. Man muss immer das Beste aus allem machen. Bist du noch da?«

»Ja«, antwortete ich, »ich bin noch da.«

»Gut«, entgegnete sie. »Jedenfalls musst du morgen früh aufstehen. Opa sagt, du sollst Calum ausrichten, dass er gestern am alten Ufer war und Christy ein paar Äpfel gebracht hat. Er versucht immer, wie Calum zu pfeifen, aber er sagt, Christy merkt den Unterschied. Sie kommt zwar zu ihm, hält aber ständig über seine Schultern Ausschau nach jemand anderem. Opa meint, es liegt daran, dass sie nie zusammen jung waren und die guten und schlechten Zeiten gemeinsam erlebt haben. Aber es geht ihr gut. Sag ihm das.«

»Ja, natürlich.«

»Mach's gut für heute«, schloss sie. »Gott behüte dich. *Beannachd leibh*. Alles Gute für euch alle.«

»In Ordnung, mach's gut. *Beannachd leibh*.«

Ich hängte den Hörer ein, dankte dem Wachmann und wollte mich auf die Suche nach Calum machen. Wir waren um sieben von der Schicht gekommen, aber ich wusste, wegen der Hitze fiel es ihm manchmal schwer zu schlafen, und manchmal wollte er auch einfach nur mit seinen Gedanken allein sein. Während ich unentschlossen vor der Tür des Wachmanns stand, kam Calum vom Gelände vor der Zeche auf mich zu. Ich wartete auf ihn, dann gingen wir zusammen zu unserer Baracke.

Anfangs wusste ich nicht, wie ich das Thema anschneiden sollte, denn in der turbulenten Zeit nach seiner Ankunft hatte ich vergessen, den Brief aus San Francisco zu erwähnen. Es schien lange zurückzuliegen, obwohl uns der Tod des rothaarigen Alexander MacDonald ständig gegenwärtig war. Einen Augenblick lang fühlte ich mich wie an jenem Jahre zurückliegenden Tag, als ich vergessen hatte, die Haferdose für Christy mitzunehmen.

Ich versuchte ihm die Situation zu erklären.

»Wer kommt?«, fragte er. »Wo ist der her? Wieso? Nun mal langsam.«

Ich wiederholte alles und betonte den Anruf von Oma und Opa.

Er dachte eine Weile nach und drehte mit der Stiefelsohle Steinchen auf dem Weg um. Schließlich fragte er: »Ist es dir wichtig, *'ille bhigh ruaidh*?«

»Ja, schon. Oma und Opa wollten …«

»Schon gut, dann ist es mir auch wichtig. Oma sagte oft:

›Kümmere dich immer um deine Familie‹, und zu dir und deiner Schwester sagte sie immer: ›Wenn ich davon nicht überzeugt wäre, wo wärt ihr zwei dann heute?‹«

»Ja, ich weiß«, entgegnete ich.

»Na schön«, sagte er, »das müssen wir respektieren. Nach dem Tod unserer Eltern hätten wir uns nie um dich und deine Schwester kümmern können. Wir konnten ja kaum für uns selber sorgen, und als wir wieder in das alte Haus zogen, hätten wir nicht ohne die Hilfe all der Leute überleben können, die uns Ketten, Sägen, ein Boot und Pferde brachten.«

Er schwieg einen Augenblick. »Und mir ist klar«, fuhr er fort, »dass du nicht hier bei uns sein müsstest. Du könntest in Halifax in deinem weißen Laborkittel herumspazieren. Aber wir brauchten einen neuen Mann, als Alexander umkam.« Er verstummte kurz. »Ach, *'ille bhig ruaidh*«, seufzte er, »ich weiß es zu schätzen, dass du hier bist. Morgen fahren wir nach Sudbury. Aber erst müssen wir noch ein Auto finden.«

»Das kann ich besorgen«, sagte ich. »Glaube ich jedenfalls. Und übrigens, Opa erzählte noch, er hätte Christy gestern besucht und ihr Äpfel gebracht. Angeblich hat sie über seine Schultern nach dir Ausschau gehalten.«

»Ach ja«, seufzte er. »Arme Christy. Sie hat immer ihren Teil erfüllt.«

Wir waren stehen geblieben und befanden uns mitten auf dem Weg, als Fern Picard sich näherte. Der Weg war schmal, und wir standen nebeneinander. Als er uns sah, schien er schneller zu gehen, und irgendwie unterstrich das höhere Tempo seine kräftige Statur. Er kam nur an uns vorbei, wenn er den Weg verließ, und das würde er mit Sicherheit nicht tun.

»Tja, ich muss jetzt los«, sagte ich im letzten Moment

und räumte meinen Platz auf dem Weg. Im Vorbeigehen streifte Fern Picard meinen Bruder an der Schulter, und wir hörten ihn leise sagen: »*Mange la merde.*« »*Mac an diabhoil*«, gab mein Bruder zurück, und dann spuckten beide wie auf Kommando mitten auf den Weg. Die von Kieselstaub bedeckten Schleimbatzen lagen glitzernd in der Sonne.

In den Baumwipfeln kreischten Krähen und Raben. Einmal, erzählte mir Calum, hatte er mit unseren Brüdern in British Columbia gearbeitet, im Bridge River Valley. Dort band ein Mann immer Brotstücke um scharfe Zündkapseln und warf sie den Raben vor. Die Raben stürzten auf das Brot herab, und Sekunden später explodierten die Kapseln in der Luft, zusammen mit den Vögeln, deren schwarze, glänzende Federn noch am Fleisch hingen und über eine weite Strecke vom Himmel herabwehten. Eines Nachts wurde der Mann von jemand mit einem Schraubenschlüssel übel zusammengeschlagen; er verschwand, ohne seinen Lohn abzuholen, und ließ sich nie wieder blicken.

Ich ging Marcel Gingras suchen. Wegen des Vorfalls mit Fern Picard mochte ich den Baracken der Frankokanadier nicht zu nahe kommen, aber ich fand Marcel im Speisesaal. Er saß auf einem Stuhl, trank eine Tasse Kaffee und schien seinen Träumen nachzuhängen. Als ich neben ihm Platz nahm, zuckte er zusammen. »*Tasse à café*«, sagte ich und zeigte auf den Gegenstand in seiner Hand. »Kaffeetasse«, entgegnete er lachend.

Soweit ich ihn verstanden hatte, besaß er irgendein Auto, doch um sicherzugehen, zeichnete ich ein primitives Gefährt auf eine Serviette und zeigte dann auf ihn und auf mich. »*À Sudbury?*«, fragte ich. »*Oui*«, antwortete er und nickte. Auf unsere einsilbige Art, begleitet von vielen Gebärden, verabredeten wir einen Treffpunkt draußen vor den Toren des Camps. Er mochte nicht mehr als nötig mit mir gesehen werden, ließ er mich wissen, denn er hatte Angst vor Fern Picard und der möglichen Gefahr, seinen Job zu verlieren.

Als ich mich draußen auf dem Parkplatz zu ihm gesellte, stand er neben einem rostigen schwarzen Chevrolet. Die Reifen waren abgefahren, die Windschutzscheibe war vom Aufprall fliegender Steine mit Narben übersät. Außerdem zog sich ein gewaltiger, zittriger Riss wie ein unentschlossener Fluss quer durch die Glasfläche.

Marcel öffnete die nicht abgeschlossene Tür. Auf dem Vordersitz lag ein Schminktäschchen, aus dem ein langer, rosa Kammstiel hervorragte. Auf dem Boden lag ein arg verschmutztes Paar weißer, hochhackiger Schuhe. Er zuckte mit den Schultern und streckte zum Zeichen der eigenen Ratlosigkeit die umgedrehten Handflächen vor. Hatte da etwa jemand in seinem Auto geschlafen?

Am Rückspiegel baumelten zwei große Styroporwürfel und ein mit Rüschen besetztes Strumpfband – die Sorte, die der Bräutigam oft bei Hochzeiten in die Menge wirft. Auf der Hutablage vor der Heckscheibe stand eine braune Hundefigur aus Hartplastik. Der Hundekopf war an einer Feder befestigt und wippte auf und ab, wenn das Auto sich bewegte.

Marcel reichte mir die Schlüssel. Sie hingen an einer kleinen Metallscheibe mit der Aufschrift »*Je me souviens*«.

Wir kehrten getrennt ins Camp zurück, damit man uns nicht zusammen sah.

In dieser Nacht war unsere Schicht wie verhext. Ständig riss ein Druckluftschlauch, und das Dynamit fasste sich feucht an. Die Bohrhämmer fraßen sich fest oder funktionierten nicht richtig und spritzten uns fauliges, altes Öl ins Gesicht. Wir schrieben mehr Verlust als Gewinn, und es war uns peinlich, der nachfolgenden Schicht unsere Pleite einzugestehen und ein solches Chaos zu hinterlassen.

Nach dem Duschen und einer Tasse Kaffee beschlossen Calum und ich, gar nicht zu schlafen und sofort nach Sudbury aufzubrechen. Als wir auf dem Parkplatz standen, musterte er misstrauisch das Auto.

»Ist das dein Auto?«, fragte er, vergebens bemüht, seinen Unwillen zu verbergen.

»Ja«, antwortete ich. »Das ist es.«

Ich machte die Tür auf und glitt auf den Fahrersitz. Das Schminktäschchen und die schmutzigen Schuhe waren verschwunden.

Auf den ersten Meilen redeten wir nicht viel. Wir hatten weder am Tag noch in der Nacht davor geschlafen, und sobald wir es uns in der passiven Sitzposition bequem gemacht hatten, schien die geballte Erschöpfung über uns hereinzubrechen. Ich stellte fest, dass die Benzinuhr nicht funktionierte und die Nadel ständig auf leer zeigte. Wir hielten an und brachen einen Zweig von einer der Weiden ab, die am Rand eines trüben Sumpfes wuchsen. Wir steckten den Zweig in den Tank. Unsere Weidenbenzinuhr zeigte an, dass der Tank über drei viertel voll war.

Wir plauderten zwanglos über den Mann, den wir abholen wollten. Da ich bei meinen Großeltern aufgewachsen war, wusste ich etwas mehr über ihn als mein Bruder. Ich versuchte mich genauer an die Gespräche zu entsinnen, die meine Großeltern über ihre in San Francisco lebenden Geschwister geführt hatten. »Meinst du«, fragte Calum, »sie wären alle nach San Francisco gezogen, wenn Opa die Stelle im Krankenhaus nicht bekommen hätte?«

»Ich weiß nicht«, entgegnete ich.

»Wenn ja«, sagte er nachdenklich, »dann wäre für uns heute vieles anders.«

»Allerdings.«

»Soweit ich diesen Krieg verstehe«, fuhr er fort, »kämpfen die Leute nur für ihr eigenes Land und ihre Lebensart. Sie dafür umzubringen ist ganz schön hart.«

»Ich weiß«, sagte ich. »Kriege wirken sich auf jeden von uns anders aus. Ich nehme an, dass auch wir von vielen Kämpfen geprägt worden sind. Vermutlich sind wir wegen des 45er Aufstands in Schottland so geworden. Ob wir wollen oder nicht, wir bleiben die Kinder von Culloden Moor und dem, was darauf folgte.«

»Ja«, stimmte er lächelnd zu, »die alten Männer, die *seanaichies*, haben immer gesagt: ›Wären doch bloß die Schiffe aus Frankreich gekommen ...‹«

»Möglich«, sagte ich. »Wir werden es nie erfahren. Vielleicht war alles von vornherein fragwürdig. Über Geschichte zu reden ist etwas anderes, als sie zu leben. Manche Menschen haben mehr Alternativen als andere.«

»Ja.« Calum lächelte wieder. »Opa sagte immer: ›Ich bin doch kein Bullenschwanz, der sich überall reinschieben lässt.‹«

»Meine Hoffnung ruht fest in dir, Clan Donald«, erwiderte ich. »Das hat er auch immer gesagt. Noch gestern, am Telefon.«

Wir schwiegen eine Weile. »Ach ja«, seufzte Calum und blickte aus dem Fenster auf die zerklüfteten Felsen und verstümmelten Bäume, »zu viele Leichen und zu viele Kriege. Ich empfinde es oft als Ironie, dass unser Vater den Krieg unversehrt überstand, um dann am Ende eines sonnigen Märztages unterm Eis sterben zu müssen.«

»Ja«, sagte ich. »Wenn du bei ihnen gewesen wärst, dann wärst du mit untergegangen.«

»Das sehe ich anders«, widersprach Calum. »Wenn ich dabei gewesen wäre, hätte ich sie vielleicht gerettet.«

31 Die Hitze wurde mit der steigenden Sonne immer stärker. Sie brannte durch die gesprungene Windschutzscheibe, bis wir das Gefühl hatten, hinter Treibhausglas zu sitzen. Wir kurbelten die Fenster herunter und legten die Arme auf den Rahmen, um den vorbeiziehenden Luftstrom zu spüren. Von den langen Stunden im Berg waren unsere Arme bleich und schienen vor der glühenden Sonne fast zurückzuschrecken.

»Wenn wir im Sommer von der Insel zum Festland fuhren«, sagte Calum, »beobachtete Vater manchmal die Sonne. Wenn sie in einem bestimmten Winkel stand und die Wellen auf eine ganz bestimmte Art auf uns zurollten, drehte er den Motor hoch. Es war ein großes, von der Regierung gestelltes Boot, und wenn es eine bestimmte Geschwindigkeit erreicht hatte und in einem bestimmten Winkel zur Sonne fuhr, sprühte die Gischt auf, und die Wassertröpfchen fingen sich in den schrägen Sonnenstrahlen. Dabei entstand ein Regenbogen, der uns zu folgen schien. Das muss vor eurer Geburt gewesen sein, denn Colin war noch klein. Er bettelte immer: ›Dad, Dad, mach den Regenbogen!‹ Eines Tages fragte Colin unsere Mutter: ›Mom, stimmt es, dass am Ende des Regenbogens ein Topf voll Gold steht?‹

›Ich weiß es nicht, Schatz‹, antwortete sie, ›manche Leute behaupten das.‹

›Also, ich glaube‹, sagte Colin, ›dass für uns, dass unser Topf voll Gold bestimmt am Meeresgrund liegt.‹«

Calum schwieg eine Weile. »Als ich wieder an die alte Küste zog«, erzählte er weiter, »fuhr ich oft allein mit dem Boot hinaus und steuerte es in die verschiedensten Richtungen, weil ich den Regenbogeneffekt noch einmal sehen wollte, aber es gelang mir nie. Die Leute fragten mich oft, was ich nachmittags dort draußen in meinem Boot treiben würde. Da mir die Wahrheit zu peinlich war, sagte ich meistens, ich würde mir nur die Zeit vertreiben. Dann hieß es gewöhnlich: ›Für uns sieht das eher nach Benzinverschwendung aus‹, deshalb gab ich es irgendwann auf.«

»Vielleicht lag es einfach an den unterschiedlichen Booten«, bot ich an.

»Schon möglich«, entgegnete er, »vielleicht lag es aber auch an den unterschiedlichen Fahrern. Ich hätte vieles von Vater lernen können, aber unsere Zeit war zu knapp.« Er verstummte.

»Vor vier Jahren arbeiteten wir in Timmins«, fuhr Calum fort, »und redeten einen ganzen Tag und eine Nacht lang über die Insel. Zum Schluss hielten wir es nicht mehr länger aus und riefen Großvater an. Als Erstes erkundigten wir uns nach dem Wetter. ›Hier ist es schön‹, sagte er. Wir fragten ihn nach der Insel. Er zögerte zunächst, dann sagte er: ›Die Insel?‹

›Ja, kannst du sie heute klar sehen?‹

›Ja, ich sehe sie jeden Tag in meinem Leben. Aber heute weht ein leichter Südostwind. Und ihr wisst ja, die Insel wirkt dann immer näher, als sie tatsächlich ist.‹

›Kann man drüben mit einem Boot anlegen?‹, fragten wir.

›Nicht so einfach‹, sagte er. ›Die Regierung unterhält den Kai nicht mehr, aber an ruhigen Tagen kann man ziemlich dicht ran, ankern und dann in ein Skiff umsteigen oder durchs Wasser waten, aber es reicht einem bis zur Brust.‹

›Könntest du uns ein Boot besorgen‹, fragten wir, ›wenn wir kommen würden? Es sind ungefähr tausendsiebenhundert Meilen, und die Straßen sind nicht sehr gut. Wir werden ein paar Tage brauchen.‹

›Wenn ihr tausendsiebenhundert Meilen fahrt‹, sagte er, ›besorge ich euch bestimmt ein Boot. Ich werde auf euch warten.‹

›In Ordnung‹, antworteten wir. ›Erzähl Opa und Oma, dass wir kommen.‹

›Ich geb ihnen Bescheid‹, versprach er. ›Macht's gut. *Beannachd leibh.*‹

Wir kauften einen alten Pickup, einen Generator und einen Kompressor und mieteten eine Bohrstütze mit Bohrern und Eisen von der Firma. Wir waren unserem Soll voraus, kannten den Chef und versprachen wiederzukommen.

›Gut‹, sagte er. ›Ihr würdet ja doch fahren, auch wenn ich nein sagen würde.‹

Zu dritt zwängten wir uns ins Führerhaus und wechselten uns beim Fahren ab. Kurz hinter New Liskeard überholte uns ein Auto mit hoher Geschwindigkeit. Während es in der Ferne entschwand, warf jemand ein Kätzchen durchs offene Fenster in den Straßengraben. Wir sahen uns gegenseitig an und dachten alle das Gleiche. Wir hielten an und durchsuchten das Gras neben dem Graben. Schließlich fanden wir die kleine Katze mit blutender Nase, man konnte das Herz unter den Rippen pochen sehen. Sie war grauweiß. Wir hielten sie abwechselnd im Schoß und machten später in Temagami Halt, um ihr etwas Milch und eine Dose Thunfisch zu kaufen, aber sie war zu ängstlich und mochte weder essen noch trinken. Wir tauften sie *Piseag*, ›Muschi‹, und sangen ihr leise gälische Lieder vor. Einmal, auf einem Parkplatz außerhalb von Ottawa, dachten wir schon, sie wäre verschwunden. Wir suchten die Gegend ab und riefen ›*Piseag*, *Piseag*‹, als könnte sie Gälisch verstehen«, sagte Calum lachend. »Ein paar Mal versuchten wir es sogar mit ›miau, miau‹. Eine halbe Stunde später fanden wir sie schlafend auf dem Boden des Pick-up neben dem Gaspedal. Dort blieb sie fast die ganze Fahrt über, und wer von uns fuhr, musste den Fuß in einem bestimmten Winkel halten, um sie nicht zu stören.

Zu Hause freute sich Opa so sehr über das Wiedersehen, dass er uns fast in Bier ertränkte; Oma umarmte und küsste uns. Großvater meinte, er hätte das Boot besorgt. Als Opa einen Blick in das Führerhäuschen des Pickup warf, fragte er: ›Was ist das denn?‹

›Das ist *Piseag*‹, sagten wir. ›Sie ist in Nordontario zur Welt gekommen, aber jetzt wird sie hier wohnen.‹

›Oh‹, sagte Opa, ›willkommen *Piseag, ciamar a tha sibh*? Willst du ein Schlückchen Milch?‹

Am nächsten Morgen brachen wir früh auf. Großvater hatte ein Boot geliehen und hinten ein kleines Skiff angebunden. Wir luden Bohrer, Eisen, Generator und Kompressor ein, und Opa brachte zwei Kästen Bier. ›Mein Gott‹, sagte Großvater zu ihm, ›kannst du ohne das Zeug denn nirgends hingehen? Du fällst noch über Bord, und dann denken die Seehunde, du willst ihnen die Weibchen streitig machen.‹

Oma hatte uns Mittagessen eingepackt, und Großvater hatte ein paar Bretter als Auflage für den Bohrer sowie einige Enterhaken mitgebracht. Das Meer war spiegelglatt. Als wir uns der Insel näherten, sahen wir ihr Spiegelbild im Wasser und schienen über ihre Oberfläche zu gleiten.

Wir hängten uns an die Enterhaken, benutzten das Holz als Bühne für die Bohrstütze und bohrten die Initialen unserer Eltern in die Felswand. Ihre Initialen mit Geburts- und Sterbedaten und auch die von Colin. Er war auf der Insel zur Welt gekommen, weil es zu stürmisch war und Mutter nicht aufs Festland konnte. Er wurde nie beschnitten, und beim Pinkeln lachten wir ihn immer aus, weil er nicht aussah wie wir. Opa band ein paar Bierflaschen zusammen und senkte sie zum Kühlen ins Meer. Nicht weit entfernt schwammen die Seehunde.

Wir gingen zum alten Haus hinauf. Es war nicht mehr bewohnt, seit das automatische Leuchtfeuer installiert worden war, das den Mann aus Pictou ersetzt hatte – den Mann, der unseren Hund erschossen hatte. Jemand hatte die Türrahmen und Fensterverkleidungen gestohlen, aber die Räume waren weitgehend so, wie wir sie in Erinnerung hatten. Kaninchen hoppelten ein und aus.

Mutter hatte früher neben dem Garten einen Rhabarberstock, der inzwischen ganz verwildert war«, erinnerte sich Calum. »Die Stängel sahen aus wie die tropischen Pflanzen in Peru. Die Spitzen reichten uns bis zu den Schultern und zitterten unter dem Gewicht der großen weißen Samenrispen. Man hätte eine Machete gebraucht, um sich durch den Rhabarberbusch zu schlagen. Einige Blumen hatten sich selbst ausgesät und wuchsen wild. Die rosafarbenen, gelben und weißen Blüten taten sich schwer zwischen dem Unkraut und Gras. Wir zupften ein bisschen Unkraut aus, um ihre Überlebenschancen zu vergrößern. Als Kinder hatten wir uns immer beklagt, wenn Mutter uns beim Blumensetzen um Hilfe bat.

Dann gingen wir zur Quelle hinunter. Sie war noch da, obwohl wir erst Laub und abgestorbene Blätter wegschaffen mussten, bis wir sie fanden. Wir legten uns alle auf den Bauch und tranken. Das Wasser schmeckte so süß, wie wir es in Erinnerung hatten, es strömte aus dem Fels in die Brombeeren und Ranken und vermoderte Vegetation, die es zu ersticken drohte. Dann holte Opa die Leine mit den Bierflaschen ein. Sie tauchten aus dem Wasser auf wie gefangene glitzernde Fische. Er öffnete die Verschlüsse von fünf Flaschen und kippte den Inhalt auf die Erde, dann kniete er sich an die Quelle und füllte die Bierflaschen mit klarem, frischem Wasser.

›Um der alten Zeiten willen‹, sagte er.

Großvater nahm sein Taschenmesser und schnitt einen Zweig von den überhängenden Weiden. Daraus bastelte er fünf Weidenpfropfen und steckte sie in die Flaschenhälse, damit das Wasser nicht herausspritzte. Eine Weile stand er da und betrachtete das überschüssige Wasser. ›Irgendwie traurig‹, sagte er, den Blick auf die sprudelnde Quelle gerichtet. ›Sie schüttet ihr Herz aus, und keiner merkt es.‹

Die Rückfahrt verlief ziemlich schweigsam.

›Wahrscheinlich liegen sie immer noch irgendwo da unten‹, sagte Großvater und blickte über den Bootsrand in die spiegelglatte See.

Wir blieben stumm und schauten angestrengt über den Bootsrand, dann konzentrierten wir uns auf die weißen Schaumkronen im Kielwasser des Bootes, während die Insel hinter uns verschwand.

›Nun‹, sagte Opa, ›hier ist jede Menge Bier. Trinkt doch etwas davon. Das hilft zu vergessen.‹

›Sie sind bestimmt nicht den weiten Weg gekommen‹, entgegnete Großvater ruhig, ›weil sie vergessen wollten.‹

Opa schwieg eine Weile, dann sagte er: ›Nein. Wahrscheinlich nicht.‹«

Calum starrte zum Fenster hinaus.

32

Wir fuhren jetzt auf dem geteerten Highway 17. Durch die Bäume zu unserer Rechten bekamen wir hin und wieder die kleinen unbewohnten Süßwasserinseln des North Channel und der Georgian Bay zu sehen.

»Du bist sicher müde«, sagte Calum. »Lass mich eine Weile fahren.«

Ich hielt am Straßenrand und wir stiegen aus und wechselten die Plätze. Feuchte Schweißflecken zogen sich dunkel über unsere Hemdrücken und unsere bleichen, der Sonne ausgesetzten Arme röteten sich allmählich.

»Du verbrennst dich schneller als ich«, sagte er, »weil du ein rötlicher Typ bist. Du wirst dir immer wieder einen Sonnenbrand holen, das hört nie auf. Du musst aufpassen.«

Als er das Auto wieder vorsichtig auf die Straße lenkte, sagte er: »Ich dachte gerade an die vielen Blumen, die Mutter auf der Insel gepflanzt hat. Sie liebte sie über alles, sogar die wilden. Im ganzen Haus standen Vasen mit Sträußen.

Im Sommer«, erinnerte er sich, »lagen sie und Vater manchmal im Gras und flochten Kränze aus Löwenzahn und Gänseblümchen. Eine komische Erinnerung. Irgendwie stellt man sich seine Eltern immer alt vor, und es wirkt seltsam, wenn man sie altersmäßig einholt oder sogar überrundet. Vielleicht hat es sie erregt, wenn sie so im Gras lagen, aber an so etwas dachten wir damals nicht. In unseren Augen waren sie alt, in ihren vermutlich jung. Diese Erinnerung stammt vermutlich aus einer Zeit, bevor es dich und deine Schwester gab. Wäre es früher passiert, wärt ihr vielleicht nie zur Welt gekommen. Aber das«, sagte er nachdenklich, »gilt wohl für uns alle.«

Er trommelte mit den Fingern aufs Lenkrad, als ob ihm seine Worte peinlich wären.

»Einmal«, sagte ich in Erinnerung an ein weit zurückliegendes Erlebnis, »ich war vielleicht fünf oder sechs, hatte ich einen Albtraum. Ich weiß noch, wie ich schrie und weinte, bis Opa in mein Zimmer kam. ›Möchtest du bei uns schlafen?‹, fragte er. ›Wir werden auf dich aufpassen, dann musst du keine Angst mehr haben.‹

›Ja‹, sagte ich.

Ich schlief also zwischen ihnen. Oma muss früh aufgestanden sein, um ihre Hausarbeit zu erledigen, und dann kam jemand und fragte nach Opa. Oma klopfte an die Schlafzimmertür, und wir wachten beide erschrocken auf. Bevor er richtig wach war, wälzte er sich im Bett herum und stieß gegen mich. Er hatte im Schlaf eine Erektion bekommen und war sich seines Zustands einen Augenblick lang nicht bewusst. Als er es merkte, machte er einen großen

Schritt durchs Zimmer und schlüpfte hastig in seine Hose, die er auf den Stuhl geworfen hatte. Er zog sich mit dem Rücken zu mir an. ›Keine Angst‹, sagte er über die Schulter, ›das ist ganz natürlich.‹ Dann fand er seine Fassung und seinen guten Humor wieder und fügte hinzu: ›Aber wenn ich dazu nicht fähig wäre, wo wärt ihr dann alle geblieben?‹

Ich döste wieder ein, und als ich aufwachte, strömte die Sonne durchs Fenster. Damals verstand ich nicht, was er meinte, darum bedeuteten mir seine Bemerkungen und sein Zustand nicht viel. Ich dachte ziemlich lange nicht mehr an den Vorfall, weil er kaum etwas mit dem zu tun hatte, was ich damals als Leben empfand.«

33

Plötzlich spürten wir ein wiederholtes Rumpeln, und Marcel Gingras' Auto fing an zu vibrieren. »Mist«, sagte Calum. »Gibt es einen Ersatzreifen?«

»Keine Ahnung«, sagte ich. »Ich hab nicht nachgesehen.«

Durch die flirrenden Hitzewellen sahen wir über einer Anhöhe etwas, das wir für eine Tankstelle hielten.

»Versuchen wir's bis dahin«, sagte Calum.

Umgeben vom Gestank nach verbranntem Gummi ruckelten wir auf das Tankstellengelände.

»Sie haben ein Problem«, sagte der Mann dort mit einem hilfreichen Lächeln. »Sie können von Glück reden, dass die Felge nicht hinüber ist.«

Wir fragten nach einem Reifen.

»Mit einem neuen Reifen an dem Auto«, erklärte er, »fährt es sich schlecht, weil das Profil an den drei anderen so abgefahren ist. Ich verkaufe Ihnen einen gebrauchten für zehn Dollar. Der ist nicht schlechter als die übrigen und bringt Sie dahin, wo Sie wollen. Vielleicht sind Sie mit diesem in einen Nagel gefahren, aber Ihre Reifen sind alle schlecht, und der hier ist endgültig im Eimer.«

»Eine Sache lässt mir keine Ruhe«, sagte Calum, als wir wieder auf die Straße bogen. »An dem Tag, als Alexander umkam, hatten die meisten von uns morgens Schichtschluss. Hinter uns lag eine schlimme Nacht. Wir hatten Verpuffungen am Stoß und kamen nicht voran. So ähnlich wie letzte Nacht, nur schlimmer. Ich machte draußen vor dem Eingang zum Minengelände einen Spaziergang. Es war ungefähr halb sechs oder sechs Uhr morgens, als ich Fern Picard traf. Vermutlich war er für sieben Uhr eingeteilt und hatte von unserem Pech gehört, denn er lachte und fasste sich an die Eier. Da verpasste ich ihm mit voller Wucht einen Faustschlag ins Gesicht. Seine rechte Hand lag noch auf seinem Schritt, als ich ihn schlug, es erwischte ihn also eiskalt. Er stürzte ins Gebüsch, und bevor er sich rühren konnte, stand ich über ihm. Er war im Nachteil und behielt meine Stiefel im Auge, als würde ich ihn gegen den Kopf treten. Er hatte Angst, sich zu bewegen, und ich hatte Angst, ihm den Rücken zuzukehren. Er lag da, ich stand über ihm, wir sahen uns fest in die Augen. In Rouyn hatten wir fünf Jahre vorher in einer Kneipe eine Schlägerei mit seiner Clique. Wir waren ungefähr zwölf, hielten nur Flaschen und Stühle in den Händen und standen mit dem Rücken zur Wand. Sie waren absolut in der Überzahl, denn wir befanden uns auf der anderen Seite der Grenze, in Quebec. Ich weiß noch, wie ich auf Gälisch dachte ›*Sin agad e*‹ – das war's dann wohl –, während ich Fern Picard fest in die Augen sah. Er hatte mich, das wusste er, doch dann kam die Polizei. Er wich drei, vier Schritte zurück, spuckte auf den Boden und ließ mich nicht aus den Augen. Wir wurden wegen öffentlicher Ruhestörung angeklagt und verloren alle unsere Arbeit.

Ich starrte Fern Picard an, der mir zu Füßen lag, und trat

vorsichtig drei oder vier Schritte zurück. Er stand argwöhnisch auf und ging ebenfalls drei oder vier Schritte zurück. Beide hatten wir Angst, uns umzudrehen. Wir spuckten aus und gingen weiter rückwärts. Als wir ein Dutzend Schritte voneinander entfernt waren, drehte er sich um und marschierte auf den Eingang zu, wo uns der Wachmann offenbar beobachtet hatte. ›Das ist noch nicht vorbei‹, sagte er im Weggehen, in einem besseren Englisch, als ich ihm zugetraut hätte.

Am gleichen Nachmittag kam jemand und sagte, sie suchten einen Mann, um den Sumpf zu reinigen. Alexander war gut ausgeruht und konnte das Geld von der Zusatzschicht gut gebrauchen. Als der Erzkübel nach unten rauschte und ihm den Kopf abschlug, sagte der Anschläger, man hätte ihm das falsche Signal gegeben oder er hätte es falsch verstanden. Der Anschläger war noch jung und konnte sich kaum auf Englisch ausdrücken. Als wir nach der Beerdigung zurückkamen, ging ich ihn suchen, aber er hatte gekündigt und war zurück nach Quebec.

Ich erzählte keinem, dass ich Fern Picard an dem Tag eine verpasst hatte. Später stellten wir fest, dass unsere ganze Gruppe offenbar über Tag war und schlief, als irgendwer vorbeikam und Alexander holte. Nur Fern Picard und seine Leute arbeiteten. Hätte Alexander mich gefragt, dann hätte ich ihm abgeraten, aber er wollte mich wahrscheinlich nicht wecken. Ich hätte ihm gesagt, dass es unter den Umständen, zumal an diesem Tag, das Beste für ihn wäre, ›sich an die Familie zu halten‹, wie Oma immer sagte.«

Mein Bruder wandte sich mir zu. Seine verschwitzten Hände rutschten vom Steuer, und er zog ein schmutziges Taschentuch aus der Hose, um sie trockenzuwischen.

»Am Tag deiner Abschlussfeier«, sagte er, »ist viel passiert.

Arme Oma«, fuhr er fort, »sie sagte immer: ›Man kann sich an fast alles gewöhnen, außer einen Nagel im Schuh.‹ Vielleicht irrte sie sich. Mir jedenfalls fällt es schwer, mich an Alexanders Tod zu gewöhnen. Oder er ist der Nagel in meinem Schuh.«

Er schaute über die baumelnden Würfel in den Rückspiegel. »Was wollen die denn?«, sagte er.

Ich blickte über meine Schulter. Hinter dem wippenden Kopf des braunen Plastikhunds hoben und senkten sich die Scheinwerfer eines Streifenwagens auf der welligen Straße. Das Licht flackerte rhythmisch auf dem schimmernden Metalldach, das die Hitze in Wellen gegen die Sonne zurückzuschicken schien.

Wir fuhren an den Straßenrand. Der Polizist näherte sich der Fahrerseite unseres Wagens. »Kann ich Ihren Führerschein, die Fahrzeugpapiere und den Versicherungsnachweis sehen?«, fragte er.

Er taxierte das Auto abschätzig. »Die Nummernschilder sind abgelaufen«, bemerkte er. »Wir sind es leid, dass ihr Jungs aus Quebec mit euren alten Kutschen auf den Straßen in Ontario herumkurvt.«

Wir suchten im Handschuhfach, fanden aber keine Fahrzeugpapiere. Das Schminktäschchen mit dem rosa Kammstiel steckte hinten in der Ecke, aber sonst nichts.

Der Polzist begutachtete Calums Führerschein. »Wieso fahren Sie eigentlich ein in Quebec zugelassenes Auto mit einem Führerschein aus Nova Scotia?«, wollte er wissen. »Wo sind die Fahrzeugpapiere? Oder haben Sie das Auto gestohlen?«

»Wenn ich ein Auto stehlen würde«, sagte Calum, »dann bestimmt ein besseres als das hier.«

»Würden Sie bitte aussteigen«, sagte der Polizist, »und den Kofferraum öffnen?«

Wir stiegen beide aus. Auf dem Namensschild des Polizisten las ich Paul Belanger.

Im Kofferraum lagen zwei Montierhebel, aber kein Reifen, zwei oder drei leere Öldosen und ein altes zerrissenes kariertes Hemd, das ich irgendwann an Marcel gesehen hatte. Außerdem noch ein Paar abgegriffene Handschuhe und ein Stück Kette. In einer Ecke lag eine verschmierte, zerknitterte Rechnung von einer Werkstatt bei Temiskaming, ausgestellt auf Marcels Namen und Adresse. Sie ging über einen gebrauchten Ersatzkühler.

»Ist das die Adresse des Fahrzeugbesitzers?«, fragte Paul Belanger und sah erst die Rechnung, dann meinen Bruder an.

»Ja, das ist sie«, antwortete ich.

»Ich spreche nicht mit Ihnen, Sir«, sagte er. »Ich spreche mit dem Fahrer des Fahrzeugs.«

Er nahm die Rechnung und den Führerschein meines Bruders und ging zurück zum Streifenwagen mit den flackernden Lichtern.

»Sie können im Auto warten«, sagte er über die Schulter. »Es könnte ein Weilchen dauern.«

Als er wiederkam, drehte er eine Runde um das Auto, bemerkte die abgefahrenen Reifen und musterte den gewundenen Riss in der Windschutzscheibe. Er ging erneut zu seinem Streifenwagen. Als er das zweite Mal zurückkehrte, reichte er meinem Bruder einen ganzen Stapel Vorladungen oder Strafzettel. Er forderte Calum auf, sie gründlich zu lesen.

Als wir unsere Fahrt fortsetzten, folgte er uns noch ziemlich lange, oder jedenfalls kam es uns so vor. Wir fuhren ganz langsam und merkten erst jetzt, dass auch der Tachometer nicht funktionierte. Kaum war der Streifenwagen an uns vorbeigedonnert, nahm mein Bruder den Papierstapel, zerknüllte ihn zu einer Kugel und warf ihn zum Fenster hinaus.

Am Flughafen in Sudbury spürten wir unsere Müdigkeit. Wir hatten in den vergangenen zwei Tagen kaum geschlafen und unsere Köpfe fielen ständig nach vorn. Wir versuchten uns mit Kaffee zu stärken, aber er nahm im Mund sofort einen brackigen Geschmack an. Wir gingen in den Waschraum und spritzten uns Wasser ins Gesicht. Ein Blick in den Spiegel erinnerte uns daran, dass wir uns nicht rasiert hatten. Unsere Augen waren blutunterlaufen, unsere Arme brannten von der Sonne. Wir ließen uns Wasser in den Nacken laufen und fuhren mit tropfenden Fingern durch unser schwarzes und rotes Haar.

Als die Passagiere aus dem Flugzeug kamen, musterten wir sie genau, zweifelten aber nicht im Geringsten daran, diesen Alexander MacDonald zu erkennen, obwohl wir ihn noch nie gesehen hatten. »Da ist er«, entfuhr es uns gleichzeitig. Er hatte schulterlanges rotes Haar, trug eine Wildlederjacke und erinnerte an den jungen Willie Nelson. Als er uns näher kommen sah, streckte er seine Hand vor.

Auf dem Weg zum Gepäckkarussell wirkte er ebenso müde wie wir. Er hatte zwei Seesäcke und eine metallene Feldkiste bei sich, die durch ein Schnappschloss und ein Kombinationsschloss gesichert war. Wir trugen das Gepäck zum Auto. »Nicht gerade das neueste Modell«, sagte er nebenbei. »In der Not frisst der Teufel Fliegen«, sagte Calum, ebenfalls ganz nebenbei. Einen Augenblick lang klang er wie Oma mit ihren altbekannten Weisheiten.

»Hier, du fährst das erste Stück«, sagte mein Bruder und warf mir die Schlüssel zu. »Wir müssen uns beeilen. In ein paar Stunden fängt unsere Schicht an.«

Calum machte es sich auf dem Rücksitz gemütlich, unser neuer Gefährte nahm vorne Platz.

Außerhalb von Sudbury erstreckte sich die steinige Landschaft zu beiden Seiten der Straße, während wir der untergehenden Sonne im Westen entgegenfuhren.

»Ziemlich öde Gegend«, sagte unser Cousin. »Erinnert an Fotos vom Mond.«

»Bei Sturm ist jeder Hafen willkommen«, konterte Calum. Er schwieg einen Augenblick. »›Wo sie dich nehmen müssen, wenn du hinkommst‹«, fügte er hinzu. »Ist das nicht aus irgendeinem Gedicht?«, fragte er und sah mich im Rückspiegel an.

»Das stammt aus einem Gedicht von Robert Frost«, sagte unser Cousin. »Es heißt ›Der Tod des Instmanns‹.«

Ich fuhr, so schnell ich mich traute, zurück. Ohne den Tacho als Anhaltspunkt blickte ich oft über die baumelnden Würfel und den nickenden Hund nach hinten und hoffte, dass ich nicht das Flackerlicht von Paul Belanger oder einem seiner Streifenkollegen zu Gesicht bekäme. Meinen Mitfahrern sanken langsam die Köpfe auf die Brust, und wenig später schnarchten beide leise.

Als wir den Highway 17 verließen, fuhr mein Bruder erschrocken hoch. »Tut mir Leid, dass ich so lange geschlafen habe«, sagte er. »Komm, lass mich den Rest der Strecke fahren.« Wir tauschten die Plätze. Unser Gefährte schlief weiter. Sein rotes Haar hing von den Schultern nach vorn, und seine linke Hand lag schlaff auf dem schmutzigen Polster. Uns fiel auf, dass er einen keltischen Ring am Finger trug. Den niemals endenden Kreis.

Zurück im Camp, stellten wir das Auto auf dem Parkplatz ab, und mein Bruder gab mir die Schlüssel. Jeder trug ein Gepäckstück am Wachmann vorbei. Er las gerade einen Taschenbuchroman, als wir uns näherten, und seine Schicht neigte sich dem Ende.

»Kommen aus Sudbury«, sagte Calum. »Das ist unser

neuer Mann. Morgen früh hat er seinen Ausweis. *Cousin agam fhein*«, fügte er lächelnd hinzu. Der Wachmann winkte uns durch.

Auf dem Weg zu unserer Baracke trafen wir Marcel Gingras. »*Bonjour*«, sagte er, »*comment ça va?*«

»Wieso sprichst du nicht Englisch?«, fragte unser Cousin. »Schließlich sind wir in Nordamerika.«

Marcel und ich runzelten beide die Stirn. »*Merci*«, sagte ich und warf ihm seine Schlüssel zu.

Calum war schon vorgegangen, und wir folgten ihm zur Baracke. Unsere Crew wollte zur Schicht und wartete ungeduldig. Sie hatten Essen für uns mitbestellt, und nach einer kurzen Vorstellung des Neuen gingen wir los. Ich sagte Alexander MacDonald, er könne diese Nacht in meinem Bett schlafen und morgen früh würden wir etwas anderes organisieren. Er wirkte dankbar. Er stopfte seine Feldkiste und die Seesäcke unter das Bett und legte sich in voller Montur auf die Decken.

Da Calum und ich in den vergangenen zwei Tagen kaum geschlafen hatten, kam uns die Nacht endlos vor. Immer wieder stießen unsere schweren Stahlkappenstiefel gegen die Steine und die gelbe Flüssigkeit versprühenden Schläuche, die sich hinter uns schlängelten. Das unaufhörliche Hämmern von Stahl auf Stein vibrierte in unseren dröhnenden Schädeln, und von Zeit zu Zeit musste ich mich mit einer Hand am Gestein abstützen, um die Schwindelanfälle abzuwehren. Aber der Rest unserer Leute war gut ausgeruht und übernahm einen Teil unserer Arbeit. Wir winkten einander durch den Lärm zu. Wenn wir die Hände zum Winken hoben, lief uns das Wasser in den Handschuhen über die Arme bis zu den Ellbogen.

Am nächsten Morgen fühlten wir uns schwummrig, aber Alexander MacDonald war ausgeruht. In unserem Gepäck fanden wir unter diversen Papieren den rosa-bräunlichen Versicherungsausweis, der dem rothaarigen Alexander MacDonald gehört hatte. Er war zerbrechlicher als die neuen Sozialversicherungskarten aus Plastik, aber die Zahlen waren noch leserlich. Calum ging mit dem Ausweis zum Zeitkontrolleur. »Ab morgen wird dieser Mann bei uns arbeiten«, sagte er.

Ob Renco Development den Unterschied merkte oder sich darum scherte, war offenbar unwichtig. »Für die«, sagte Calum, »sehen wir im Großen und Ganzen alle gleich aus, und ich schätze, es stimmt auch. Hauptsache, die Arbeit geht voran.«

Wir fanden auch den Sicherheitspass des rothaarigen Alexander MacDonald, der es unserem neuen Mann erlaubte, ungehindert ein und aus zu gehen.

Es war irgendwie, als hätte der rothaarige Alexander MacDonald nur kurz Urlaub gemacht, und nun war er zurück, um die ihm zugeteilte Arbeit wieder aufzunehmen. So jedenfalls würde es auf einer Gehaltsliste der Firma aussehen. Vielleicht fragte jemand: »War dieser Mann nicht vor ein paar Monaten hier? Vielleicht war ihm etwas zugestoßen und jetzt ist er zurückgekommen?«

Über tausendfünfhundert Meilen entfernt lag der Leichnam des rothaarigen Alexander MacDonald ruhig unter der sanften Erde. Am letzten Tag in seinem Leben war er tiefer unter der Erde gewesen als jetzt in der Ruhe des Todes. Sein abgetrennter Kopf lag vermutlich in der Finsternis des Eichensargs still neben ihm. Inzwischen war die hoffnungsfrohe Frühlingsvegetation der des Sommers gewichen, und seine Eltern hatten zweifellos Blumen auf dem braunen Morast unter seinem Kreuz gepflanzt.

Seine Ausweise und Akten überdauerten seine tatsächliche Existenz. Als ginge ein Teil seines Lebens einfach weiter, so wie auch das Haar und die Fingernägel der Toten weiterwachsen, wenn ihr Wirt längst verschieden ist. Fast, als sei der neue Alexander MacDonald der Nutznießer eines besonderen Geschenks. Dem Geschenk eines toten Spenders mit der gleichen Blutgruppe und farbkompatiblen Eigenschaften, obwohl die zwei sich nie begegnet waren. Ein Geschenk, das beiden ein verlängertes Leben erlaubte. Ein verlängertes, wenn auch unechtes Leben, das beiden gestattete weiterzugehen. Nicht sehr weit. Und nur eine Zeit lang.

34

»Die Leute von Glencoe glaubten«, sagte meine Schwester einmal in ihrem modernistischen Haus in Calgary, »dass der Heringszug von einem König angeführt wurde. Wenn sie den silbernen Schatz aus dem Meer schöpften, hielten sie immer Ausschau nach dem König der Heringe, denn sie wollten ihm nichts zuleide tun. Sie betrachteten ihn als einen Freund, der ihnen Nahrung brachte und sie vielleicht vor dem Hungertod bewahrte. Sie glaubten, wenn sie weiter auf ihn vertrauten, käme er jedes Jahr als ihr Wohltäter zurück. Dieser Glaube schien sich lange Zeit zu bewahrheiten.«

Sie verstummte und blickte durch ihr herrliches Panoramafenster auf die Stadt, die sich, so schien es, in der Sonne wie auf einem Gemälde vor ihr ausbreitete.

»Großvater hat mir diese Geschichte einmal erzählt«, fuhr sie fort. »Und dann fragte er mich: ›Was meinst du dazu?‹

›Ich weiß nicht‹, antwortete ich, ›aber das mit dem Glauben an den König gefällt mir, auch wenn er bloß ein Hering ist.‹ Ich war vielleicht in der siebten oder achten Klasse. Oma hatte mich mit ein paar Plätzchen zu ihm geschickt. Großvater lächelte, nein, er lachte sogar ein bisschen und schenkte mir ein Glas Milch ein.

›Betrachte es einmal vom Standpunkt der anderen Heringe aus‹, sagte er. ›Eigentlich wurden sie von ihm verraten. Er hat sie in den Tod geführt, und sie haben es vermutlich erst gemerkt, als es zu spät war.‹

Nachdem er mir das erst einmal erzählt hatte, gefiel mir die Geschichte bei weitem nicht mehr so gut. Irgendwie zwang es mich, darüber nachzudenken.«

»Vielleicht hätten die Heringe mehr nachdenken sollen«, entgegnete ich.

»Die Heringe«, sagte meine Schwester, »folgten lediglich uralten Mustern. Für mich bewegen sie sich in Regionen, die jenseits dessen liegen, was wir Gedanken nennen. In meinen Augen werden sie vom Mond gelenkt. Und an diese Kraft glauben sie. Oma sang oft ein altes gälisches Lied, das komponiert wurde, als die Leute Schottland verließen. In einer Zeile heißt es: ›Die Vögel werden wiederkehren, wir aber bleiben fort‹, oder so ähnlich. Erinnerst du dich?«

»Ja«, sagte ich. »›*Fuadach nan Gaidheal*‹, die ›Vertreibung der Hochländer‹.« Wir summten die Melodie, dann fiel uns der gälische Text ein, anfangs noch zaghaft, doch dann stieg das Lied, wo immer es auch geschlummert haben mochte, immer deutlicher in uns auf. Wir sangen auf Gälisch, was uns einfiel, drei Strophen mit Refrain, und wenn wir am Anfang einer Zeile zögerten, blickten wir den anderen Hilfe suchend an. Am Ende standen wir auf und betrachteten einander fast ein wenig verlegen in unseren gediegenen Kleidern inmitten der Pracht ihres stattlichen Hauses.

»Nun«, sagte sie, »für mich sind die Heringe wie die Zugvögel. Sie kamen zurück, egal, was den Leuten zugestoßen war. Sie kamen zurück, ganz gleich, ob jemand am Ufer stand und sie erwartete oder nicht, ganz gleich, ob jemand an ihren König glaubte oder nicht.

Großvater sagte einmal«, fuhr sie fort, »dass die Hochländer bei Culloden sangen. Sie standen da, Graupelschauer und Regen im Gesicht, und sangen. Um Angst zu schüren, Vertrauen zu schaffen oder Trost zu spenden. Kein Hochländer zog jemals ohne Musik in den Kampf.

Weißt du noch«, fragte sie nach einer Pause, »wie Oma und Opa früher gemeinsam mit ihren Freunden sangen? Oma erzählte, dass zu der Zeit, als sie frisch verheiratet war, alle Frauen die Wäsche im Bach wuschen. Sie schürten ein Feuer, erhitzten Wasser in den schwarzen Töpfen, die man damals benutzte, und sangen den ganzen Tag, während sie die Wäsche perfekt im Rhythmus auf die Steine klatschten. Genauso, wenn sie alle an dem langen Tisch saßen und Stoffreste zu Decken walkten. Sie glaubten, mit Musik ginge die Arbeit schneller voran. Und auch die Männer sangen, wenn sie an ihren Seilen und Ketten zogen.«

»Ja«, sagte ich. »Kannst du dich noch erinnern, als sie älter waren? Das Haus war voller Leute, und spätabends sangen sie diese unglaublich langen Lieder mit dreizehn, vierzehn Strophen. Opa war meistens benebelt, weil er so viel Bier intus hatte, und sagte zu uns: ›Lauft rüber und holt euren Großvater. Der kennt alle Strophen.‹ Großvater saß ganz allein in seiner frisch geschrubbten Küche und las ein Geschichtsbuch, aber er kam jedes Mal. Wenn er die Küche betrat, verstummten zunächst alle, als sei ein Fremdkörper in die Fröhlichkeit eingedrungen. ›Das kommt daher, weil er so verdammt klug und verdammt nüchtern und verdammt sauber ist‹, sagte Opa hinterher oft; doch dann begann Großvater zu singen und alle stimmten ein. ›Wenn er den Raum betritt‹, sagte Opa, ›ist es, als ob ein Stein in eine Pfütze fällt. Erst entsteht ein Kräuseln, aber dann geht alles glatt.‹

Weißt du noch«, sagte ich, »wie sie im Überschwang des Augenblicks manchmal in die Anfangszeilen von leicht schlüpfrigen Liedern verfielen, bis sie merkten, dass er da war, und sie die Augenbrauen hoben oder in seine Richtung nickten und versuchten, mitten in der Zeile das Lied zu wechseln. Sonst hätte er seinen Hut aufgesetzt und wäre gegangen. Er glich einem strengen Geistlichen, der keine Lust auf einen Junggesellenabend hatte.«

»Ja«, entgegnete meine Schwester. »Die Umstände seiner Empfängnis haben ihn immer bedrückt. Und vielleicht auch die Umstände, unter denen unsere Mutter zur Welt kam. Oma sagte oft, er fühle sich am Tod seiner Frau schuldig – hätte er sie nicht geschwängert, dann wäre sie nicht bei der Kindsgeburt gestorben. Sie waren nur ein Jahr verheiratet gewesen.«

Wir schwiegen eine Weile.

»Oma hat mir einmal erzählt«, fuhr meine Schwester fort, »dass er sie besuchte, bevor unsere Mutter ihre erste Periode bekam, und sie bat, unserer Mutter, die damals noch ein kleines Mädchen war, das gerade auf die Pubertät zuging, ›die Fakten‹ zu erklären.

›Der arme gute Mann‹, sagte Oma. ›Er kam, saß mit dem Hut auf den Knien auf einem Stuhl, druckste herum und war knallrot im Gesicht. Ich wusste nicht, was ihm auf dem Herzen lag, denn sonst war er immer so direkt. Als ich es endlich herausfand, sagte ich: ‚Natürlich übernehme ich das. In Sachen Menstruation kann mir keiner was vormachen.'‹

Ich glaube«, sagte meine Schwester, »das war einfach charakteristisch für ihn. Er konnte die Kleider unserer Mutter bügeln und ihr das Haar flechten. Er konnte in zwei bis drei Tagen den Rahmen für ein Holzhaus aufbauen und quadratische Gleichungen ausrechnen, ohne dass er jemals eine High School besucht hatte, aber mit der Menstruation konnte er nicht umgehen. Er wuchs in einem Haus ohne Vater auf, nur mit einer Mutter, und Jahre später lebte er mit einer Tochter, die keine Mutter hatte, nur einen Vater. Er war immer von Verlust umgeben. Es heißt«, sagte meine Schwester, »dass seine Mutter ihn oft geschlagen hatte – einfach weil er da war.«

»Ja«, entgegnete ich. »Unsere Urgroßmutter. Ihr Blut fließt auch in unseren Adern.«

»Allerdings«, stimmte sie zu. »Daran denke ich oft.«

»Einmal«, sagte ich, »ging ich nach einem Liederabend mit ihm nach Hause. ›Musik‹, meinte er, ›ist das Opium der Armen. Auf der ganzen Welt. In allen erdenklichen Sprachen.‹«

»Ja, das denke ich sogar manchmal, wenn ich die Nachrichten sehe.«

»Die Zulus«, sagte ich in Erinnerung an frühere Unterhaltungen, »singen in den Bergwerken andauernd. Unsere Brüder erzählten, dass sie die Lieder nach einer Weile fast selbst singen konnten, obwohl sie keine Ahnung von der Bedeutung hatten. Als gehörten alle zu einem musikalischen Volk, das einander die Hände reichen will.«

»Ich nehme doch an«, warf sie nach kurzem Überlegen ein, »dass du bei deiner Arbeit nicht singst.«

»Natürlich nicht.«

»Hältst du ein Konzertabonnement?«

»Ja.«

»Ich auch«, sagte sie. »Musiker sind einfach unglaublich.«

»O ja.«

»Wenn wir hier ins Konzert gehen oder in Banff eine Aufführung besuchen, wandern meine Augen immer zwischen den Künstlern und den Zuschauern neben mir hin und her. Die Frauen tragen oft ausgesuchte Sachen, so wie ich, und die Männer einen Frack. Bei dir ist es sicher nicht anders. ›Der Großteil dieser Leute‹, sage ich mir dann oft, ›geht wohl auch zum Kieferorthopäden.‹ Stimmt das?«

»Ja, meistens.«

»Na, ich glaube nicht«, fuhr sie fort, »dass viele Zulus zum Kieferorthopäden gehen.«

»Nein, bestimmt nicht.«

»Ich weiß nicht, warum«, sagte sie, »aber mich berühren immer wieder diese afrikanischen Dokumentarfilme. Die Zulus glaubten, ihre Welt sei unendlich. Sie waren ein hoch gewachsenes, athletisches Volk. Großspurig und arrogant. Sie glaubten an ihre Kampfformation, an ihre Lieder und Totems. Sie glaubten an ihre Landschaft und tausend Mann starken Armeen. Wenn sie über die Steppe zogen und sangen, vibrierte die Erde unter der Wucht ihrer bloßen Füße, erzählt man sich. Sie hielten sich für unbezwingbar, und nach menschlichen Maßstäben gemessen traf das auch zu. Sie waren nur nicht auf Maschinengewehre vorbereitet und auf das, was man später auf Film bannte.

Vor einigen Jahren«, fuhr sie fort, »nahmen Mike und ich an einer Safari teil. Wir wollten die Tiere in der Ebene am Fuße des Kilimandscharo sehen, im Süden von Kenia an der Grenze zu Tansania. Die Tiere dort sind einfach atemberaubend. Die verschiedensten Arten grasen zusammen, gefolgt von ihren natürlichen Feinden. Fast mischen sich noch die Massai und ihre Viehherden unter die Wildtiere, sie folgen dem gleichen Weidezyklus, und die Menschen ernähren sich von der Milch und dem Blut ihrer Kühe. Ausgerüstet mit Kameras und Ferngläsern brachen wir frühmorgens in Landrovern und Geländefahrzeugen von einem Basislager auf. Die Veranstalter entschuldigten sich für die Anwesenheit der Massai. Ihnen war klar, dass wir viel Geld gezahlt hatten, um Natur und Tiere zu sehen und nicht Familien, die hinter ihren Kühen hertrotten. Es gäbe zwar Grenzen und Sperren an den Wildreservaten und Nationalparks, erklärten sie, doch die Massai weigerten sich, sie anzuerkennen. Sie folgten einfach dem Wasser und Gras. Unserem Reiseleiter zufolge waren sie schon immer ›schwierig‹ gewesen und hatten zu Beginn der Kolonialisierung Kenias lieber angegriffen, statt zu kooperieren. ›Was wird man unternehmen‹, fragte jemand aus unserer Reisegruppe, ›um sie von diesem wunderschönen Ort wegzukriegen?‹ ›Ich weiß es nicht‹, antwortete der Reiseleiter. ›Irgendwas. Hoffentlich bald.‹

Manchmal«, sagte meine Schwester, »wenn wir die Massai auf der Ebene in unseren Fahrzeugen überholten, versuchte ich, ihnen in die Augen zu blicken. Was ich dabei sah oder mir einbildete zu sehen, war eine Kombination aus Angst und Abscheu. Wir saßen hoch oben auf den Dächern von Fahrzeugen mit dicken Reifen, und sie liefen barfuß auf der Erde.

Das war jetzt ein langer Exkurs«, seufzte sie. »Was weiß ich schon von Afrika? Ich bin dort nie barfuß gelaufen.«

Wir erhoben uns beide wie aufs Stichwort und blickten zum Fenster hinaus. Unter uns glitzerte der Bow River. Schimmernd schlängelte er sich durch die neue, an seinen Ufern erbaute Stadt.

»Wusstest du eigentlich«, fragte sie, »dass Calgary nach einem Ort auf der Insel Mull benannt ist?«

»Nein«, antwortete ich. »Oder jedenfalls bin ich mir nicht sicher. Vermutlich habe ich noch nicht oft darüber nachgedacht.«

»Nun, dort gibt es auch keine Ureinwohner mehr«, sagte sie.

»Wenn unsere Eltern von der Insel herüberkamen, besuchte unsere Mutter ihren Vater oft ganz allein, das haben alle erzählt. Manchmal fragte sie Opa und Oma, ob sie die kleinen Kinder eine Weile bei ihnen lassen könnte, und dann ging sie zu ihm. Sie saßen in seiner hellen, sauberen Küche und tranken Tee. Ich stelle mir oft vor, wie die zwei dasitzen, und frage mich, worüber sie sich unterhalten haben. Sie hatten mehr Zeit miteinander verbracht als sie mit ihrem Mann oder er mit seiner Frau. Er war immer für sie da gewesen, und wie Opa zu sagen pflegte: ›Dieser Mann ist die Zuverlässigkeit in Person.‹ Er hatte viele Veränderungen in ihrem Leben mit ihr durchgestanden, wenn auch natürlich nicht die letzte, aber die konnte ja keiner vorhersehen. Oma erzählte, dass unsere Mutter als kleines Mädchen immer sehr sorgsam gekleidet und ihr Haar penibel geflochten war. Sie erzählte außerdem, dass er sich sehr bemüht hat, ihr die Fürsorge zu geben, die sie vielleicht von ihrer Mutter erhalten hätte. Vielleicht wollte er auch seine eigene Kindheit noch einmal in schönerer Form durchleben. Oma meinte, er hätte ihr erzählt, wie er als kleiner Junge oft in kurzen Hosen auf der Türschwelle saß und auf der Straße nach seinem Vater Ausschau hielt. Er wünschte sich nichts sehnlicher, als dass sein Vater käme und ihm ein schöneres Leben bereite.« Sie verstummte. »Sich Großvater in kurzen Hosen vorzustellen fällt schwer.«

»Ich bin sicher, sie waren sauber«, erwiderte ich lächelnd.

»Vielleicht auch nicht«, sagte meine Schwester. »Vielleicht war seine Reinlichkeit ein Zug, den er erst später entwickelte. Jedenfalls bekam er seinen Vater nie zu Gesicht. Er hatte nie auch nur ein Bild von ihm besessen. Seine Mutter wurde fuchsteufelswild, wenn er die Umstände seiner Empfängnis mit einem Wort erwähnte. Vielleicht kam zu ihrer Verbitterung auch noch Scham.

Ich glaube, er wurde den quälenden Gedanken nie los, sein Vater könnte sich in der Nacht, als er ihn zeugte – sofern es überhaupt nachts war –, bloß ein bisschen Spaß gegönnt haben. Ein junger Mann, der bald in die Wälder von Maine aufbricht, wie all die jungen Soldaten, die in den Krieg ziehen. Vielleicht war er deshalb immer so verlegen, wenn Opa seine kleinen Witze machte über den Mann, der das Mädchen im Gebüsch nimmt. Ich glaube, heute verstehe ich ihn besser«, sagte sie.

»Vielleicht war das auch der Grund für sein Interesse an Geschichte«, fuhr sie fort. »Er glaubte, wenn man alles liest und die einzelnen Teilchen zusammensetzt, ergibt sich die reine Wahrheit. Fast wie beim Zimmermannshandwerk. Alles passt einfach so zusammen, und am Ende sieht man etwas wie ›ein vollkommenes Haus namens Vergangenheit‹. Vielleicht glaubte er, wenn er schon seine unmittelbare Vergangenheit nicht verstehen konnte, sollte er wenigstens versuchen, die entferntere zu begreifen.«

»Nicht ganz einfach«, sagte ich.

»Ich weiß«, erwiderte sie. »Und er wusste das auch. Aber er bemühte sich, sein Interesse daran wuchs, und er versuchte es an uns weiterzugeben. Seitdem ich hier wohne, wo alles so neu ist, vermisse ich unsere weit verzweigte Familie«, fuhr sie fort. »Ich vermisse sie als Gruppe, aber hin und wieder versuche ich auch, unsere Eltern von der Gruppe zu trennen. Vielleicht idealisieren wir zwei unsere Eltern zu sehr, weil wir uns kaum an sie erinnern. Sie sind eher eine ›Vorstellung‹ von Eltern als reale Menschen. Vielleicht tun wir das Gleiche wie Großvater mit diesem jungen Mann, der sein Vater war.«

»Vielleicht ist das genetisch bedingt«, sagte ich. »Ohne Scherz.«

»Aber natürlich ist das genetisch bedingt«, erwiderte sie. »Von Zeit zu Zeit denke ich an den Clan. An all die Leute mit dem roten und schwarzen Haar. Wie du und ich. Seit zweihundert Jahren hier in Kanada verschwistert und verschwägert, und wer weiß, wie lange vorher schon. In Moidart und Keppoch, in Glencoe, Glenfinnan und Glengarry.«

»Vergiss den Prinzen nicht«, sagte ich. »Der hatte auch rotes Haar.«

»Den vergesse ich schon nicht«, entgegnete sie. »Trotzdem, Eltern treten nicht als Gattung auf. Man hat es immer mit zwei Individuen zu tun. Manchmal habe ich bestimmte Gedanken oder Gefühle, und dann frage ich mich, ob Mutter jemals ähnlich gefühlt oder gedacht hat. Wäre schön, wenn ich sie fragen könnte. Vielleicht hat sie über solche Dinge mit ihrem Vater gesprochen, wenn sie zusammen Tee tranken. Ich nehme an, so geht es auch Adoptivkindern, wenn sie ihre biologischen Eltern ausfindig machen möchten. Vielleicht suchen sie vorgefertigte Lebensentwürfe für sich. Vorboten. Hinweise auf die Art, wie sie sich später entwickeln könnten. Aber in unserem Fall«, sagte meine Schwester lächelnd, »kann man wohl kaum von Adoption sprechen. Wir blieben mit viel mehr zurück als Großvater, der nie auch nur ein Bild von seinem Vater besaß.«

»Am Tag meiner Abschlussfeier«, sagte ich, »erzählte er uns, dass ihm sein Vater zweimal erschienen war: In einer Vision und in einem Traum. In der Vision war sein Vater jünger als er selbst – wahrscheinlich weil er schon so früh gestorben war. Er erinnerte sich an sein Aussehen, obwohl er ihn nie leibhaftig gesehen hatte. In der Vision beunruhigte er ihn, im Traum dagegen tröstete er ihn und gab ihm einen Rat, wie er in nächster Zeit mit seiner Tochter leben könnte.

Am Tag zuvor«, fuhr ich fort, »hatte er seinen Argwohn gegenüber Wolfe bekräftigt und die Stelle nachgeschlagen, wo Wolfe die Hochländer einen ›heimlichen Feind‹ nennt. Das verändert das herkömmliche Bild von Wolfe mit seinen ›tapferen Hochländern‹ ein wenig.«

»Ich denke«, entgegnete meine Schwester, »man kann tapfer sein und gleichzeitg missverstanden werden. Tapfer sein und verraten werden. Nach Culloden gingen viele Gälisch sprechende Soldaten nach Frankreich. Als man sie begnadigte und sie zurückkehrten, konnten sie Französisch und Gälisch. Gleich zwei Sprachen, die bei Wolfe wahrscheinlich nicht gerade auf Wohlwollen gestoßen sind.«

»Hätte MacDonald nicht Französisch sprechen können, um die Wachen zu täuschen, dann wäre die Geschichte Kanadas vielleicht anders verlaufen«, fügte ich hinzu.

»Mag sein«, sagte meine Schwester. »Wären die MacDonalds rechts von der Schlachtlinie aufgestellt worden statt links, dann wäre vielleicht auch die Entscheidung bei Culloden anders ausgefallen. Seit Bannockburn hielten sie die rechte Seite für ihren angestammten Platz, aber ihre Befehlshaber stammten vorwiegend aus einer anderen Kultur. Sie wussten nicht, wovon die MacDonalds redeten, und hielten sie wahrscheinlich für beleidigte Griesgrame. Und das traf wahrscheinlich auch zu, wenn sie in ihrem komischen Gälisch vor sich hin brabbelten.«

»Schwierig«, sagte ich.

»Ja«, stimmte meine Schwester mir zu. »MacDonald von Glencoe, der im Jahrhundert davor lebte, galt auch als schwierig. Deshalb schoss man ihm von hinten eine Kugel in den Kopf, als er sich umdrehte, um ihnen Whiskey anzubieten. Verrat par excellence. Und er dachte, ein Blatt Papier könnte ihn schützen.«

»Ach na ja«, erwiderte ich, »wie sagte Opa immer so schön: ›Schluss mit den traurigen Geschichten.‹«

»Wahrscheinlich hast du Recht«, sagte meine Schwester. »Aber wenn man die Geschichte von Montcalm liest, sah er sich offenbar mit dem gleichen Problem konfrontiert. Viele Soldaten seiner Truppen waren Frankokanadier. Seit Generationen hatten sie im ›Land des Winters‹ gelebt, wie sie es nannten. Sie hatten sich anders entwickelt und kannten ihr Land, er dagegen war ein *français de France*. Außerdem konnte er nichts mit seinen Verbündeten anfangen, den Indianern. Er verstand weder sie noch ihre Sprache, ihre Sitten oder ihre Angriffstaktik. Ihre Unabhängigkeit empfand er als Indiz für Unzuverlässigkeit. Wusstest du«, fügte sie hinzu, »dass die Indianer glaubten, sie würden die Schlacht gewinnen, wenn ihnen im Traum ein Hund erschien?«

»Nein, das ist mir neu.«

»Jedenfalls hatte Montcalm wahrscheinlich das Gefühl«, sagte sie, »er kommandiere einen Haufen undisziplinierter Wilder, und sie hielten ihn vermutlich für einen Schwächling, mit seiner Halskrause und den komischen europäischen Kampfformationen. Kein Wunder, dass er immer sehnsüchtig nach den Schiffen aus Frankreich Ausschau hielt.«

»Ja«, entgegnete ich, »wären doch bloß die Schiffe aus Frankreich gekommen.«

»Vor der Schlacht auf den Plains of Abraham«, sagte sie, »landete Wolfe in Beauport und zettelte einen Angriff an. Er steckte eine üble Niederlage ein und war wütend auf die Hochländer, weil sie sich nicht zurückziehen wollten, bevor sie ihre Verwundeten vom Feld getragen hatten. Im Geschützfeuer wateten sie zurück und holten ihre eigenen Leute, obwohl man ihnen befohlen hatte, sie liegen zu lassen. Militärisch betrachtet sicher keine kluge Taktik, aber zu der Zeit kämpften sie wohl eher mit dem Herzen als mit dem Kopf. Vor ihnen die Franzosen, hinter ihnen Wolfe mit den Schiffen, und dazwischen, an der Küste von Beauport, lagen ihre Verwundeten. Sie ahnten nichts von dem Brief, in dem Wolfe sie beschrieben hatte. Ich erinnere mich noch an einige Formulierungen: ›Sie sind zäh, unerschrocken, an raues Land gewöhnt, und es ist kein großes Unglück, wenn sie fallen.‹

Womöglich trivialisiere ich das Ganze«, sagte sie, »aber manchmal kommen sie mir vor wie große Sportteams, die das Vertrauen in ihr Management oder den Trainer verloren haben und sich trotzdem draußen in den blutigen Schlamm und in den Rauch stürzen. Sie opfern ihre Herzen und ihre Kraft nicht dem ›Management‹, sondern der Geschichte, die sie vereint.

In meinem modernen Verstand«, fügte sie hinzu, »sehe ich Wolfe manchmal mit einem Taschenrechner dastehen. Ich weiß, das ist falsch und ihm gegenüber nicht fair. Er galt als hervorragender General, außerdem war er ein Rotschopf. Ich bin wohl kein sehr guter Militärhistoriker«, gab sie zu. »Wenn ich dort gewesen wäre, hätte ich wahrscheinlich geweint. Zumal wenn ich den Brief gelesen hätte.

Vielleicht denke ich über all das zu viel nach«, grübelte sie. »Opa und Oma sagten oft: ›Wenn du zu viel nachdenkst, wirst du nie mit deiner Arbeit fertig.‹«

»Ja«, sagte ich, »und die zwei haben hart geschuftet, vor allem Oma.«

»Ich weiß«, entgegnete meine Schwester. »Wenn wir unser Pensum erledigen mussten – unsere Zimmer aufräumen, abwaschen oder den Boden putzen –, sagte ich manchmal: ›Ich bin aber müde.‹ Dann konterte sie immer: ›Jeder ist müde, mein Schatz. Ich bin auch müde. Die Welt bleibt nicht stehen, nur weil wir müde sind. Also beeil dich, dann ist alles im Nu fertig.‹ Manchmal machte sich ihre Erschöpfung bemerkbar, und dann sagte sie: ›Ich wette, dein Bruder Colin würde nicht jammern, weil er sein Zimmer aufräumen muss, wenn er noch am Leben wäre. Du hast ihn altersmäßig schon überholt, er wird nie älter werden. Arme kleine Seele. Er war so glücklich, als ich ihn das letzte Mal in seinem neuen Anorak sah. Wir sollten alle dankbar sein, dass wir am Leben sind und einander haben, also beeil dich und mach dein Bett. Deine älteren Brüder auf dem Land hätten bestimmt gern saubere Zimmer.‹

›Aber die machen nie ihre Betten‹, widersprach ich. ›Die müssen nie das Bad putzen. Weil sie nämlich gar keins haben.‹

›Ich weiß‹, sagte Oma. ›Möchtest du etwa so leben wie deine Brüder?‹«

Meine Schwester schwieg einen Augenblick.

»Calum erzählte mir einmal«, sagte ich, »dass sie eines Tages, als sie wieder auf dem Land lebten, einen Baum für die Rutsche fällen wollten, die sie für das Boot bauten. Sie gingen in ein dicht stehendes Fichtenwäldchen unten am Wasser. In der Mitte entdeckten sie einen für ihre Zwecke idealen Baum. Hoch gewachsen, kerzengerade und über neun Meter hoch. Sie markierten ihn mit Kerben, wie sie es gelernt hatten, und sägten ihn dann mit einer Spannsäge durch. Als sie fertig waren, passierte nichts. Die oberen Äste waren so eng mit denen der benachbarten Bäume verflochten, dass der Baum einfach stehen blieb. Man konnte ihn nicht herausziehen noch konnte er umfallen, es sei denn, man hätte das ganze Wäldchen abgeholzt. Jahrelang blieb er so stehen. Vielleicht steht er immer noch dort. Wenn der Wind wehte, rumorte und ächzte das ganze Wäldchen. Die stützenden Bäume streckten ihre Äste Jahr um Jahr weiter aus. Wenn man an dem Wäldchen vorbeiging, sagte Calum, deutete nichts darauf hin, dass in der Mitte ein hoher gerader Baum stand, dessen Stamm durchgesägt war.«

»Es ist nicht immer alles so, wie es aussieht«, sagte meine Schwester. »Bei keinem Menschen. Opa und Oma fanden es anfangs seltsam, dass ich Schauspielerin werden wollte. ›Wieso ausgerechnet Schauspielerin?‹, fragten sie. ›Warum willst du dein Leben damit verbringen, so zu tun, als wärst du jemand anders? Ist es nicht leichter, einfach du selbst zu sein?‹« Meine Schwester fasste sich ans Haar. »Komm, wir schauen uns das Fotoalbum an.«

Wir holten das Album und betrachteten die Bilder unserer verschwundenen Eltern. Alle Fotos waren im Freien aufgenommen. Von unseren Eltern allein existieren keine Fotos. Immer sind sie von riesigen Gruppen des *clann Chalum Ruaidh* umgeben. Gelegentlich tragen sie Kinder, dann wieder haben sie dem, der gerade neben ihnen steht, den Arm um die Schulter gelegt. Wegen der vielen Leute auf dem Bild musste der Amateurfotograf meistens weit weg stehen, um alle durch die Linse zu bannen. Auf einem Foto kniet unser Vater auf einem Bein in der vorderen Reihe, und unsere Mutter steht hinter ihm, ihre linke Hand ruht auf seiner Schulter. Im rechten Arm hält sie Colin, der am Daumen lutscht. Unser Vater umklammert die braune Hündin, die vor ihm auf der Erde hockt. Seine Finger sind über ihrer Brust verschränkt, sie hat den Kopf nach hinten seinem Gesicht zugeneigt und will ihm unbedingt das Kinn lecken.

Wir berührten die Gesichter unserer verschwundenen Eltern und unseres älteren Bruders, der widernatürlicherweise unser jüngerer Bruder wurde, weil er wie sein Urgroßvater schon so früh gestorben war. Wir betrachteten die Hündin in ihrem hingebungsvollen Glück.

»Arme *cú*«, sagte meine Schwester. »Sie brach mit ihnen im Eis ein und schwamm dann zurück, um Hilfe zu holen. Später starb sie für eine verlorene Sache, aber das konnte sie nicht wissen. Sie gab jede Faser ihres kleinen Wesens. Und schwankte nie. Wie Opa immer sagte: ›Mehr kann man nicht verlangen.‹ Immer treu und stets bemüht.«

Wir betrachteten weiter die Fotos. »Ich dachte«, sagte meine Schwester, »mit Hilfe der modernen Technik könnte ich unsere Eltern aus den großen Gruppen herauslösen. Ich habe die Bilder in ein Fotostudio gebracht und gefragt, ob es möglich wäre, unsere Eltern herauszuschneiden und ihre jeweiligen Konterfeis zu vergrößern. In Nahaufnahme. Ich hätte ihre Fotos gern an der Wand hängen. Der Fotograf versuchte es, aber es klappte nicht. Je größer das Foto wurde, umso mehr verschwammen ihre Gesichtszüge. Als würden sie immer undeutlicher, je näher sie rückten. Irgendwann gab ich es auf. Ich ließ sie in der Gruppe. Mir blieb nichts anderes übrig.

Wenn du noch einen Tag bleibst«, schlug sie vor, »können wir morgen nach Banff fahren. Dort kann man auf den Bergen das ›Wetter sehen‹. Regenschauer, Sonnenflecken und Wolkenformationen, die sich ständig verschieben und ändern. Und Dunstschwaden, die sich heben und senken, zudecken und enthüllen. Wunderschön.

Weißt du noch, wie wir als Kinder immer das Wetter drüben auf der Insel beobachtet haben? Manchmal regnete es bei uns, aber drüben schien die Sonne. Und gelegentlich war es umgekehrt. Bei Schnee oder Nebel konnten wir sie oft gar nicht sehen, aber dann ›klärte es sich auf‹, wie Opa zu sagen pflegte, und da war sie wieder. Zuverlässig wie immer.«

»Ich weiß«, sagte ich. »Aber ja, ich kann noch einen Tag bleiben.«

Sie lächelte. »Weißt du, wo Wolfe den ›Kein großes Unglück wenn sie fallen‹-Brief an Captain Rickson schrieb?«

»Nein, keine Ahnung.«

»In Banff«, sagte sie. »Banff in Schottland. Wolfe fühlte sich dort nicht sehr glücklich. Banff war trostlos und kalt, außerdem mochte er die Leute nicht. Wahrscheinlich war er heilfroh, nach Quebec zu kommen, auch wenn er nicht ahnte, was vor ihm lag.«

Sie schwieg eine Weile. »Vielleicht können wir sogar noch weiter fahren«, sagte sie, »und schaffen es bis zu der Hauptwasserscheide.«

35

Auf den flüchtigen Betrachter wirkte der neue Alexander MacDonald wie einer von uns. Für Renco Development, die Frankokanadier, die Bautrupps und die Küchenbelegschaft stellte er ein Teil des Gefüges dar, das wir nach außen verkörperten.

Da alle glaubten, er könnte einiges mit mir gemein haben, zog er in meine Baracke, und einer unserer Cousins zog in den Bau nebenan.

Er war ein hervorragender Quarterback in der High-School-Mannschaft gewesen, und ich erinnerte mich an einige Zeitungsausschnitte, die seine Großeltern an Oma und Opa geschickt hatten. Er besaß auch einige Zeitungsausschnitte aus der Gegend von San Francisco, die er, ordentlich zusammengefaltet in einem braunen Briefumschlag, sorgfältig unten in seiner Feldkiste aufbewahrte. Sie beschrieben seinen kräftigen Arm, seine Fähigkeit, die Verteidigungsstrategien des Gegners zu durchschauen, und die geniale Schnelligkeit, im letzten Moment Entscheidungen zu treffen. In vielen Artikeln wurde seine absolute Furchtlosigkeit betont. Er blieb bis zur letztmöglichen Sekunde auf seiner Position, völlig unbeirrt von den riesigen, klotzigen Stürmern, die auf ihn zudonnerten. »MacDonald rettet Sieg in letzter Sekunde«, hieß es einmal. »Roter MacDonald holt wieder eine Meisterschaft nach Hause«, »MacDonald zaubert Sieg aus dem Rückstand«, »MacDonald ins All-Star-Team gewählt«, hieß es an anderen Stellen.

Einmal erzählte er mir, sein Großvater hätte zu ihm gesagt: »Du hast vor nichts Angst. Du wärst ein hervorragender Soldat. Wenn ich in Culloden wäre, möchte ich an deiner Seite stehen.«

Wir lagen auf unseren Betten und betrachteten seine Zeitungsausschnitte. »In Culloden«, sagte er, »haben sie verloren, oder?«

»Ja«, antwortete ich.

»Aber manchmal haben sie doch auch gewonnen?«

»Ja«, sagte ich, »manchmal.«

»Mein Großvater hat mir diesen Ring geschenkt«, sagte er und hielt die linke Hand hoch. »Er hat ein keltisches Muster. Den niemals endenden Kreis.«

»Der ist mir schon an dem Tag aufgefallen«, sagte ich, »als du angekommen bist.«

36 Einige Universitäten hatten unseren Cousin heiß umworben, doch gegen Ende der letzten Saison zog er sich in einem Spiel eine schwere Verletzung zu. Er war den Bruchteil einer Sekunde zu lange auf seiner Position geblieben, seine Unerschrockenheit war ihm am Ende zum Verhängnis geworden. Kurz bevor er den Ball losließ, lag sein Gewicht fast ausschließlich auf dem linken Bein, und als er angegriffen wurde, sackte es unter ihm zusammen. Er hatte eine schwere Verdrehung des linken Kniegelenks, und obwohl er sich einer Bändernahtoperation unterzog, sollte er seine frühere Schnelligkeit und laterale Beweglichkeit nie wiedererlangen. Die werbenden Universitäten verloren das Interesse, denn sie befürchteten, er könnte nur noch zweite Wahl sein, doch er war offenbar beweglich genug, um für das Militär als diensttauglich zu gelten.

Er war unglaublich sportlich; blitzschnell, rund und ausgewogen in seinen Bewegungen und vom jahrelangen disziplinierten Training muskulös und kräftig. Die Leute aus dem Clan, die ihn in diesem Sommer zum ersten Mal sahen, konnten sich nicht vorstellen, dass sein körperlicher Zustand jemals besser gewesen war, obwohl die gezackten Narben auf dem aufgeworfenen rosa Fleisch um sein Knie herum deutlich ins Auge stachen, wenn er in der Dusche neben uns stand.

Und die Einschätzung seines Großvaters traf tatsächlich zu, er hatte vor nichts Angst – oder jedenfalls sah es so aus.

»Er ist schnell von Begriff«, sagte Calum. »Ich hatte schon befürchtet, die Atmosphäre unter Tage würde ihm zusetzen, das Dynamit, die Dunkelheit, die zermürbende Last der Arbeit, aber er beklagt sich nie. Er setzt sich immer voll ein, und man muss ihm nur einmal zeigen, wie etwas funktioniert.«

Auch in Gesellschaft erwies er sich als äußerst anpassungsfähig. Über die meisten Themen unterhielt er sich gern und verstand schnell, was die anderen dachten. Er fand mühelos Kontakt zu Leuten aus anderen Gruppen, achtete aber immer darauf, seine wahre Identität nicht preiszugeben. Und beim Pokern – eine Leidenschaft, der einige von uns frönten – war er ungewöhnlich erfolgreich, weil weder sein Gesichtsausdruck noch seine Körperbewegungen einen Hinweis auf die Karten in seiner Hand lieferten.

»So sind alle guten Quarterbacks«, sagte er lachend. »Die Augen dürfen nie verraten, was der Kopf gerade denkt.«

In diesem Sommer unterhielten wir uns über verschiedene Dinge. Uns war bewusst, dass draußen in der Welt einiges passierte. Zeitungen kamen an, wenn auch manchmal zwei Tage alt, und Nachrichtenfetzen schienen wie an Fallschirmen durch das Rauschen der winzigen Radios hereinzuschweben. Die Berichte betrafen die einen mehr, die anderen weniger. Einige gingen uns direkt oder indirekt alle an.

In diesem Sommer wurde berichtet, dass man in Kenia ein Knochenbruchstück aus der frühesten Menschheitsgeschichte gefunden hatte. Angeblich war es zweieinhalb Millionen Jahre alt. Pierre Trudeau ersetzte Lester Pearson als Premierminister von Kanada. Lester Pearson hatte lange den Wahlbezirk Algoma East vertreten, wo wir arbeiteten, aber nur wenige von uns konnten wählen, weil wir die Wohnsitzbestimmungen nicht erfüllten. Pierre Trudeau schlug vor, wie schon sein Vorgänger Lester Pearson, die Bombardierung Nordvietnams zu beenden. Lyndon Johnson ließ sich von solchen Vorschlägen nicht beeindrucken. Charles de Gaulle gab weiterhin seine Ratschläge im Zusammmenhang mit einem unabhängigen Quebec. Pierre Trudeau ließ sich, wie schon sein Vorgänger Lester Pearson, von solchen Vorschlägen nicht beeindrucken. Der amerikanische Gewerkschaftsführer James Hoffa saß im Gefängnis. Ronald Reagan blieb Gouverneur von Kalifornien. Robert Stanfield gab seinen Posten in Nova Scotia auf und ersetzte John Diefenbaker als Chef der Progressive Conservative Party. Die Bürgerrechtsbewegung wurde stärker. Es gab Märsche, Schießereien, Brandanschläge und Unruhen. Stokely Carmichael und Rap Brown traten für ihre eigene Form von Veränderung ein. Martin Luther King jr., der vielen Tausenden den Weg gewiesen hatte, war im April ermordet worden. James Earl Ray, sein Mörder, wurde am Flughafen Heathrow mit einem gefälschten kanadischen Pass festgenommen. Seine Verhaftung fand drei Tage nach dem Attentat auf Robert Kennedy statt, den nach einer Rede in Kalifornien eine Kugel in den Kopf getroffen hatte.

In dem Gebiet, wo wir arbeiteten, wurden neue Uranvorkommen vermeldet. Würde Renco Development weiter nördlich vielleicht bald neue Schächte abteufen? In der Nickel- und Zinkproduktion stand Kanada weltweit an der Spitze. In Nevada, New Mexico, Utah und Montana gab es neue Mineralvorkommen. Erfahrene Schacht- und Abbauarbeiter waren gefragt, allerdings mit soliden Englischkenntnissen. Meine Brüder sagten, dass sie manchmal, wenn sie in den Hochlagen von Utah und Montana unterwegs gewesen waren, wegen der dünnen Luft den Vergaser an ihrem Auto nachjustieren mussten. Die Luft, erklärten sie, sei dort fast so dünn wie in Peru.

Kalifornien verzeichnete die höchste Zahl von Kriegsdienstverweigerern in den Vereinigten Staaten. Berichten zufolge arbeiteten viele der betroffenen jungen Männer unter Decknamen in Kanada. Seit Beginn des Konflikts waren 26 907 amerikanische Soldaten umgekommen, lasen wir. Cassius Clay verkündete, er verspüre nicht den Wunsch, diese Zahl zu vergrößern. Er habe schließlich nichts gegen den Vietcong, sagte er. Der Baseballstar Willie Mays setzte sein spektakuläres Spiel für die San Francisco Giants fort. Der Kinderarzt und Autor Dr. Benjamin Spock wurde in Boston zu zwei Jahren Haft verurteilt, weil er gegen das Einberufungsverfahren nach Vietnam eintrat. J. Edgar Hoover zog nach wie vor die Fäden im FBI und verriet – wie ein guter Quarterback – durch keinerlei äußere Zeichen, was sein Kopf gerade dachte. Die Textilfabrikanten in Toronto zogen lukrative Verträge für die Produktion von grünen Baretts an Land, desgleichen die Schuhfabrikanten für die Herstellung von Armeestiefeln. Einer ihrer Sprecher sollte später erklären: »Dieser Krieg hat uns Millionen gebracht und keinen Mann gekostet.«

»Ich bin nicht hier, weil ich Angst habe«, sagte Alexander MacDonald, »sondern weil ich nicht blöd bin.«

Aus den winzigen Radios wehte die Musik von Bob Dylan herein.

Manchmal sprachen wir über die Oakland Raiders und die San Francisco 49ers. Die Montreal Canadiens hielten den Stanley Cup, was Marcel Gingras und seinen Freunden eine gewisse Genugtuung verschaffte. Einige seiner Leute hatten das Logo der Canadiens auf die Windschutzscheibe oder die Stoßstange ihrer Autos geklebt.

Im Land von Marcel Gingras begeisterte der Autohändler

Réal Caouette aus Rouyn sein Volk. Als Führer der Créditistes hatte er bei der jüngsten Wahl vierzehn Sitze auf sich versammelt. Für viele eine Überraschung. Réal Caouette verspürte nicht den Wunsch, sich von Kanada abzuspalten. Vielmehr trat er für die Schaffung einer elften Provinz ein. Sie sollte sich über die Grenze von Ostontario und Westquebec erstrecken und Orte wie Rouyn-Noranda, Cobalt, Temagami, Kirkland Lake, Larder Lake, Temiskaming und Abitibi einschließen. Er argumentierte, dass die Leute dieser Region mehr miteinander verband als mit denen, die ihr Schicksal aus den fernen Städten Toronto und Quebec City bestimmten, Leute, die weder ihr Wetter, ihre Landschaft, ihre täglichen Belange noch ihre Empfindlichkeiten teilten. Quebec City und Toronto waren in vielerlei Hinsicht fremde Städte und für einen Teil der Bevölkerung aus der vorgeschlagenen neuen Provinz weit entfernte Orte, die sie nur vom Hörensagen kannten, aber nie gesehen hatten. Die neue Provinz sollte in etwa der Republik Madawaska entsprechen, jener Region des Landes, wo die Grenzen von New Brunswick, Quebec und Maine so dicht beieinander liegen, dass sie letztendlich im Bewusstsein der Menschen, die dort wohnen, verschwinden. Auch in diesem Fall liegen die Provinzhauptstädte Quebec City und Fredericton weit weg, und Augusta, die Hauptstadt von Maine, noch viel weiter. Die Bürger Madawaskas singen ihre eigenen Lieder, und zwar meist füreinander und miteinander.

Auch die Bürger der von Réal Caouette vorgeschlagenen neuen Provinz besaßen ein Repertoire an Liedern. Marcel Gingras sang uns manchmal ein oder zwei Lieder vor, auch wenn sie unser Verständnis oft überforderten. Ihn aber berührten sie ziemlich tief, und wenn er mit dem Finger über die zerfledderte Landkarte fuhr und die imaginären Grenzen einzeichnete, bekam er manchmal einen verschleierten Blick.

Für ihn existierten die Linien ebenso wie in jenem alten Traum von der Laurentide.

In diesem Sommer erweiterte Marcel Gingras seinen englischen Wortschatz erheblich. Er war höchst motiviert, studierte die weggeworfenen Zeitungen und runzelte dabei angestrengt die Stirn, um aus der für ihn so widerspenstigen Sprache schlau zu werden. Gelegentlich, wenn kaum jemand in der Nähe war, kam er mit der Zeitung zu mir und zeigte auf einzelne Wörter. Im Vertrauen auf meinen leidlich vorhandenen Grundwortschatz des Französischen, den ich in der High School und an der Uni erworben hatte, suchte ich dann die französische Entsprechung. Bei den Substantiven und Verben verzeichneten wir Fortschritte, viele abstrakte Begriffe dagegen erwiesen sich als schwieriger. Aber es sah fast so aus, als könnte man sich auf der Grundlage von »Person, Ort und Sache« plus Handlung durchs Leben schlagen. Manchmal zeigte Marcel Gingras auf ein Wort und blickte fragend zu Alexander MacDonald. Da wir etwa gleich alt waren, setzte er voraus, dass wir beide ein paar Brocken Französisch beherrschten. Er konnte nicht wissen, dass wir unterschiedliche Bildungssysteme durchlaufen hatten, denn auf ihn wirkten wir beide ziemlich gleich.

Anfangs hielt Alexander MacDonald Marcel Gingras und seine Kameraden vielleicht für »zurückgeblieben«. Später sah er sie möglicherweise so, wie er den großen Bevölkerungsteil der Latinos und Mexikaner in seinem Geburtsland Kalifornien betrachtete: Als Leute, die nicht immer die Landessprache beherrschten, aber doch sehr präsent waren. Alexander MacDonalds Vorrat an spanischen Wörtern und Ausdrücken entsprach vermutlich meinem schlecht bestückten Französischrepertoire. Doch dies alles ist reine Spekulation, denn er wusste immer genau, was er lieber für sich behielt.

Trotzdem war er, wie gesagt, gesellig und freundlich.

Wenn er Fern Picard auf dem Weg begegnete, nickte er lächelnd, ohne den Groll, den die meisten von uns gegen ihn hegten. Es wurde gemunkelt, dass er sich nachts sogar manchmal zum Pokern in die Baracken der Frankokanadier wagte. Am Anfang hielten sie ihn angeblich für einen Spion, von uns ausgesandt, um hinter der Feindeslinie Informationen zu sammeln. Doch dann merkten sie, dass er, falls das zutraf, ein ziemlich naiver Spion war. Tickte er vielleicht nicht ganz richtig? Oder suchte er nur Schutz vor den Realitäten des Lebens?

Bei den seltenen Gelegenheiten, wenn Marcel Gingras uns in der Baracke besuchte, wurde er ähnlich eingeschätzt. Historisch gesehen standen wir nicht auf seiner Seite, aber wenn man erlebte, wie er sich mit einer ihm fremden Sprache abmühte, musste man ihn einfach mögen. Keiner verspürte den Wunsch, ihm einen Schraubenschlüssel über den Kopf zu ziehen.

Eine Zeit lang genossen Marcel Gingras, Alexander MacDonald und ich vermutlich einen gewissen Schutz, weil wir mit den anderen nicht die gleiche Geschichte teilten. Wir hatten zwar einiges gemeinsam, aber nicht alles. Keiner von uns dreien hatte die Schlägerei in Rouyn-Noranda miterlebt, und es kam selten vor, dass man uns »Frösche« oder »Grützefresser« schimpfte oder in irgendeiner Form sabotierte. Wir hatten unsere Kleidung auch nicht an anderen erkannt. Wir hatten nicht so viele Narben und keiner von uns hatte den Tod des rothaarigen Alexander MacDonald miterlebt. Ich war zu der Zeit einen halben Kontinent entfernt und ließ mich wahrscheinlich gerade fotografieren, als der Erzkübel auf ihn niedersauste. Auf meinem Kopf saß vermutlich ein Barett, als er schon keinen mehr hatte.

Uns drückte der Nagel also weniger. In unseren Schuhsohlen saß er nicht so tief.

Der neue Alexander MacDonald wirkte von allem am wenigsten betroffen. Das lag, wie gesagt, vermutlich daran, dass er von unserer unmittelbaren Geschichte am weitesten entfernt war. Was unsere relativ kurze gemeinsame Vergangenheit betraf, musste er nichts vergeben oder vergessen. Von allen Mitgliedern des Clans war er hier der Einzige, der den Toten, dessen Ausweispapiere er am Körper trug, nie gesehen hatte.

Er arbeitete weiterhin ziemlich hart.

Eines Tages fragte mich Calum: »Meinst du, er wird lange bei uns bleiben?«

»Keine Ahnung«, entgegnete ich. »Dazu äußert er sich nie.«

»Falls er eine Weile bei uns bleiben sollte«, schlug Calum vor, »könntest du doch zurück. Oder ist es schon zu spät für dein Labor und den weißen Kittel?«

»Ja«, sagte ich, »für diesmal ist es zu spät.«

»Willst du vielleicht einfach nach Hause fahren und dich erholen?«, fragte er. »Er arbeitet gut, und inzwischen könnten wir ohne dich zurechtkommen.

Aber vielleicht«, fügte er hinzu, »würde er sich bei uns nicht so wohl fühlen, wenn du fort wärst. Schließlich ist er in erster Linie wegen deiner Abmachung mit Opa und Oma hier.«

Ich dachte eine Weile über seinen Vorschlag nach, dann sagte ich: »Ich glaube, ich sollte bleiben.«

»Na schön«, sagte Calum. »Machen wir weiter.«

»Die meisten Leute«, sagte Opa oft, »versuchen das Richtige zu tun. Wenn deine Eltern geahnt hätten, dass sie ertrinken werden, meinst du, sie hätten sich dann aufs Eis gewagt?«

Und die Arbeit ging weiter.

37 Alexander MacDonald arbeitete hart, genau wie der Rest von uns. Wenn er freihatte, schlief er offenbar immer nur wenig. Manchmal wachte ich spät nachts auf und sah oder hörte ihn in der Dunkelheit herumhantieren. Ab und zu öffnete er seine Feldkiste, in der seine ruhmreiche Zeit in Zeitungsausschnitten ruhte. Wenn wir zusammen waren, unterhielten wir uns gelegentlich über Sport, Bücher, Musik oder Filme aus den letzten Monaten. *Mann zu jeder Jahreszeit* mit Paul Scofield in der Hauptrolle hatte im Jahr zuvor den wichtigsten Filmpreis gewonnen. Wir hatten ihn im Kino gesehen.

An einem Samstag Anfang August ging die Winde kaputt. Es war etwa drei Uhr nachmittags. Wir konnten weder Mensch noch Material fortbewegen, alles kam zum Erliegen. Es war mit der Situation vergleichbar, wenn der einzige Fahrstuhl in einem 20-stöckigen Gebäude nicht mehr funktioniert. Nur befanden wir uns unter und nicht über Tag. Als uns dämmerte, was geschehen war, machten wir uns auf den Weg nach oben. An der Seite des Schachts befanden sich mehrere Holzleitern für Notfälle wie ebendiesen. Damit wir nicht unten in der Falle saßen.

Wir fingen an, hintereinander hochzuklettern. Die Lichter an unseren Helmen strahlten auf den glitzernden Stein, das Wasser tropfte uns vom Helmrand in den Kragen und lief uns dann in kleinen kalten Bächen den Rücken hinab. Jeder konnte nur so schnell gehen wie sein Vordermann. Wer zu eifrig war, bekam die Stahlkappen an den Stiefeln des Mannes über ihm auf seinen Fingern zu spüren. Kleine Steinbrocken und sich lösende Dreckklumpen fielen unterwegs von den Sohlen nach unten. Die Männer am unteren Ende der Reihe wurden ständig mit kleinen Hagelschauern bombardiert, die auf ihre Helme prasselten. Sie mussten die Köpfe gesenkt halten und gleichzeitig versuchen, nach oben zu blicken, um die nächste Leitersprosse zu erwischen.

Wenn jemand zittrige Beine bekam oder der Atem schwer ging, blieb er stehen, lehnte sich an die Steinwand und verschnaufte einen Augenblick. Damit aber hielt er den Aufstieg der Männer hinter sich auf. Ungeduldige Stimmen hallten aus der Dunkelheit empor: »Was ist denn da oben los?« »Wer hält den Laden hier auf?« »Wer schmeißt denn die ganzen Steine auf mich?« »Wir müssen endlich raus hier. *Greas ort!* Beeilung!«

Nass und zitternd tauchten wir auf und standen blinzelnd im grellen Sonnenlicht.

Zuerst kursierten die üblichen Gerüchte. Die Winde würde repariert. Sie könnte nicht repariert werden. Eine neue sei schon per Lastwagen unterwegs. Der Einbau würde zwei Stunden dauern. Vielleicht einen halben Tag. Vielleicht aber auch einen ganzen. Da es Samstag spätnachmittags war, gingen die Lieferanten nicht ans Telefon. Am Ende sah es aus, als könnte erst nach Ablauf des Wochenendes etwas unternommen werden. Vor Montag könnten wir vermutlich nicht nach unten fahren.

Draußen vor den Toren des Haupteingangs tauchten fast sofort die Taxis auf. Rückblickend ist kaum zu begreifen, wie schnell sie dorthin kamen. Vielleicht hatte man sie vorgewarnt. Manchmal stelle ich sie mir als Verwandte von Vögeln vor, die in den tieferen Regionen des Himmels ihre Kreise ziehen. Angezogen durch Instinkt oder Intuition. In dem Bewusstsein, dass in der näheren Umgebung etwas geschehen wird, das ihnen allen nützt. Doch diese Taxis zogen keine Kreise. Sie standen entweder am Toreingang oder fuhren direkt auf den angrenzenden Parkplatz. Erstere warteten auf Fahrgäste. Letztere hatten etwas zu verkaufen.

Als die Sonne langsam unterging, wurden wir von einer

gewissen Rastlosigkeit erfasst. Normalerweise ruhten wir uns aus oder schliefen, wenn wir freihatten und die anderen arbeiteten. Jetzt aber waren wir alle zusammen über Tag. Eine Weile schrieben einige von uns Briefe oder lagen auf den Betten und versuchten Radio zu hören. Manche spielten Karten. Jemand nahm kurz seine Geige zur Hand, legte sie aber dann beiseite. Wir schlenderten zur Cafeteria und gingen wieder zurück. Wir warteten auf das Abendessen. Im Speisesaal waren mehr Männer als sonst, weil niemand im Berg war. Die Leute rempelten sich an. Den Köchen ging das Essen aus. Wir trotteten wieder zu unseren Baracken. Keiner war sonderlich müde, und für ein flüchtiges Nickerchen war es zu heiß. Wir spazierten zu den Toren hinaus auf den Parkplatz. Dort setzten wir uns auf die noch immer von der Hitze des Tages warmen Steine oder auf die Stoßstangen irgendwelcher alten Autos. Ein Mann näherte sich uns und fragte, ob wir uns ein bisschen amüsieren möchten. Calum sagte, das sei wohl kaum möglich. Und dann brach die Dämmerung herein. Wir blieben auf unseren Steinen und Stoßstangen sitzen. Manchmal löste sich jemand aus der Gruppe und stellte sich zum Pinkeln an den Rand des Parkplatzes. Wir konnten das Zischen hören und den Dampf von den heißen Steinen aufsteigen sehen.

»Ach, zum Teufel!«, sagte Alexander MacDonald. »Ich spendiere euch Jungs jetzt ein Bier.« Er ging zu einem der Taxifahrer, und kurz darauf standen zwei große Bierkästen zu unseren Füßen. Eine Flasche mit schlechtem Roggenwhiskey tauchte ebenfalls auf. Sie musste ein Vermögen gekostet haben.

Auf der anderen Seite des Parkplatzes saß Fern Picard mit seinen Leuten. Als er Alexander MacDonald das Bier kaufen sah, schickte er einen seiner Männer los, um es ihm gleichzutun. Offenbar wollte er nicht hinter uns zurückstehen.

Als der Mann an unserer Gruppe vorbeiging, sagte jemand: »Affen machen alles nach.«

»Schnauze«, zischte Fern Picards Mann.

Wir saßen in der Abenddämmerung und nippten an dem warmen Bier. Ein paar Leute reichten die Whiskeyflasche herum. Wir dankten Alexander MacDonald.

Als es dunkler wurde, stellte jemand ein Autoradio an. Alexander MacDonald stand auf und ging in Richtung der Baracken zurück. Später kam er wieder und setzte sich zu uns. Auch unter den Frankokanadiern war Bewegung. Schemenhafte Gestalten gingen weg und kehrten wieder. Die ersten Sterne zeigten sich und dann der Mond. Unser einziges Licht.

Plötzlich erschien Fern Picard aus dem Halbdunkel. »*Maudits enfants de chienne*«, sagte er und spuckte auf die Erde.

Er hatte sich vor Calum aufgebaut, der auf einem Felsbrocken saß. Calum merkte, dass er im Nachteil war, und beugte sich leicht vor. »Verpiss dich«, sagte er. »Kümmere dich um deinen eigenen Kram.«

Wir sahen, wie sich Fern Picards Männer aus der Dunkelheit lösten und hinter ihn stellten. Wer von uns saß, stand jetzt auf.

»*Vous êtes des voleurs et des menteurs*«, sagte Fern Picard. »*Vous êtes des trous de cul. Ta soeur!*«

Calum sprang vor, griff Fern Picard unterhalb der Knie an und versuchte ihn auf den Rücken zu werfen. Wegen seiner Größe und seiner Fußstellung fiel Picard stattdessen vorwärts und lag ausgestreckt auf Calums Rücken. Sie rollten zusammen über den steinigen Boden des Parkplatzes. Und dann fielen sie alle über uns her und wir über sie.

Arbeiter aus den verschiedenen Bautrupps, die sich zufällig auf dem Parkplatz aufhielten, huschten eilends davon, aber einige blieben und beobachteten die Szene vom Schattenrand der Bäume.

»Ich bin nicht hierher gekommen, um am Arsch der Welt zu krepieren«, hörte ich Alexander MacDonald sagen, dann verschwand er hinter uns in den Bäumen.

In der Dunkelheit war nichts zu hören als das gedämpfte Schlagen von Fäusten auf Fleisch sowie das ungleichmäßige Keuchen und Grunzen vor großer Anstrengung. Ich rollte über den Parkplatz, die Hände um den Hals eines jungen Mannes geschlungen, dessen Finger wiederum fest gegen meine Kehle drückten. Jeder wollte dem anderen das Gleiche antun. Jeder versuchte, nach einer Umdrehung nicht unten zu liegen. Wenn es so aussah, dass er mich auf dem Rücken festgenagelt hatte und er mich endgültig erdrosseln könnte, wuchtete ich mich gegen sein Bein und wälzte mich nach rechts, bis unsere Positionen vertauscht waren. Er tat dasselbe. Manchmal mussten wir den Hals des anderen loslassen, um einen günstigeren Angriffspunkt zu finden, und dabei versuchte jeder, dem anderen mit der Hand, die gerade frei war, ins Gesicht zu schlagen. Ich kannte nicht einmal seinen Namen.

Jemand trat einen Bierkasten um, und als die Flaschen zerbrachen, schäumte der durchgeschüttelte Inhalt hoch und quoll weit über das Behältnis hinaus. Wir konnten den hefigen Geruch in der Luft riechen.

Ich hörte Autotüren oder Kofferraumhauben knallen, dann das Geräusch von Stahl auf Stein. Jemand führte Wagenheber, Reifenmontierhebel, Schraubenschlüssel oder Ketten in die ohnehin verworrene Situation ein.

Im Dunkel sind Menschen zu vielem fähig, was sie bei Licht nie tun würden. Der Mann, der sich mit den Zähnen im Ohr des Gegners verbeißt, oder der Mann, der seinem Gegenüber die Klinge eines Taschenmessers zwischen die

Rippen stoßen will – beide würden sich im entlarvenden Licht für die Niederträchtigkeit ihrer Taten genieren. Plötzlich stellte jemand die Scheinwerfer bei einigen der umstehenden Autos an, und das änderte den Verlauf des Konflikts. Änderte, aber entschärfte ihn nicht.

Ich wälzte mich mit meinem Gegner auf dem jetzt gut beleuchteten Gelände über den steinigen Grund. Unsere Hemdrücken waren blutverschmiert wegen der spitzen Steine, die den Stoff durchbohrt hatten. Wir konnten den salzigen Geruch unseres vermischten Blutes riechen und schmecken.

Das Autoradio spielte weiter. Charley Pride sang »Crystal Chandeliers«.

Jemand warf eine große schwere Rohrzange entweder zu uns oder auf uns. Ich lag unter meinem Gegner, als sie klirrend an unserer Seite landete. Inzwischen saß er rittlings auf mir, aber ich hatte seine Handgelenke fest im Griff, er konnte seine Arme nicht bewegen. Gierig blickte er auf die Rohrzange. Von seinem Kinn tropfte Blut und Speichel auf mich herab.

Calum fiel mit einem dumpfen Schlag neben mich. Er landete auf dem Rücken, konnte den Sturz jedoch teilweise mit den Schultern abfangen, sodass sein Kopf nicht auf den Stein schlug. Sein Gesicht war mit Blut bedeckt, und kaum lag er am Boden, war Fern Picard über ihm und verpasste ihm mit der rechten, dann mit der linken Hand einen Faustschlag. Er bohrte seinen Daumen in Calums Luftröhre. Calums Augen rollten in ihren Höhlen nach oben, sein Atem begann zu rasseln.

Plötzlich riss mein Gegner, der merkte, dass ich abgelenkt war, seine rechte Hand los und stürzte sich seitwärts in Richtung Rohrzange. Ich versuchte sein Handgelenk wieder einzufangen, und im Rollen kamen unsere ineinander verkeilten Körper der Zange nicht näher, sondern stießen sie in die entgegengesetzte Richtung. Keiner von uns bekam sie zu fassen. Stattdessen landete sie bei Calum. Seine Hand umklammerte den Griff wie ein letztes Geschenk. Er hievte sich aufwärts, schob Fern Picard weg und holte mit der Zange aus. Das schwere Endstück krachte in Fern Picards Schädel, und er kippte mit einem glucksenden Laut um. Er lag auf dem Rücken, seine Augen wanderten in den Höhlen nach oben. Seine großen Hände zuckten, und vorn an seiner Hose erschien ein dunkler Fleck. Fern Picard war tot.

Calum schleuderte die blutige Rohrzange ins Gebüsch. Er kniete am Rand des Parkplatzes und übergab sich in Schüben. Mein Gegner und ich hatten einander losgelassen, wir standen jetzt Seite an Seite wie Zuschauer bei einem größeren Ereignis. Jemand stellte das Radio und die Autoscheinwerfer ab. Dunkelheit umfing uns alle.

38

Nachdem das Wachpersonal und das Erste-Hilfe-Team die Decke über Fern Picard gelegt hatten, warteten alle. Die großen Straßen, hieß es, seien gesperrt, aber festgenommen wurde niemand. Nach einer Zeit, die uns endlos erschien, traf die Polizei ein. Sirenen heulten und Lichter flackerten, zwischen den Fahrzeugen herrschte aufgeregtes Durcheinander. Ich erkannte Paul Belanger unter den Polizisten. Aber wir blieben alle ruhig.

Wir lebten an einem Ort, wo der Tod nichts Ungewöhnliches war, doch hier lag der Fall anders. Ein höherer Angestellter erklärte, dies sei der erste Todesfall seit Mai, und damit meinte er das Ableben des rothaarigen Alexander MacDonald. Ein Betriebsunfall.

Einige von uns wurden an Ort und Stelle verhört und einige nach Sudbury gebracht. Wir wurden aufgefordert auszusagen, was wir beobachtet hatten. Viele hatten gesehen, wie die Rohrzange Fern Picard traf. Die Autoscheinwerfer hatten die Szene beleuchtet. Und ja, es stimmte, Fern Picard war unbewaffnet gewesen. Der Wachmann trat vor und sagte aus, er hätte vor einiger Zeit in diesem Sommer gesehen, wie Calum Fern Picard ins Gesicht geschlagen hatte, und auch damals sei er unbewaffnet gewesen. Man stellte Fragen zu unserer Person und wo wir herkamen. Ich weiß noch, wie ich dachte, nur gut, dass Alexander MacDonald nicht da ist. In den vergangenen Stunden hatte ich mir kaum Gedanken über ihn gemacht. Ich wurde gefragt, ob ich »sicher« sei, dass ich Zahnmedizin studiere. »Wir werden es überprüfen«, sagte der Polizist.

Da es Samstagabend war, behielt man uns übers Wochenende im Gefängnis von Sudbury. Am Montag wurde Calum im Provinzgericht in Sudbury dem Friedensrichter vorgeführt. Man legte ihm Totschlag im Affekt zur Last. Die Anklageerhebung dauerte etwa fünfzehn Minuten. Der Friedensrichter fragte den Staatsanwalt, ob er einen Haftbefehl wolle. Gab es einen Grund, den Angeklagten bis zu seiner Verhandlung in Haft zu halten? Bestand die Gefahr, dass er floh? Der Staatsanwalt bejahte dies alles mit Verweis auf Calums gewalttätige Vergangenheit und unbeherrschten Charakter. Hinter ihm erstrecke sich eine Spur verschiedener Straftaten aus diversen Gerichtsbarkeiten. Einige reichten in seine frühe Jugend zurück, andere stammten aus jüngerer Zeit, wie etwa der tätliche Angriff auf den Polizeibeamten, der ihn an dem Tag, als er den rothaarigen Alexander MacDonald im Leichensack nach Hause brachte, hatte aufhalten wollen.

Der Friedensrichter fragte Calum, ob er von einem Anwalt vertreten werde. »Nein«, antwortete Calum.

»Möchten Sie sich von einem Anwalt vertreten lassen?«, fragte der Friedensrichter.

»Ich habe seit meinem sechzehnten Lebensjahr selbst für mich gesorgt«, entgegnete Calum. »Ich komme schon zurecht.«

Der Friedensrichter gab zu verstehen, dass er diese Entscheidung nicht gut fand.

Calum saß bis zu seiner Verhandlung vor dem Obersten Gericht der Provinz Ontario im Gefängnis von Sudbury. Zu der Zeit reisten die Richter durch verschiedene Bezirke, um Gericht zu halten, es konnte also fünf bis sechs Monate dauern, ehe es zur Verhandlung kam. Der Rest von uns musste eine Adresse nachweisen, falls man uns vorladen wollte, danach erklärte man uns, wir könnten gehen.

Als wir das Gefängnis verließen, sagte jemand unter den draußen stehenden Leuten: »Seht nur, wie viele von denen einen roten Schopf haben. Denen sieht man die Gewalt schon an.«

Wir kehrten ins Camp zurück, wo gedämpfte Stimmung herrschte. Die Frankokanadier begannen ihre Sachen zu packen. Viele fuhren wieder nach Quebec, zur Beerdigung von Fern Picard. Manche warfen ihre Gürtel und Schraubenschlüssel ins Gebüsch, zum Zeichen, dass sie nicht mehr wiederkehrten. Sie hatten ihren Anführer verloren. Wir den unseren. Fern Picard hatte für die meisten die Verträge ausgehandelt, so wie Calum es für uns getan hatte.

Wenn die Kanadagänse im Frühling gen Norden ziehen, zeigt ihnen eine Anführerin den Weg; sie fliegt an der Spitze der Keilformation und leitet sie quer durchs Land. Die der Leitgans folgen, müssen daran glauben, dass sie ihr Bestes tut, doch es gibt keine Garantie, dass alle Beteiligten die Reise heil überstehen. Im Sport, über den wir in den vergangenen Wochen viel gesprochen hatten, hätte man Calum und Fern Picard vielleicht als Quarterbacks betrachtet, auch wenn es unwahrscheinlich ist, dass einer der beiden in solchen für sie fremden, seltsamen Begriffen von sich gedacht hätte.

Marcel Gingras und ich begegneten uns auf dem Fußweg. Wir hoben zum Gruß die Augenbrauen. Miteinander zu sprechen wäre zu gefährlich gewesen.

Wir gingen in unsere Baracke. Mit einer Metallstange brachen wir die Feldkiste von Alexander MacDonald auf. Darin fanden wir vieles, das ihm nachweislich nicht gehörte. Unten, über den braunen Umschlägen, entdeckten wir Fern Picards Brieftasche. Sie enthielt tausend Dollar. Als Fern Picard uns Lügner und Diebe schimpfte, wusste er offenbar mehr als wir.

Auf einen der Briefumschläge kritzelten wir Fern Picards Namen und Adresse, die wir auf seinem Führerschein fanden, und steckten die tausend Dollar hinein. Wir blickten uns an. Keiner besaß eine Briefmarke.

Wir beschlossen, den Umschlag und die Brieftasche irgendwie über die Grenze von Quebec zu bringen und dort in verschiedene Briefkästen zu werfen. Wir würden Briefmarken auftreiben und dann beides abschicken, ins Land der Laurentide. Das erschien uns am sinnvollsten.

Als die Geschäftsleitung von Renco Development in unsere Baracke kam und verkündete, die Winde sei repariert, zeigte niemand großes Interesse. Wir würden es uns überlegen, sagten wir.

Alexander MacDonald sahen wir nie wieder. Später fiel mir ein, dass er mein Hemd mit dem MacDonald-Karo getragen hatte. Das Hemd, das die Mutter des rothaarigen Alexander MacDonald ihm am Tag meiner Abschlussfeier gekauft hatte, an dem Tag, als er umkam. Das Hemd war für einen Alexander MacDonald gekauft worden, der es nie angehabt hatte. Es war von einem zweiten getragen worden und auf dem Rücken eines dritten verschwunden.

Seinen Großeltern erzählte er offenbar nie, was passiert war, und er machte sich natürlich aus dem Staub, bevor die Geschichte bis zum Ende durchgestanden war. Er musste in großer Eile aufgebrochen sein, vielleicht in einem der Taxis, die in den frühen Abendstunden so eifrig aufgetaucht waren. In einem Brief an Opa und Oma ließ er seine Großeltern ausrichten, er danke uns für alles, was wir für ihn getan hatten. Wie gut, schrieben sie, dass wir noch immer an dem Grundsatz festhielten, man müsse stets zur eigenen Familie stehen. »Blut ist dicker als Wasser«, schrieben sie. »*Beannachd leibh.*«

39

Im Winter wurde Calum des Totschlags im Affekt für schuldig befunden und zu einer lebenslänglichen Haftstrafe im Kingston Penitentiary verurteilt. Nachdem der Richter auf die lange Geschichte von gewalttätigen Vergehen des Angeklagten verwiesen hatte, gab er der Hoffnung Ausdruck, das Urteil möge ein abschreckendes Beispiel für jene sein, die absichtlich das Gesetz brächen.

40

Einer meiner Brüder ging wieder nach British Columbia, ins Bridge River Valley. Als junger Mann hatte er dort einmal im Bergwerk gearbeitet, jetzt fährt er den Schulbus durch die engen Bergpässe.

Der andere fuhr nach Schottland. Er stand in Glasgow auf dem Bahnsteig in der Queen Street Station, als ein rothaariger Mann auf ihn zutrat. »Hallo, MacDonald«, sagte der Mann. »*Ciamar a tha sibh* – wie geht's?«

»*Glé mhath*«, entgegnete er.

»Ich warte auf den Zug in die Highlands«, sagte der Mann. »Wie du, nehme ich an. Wir haben noch Zeit für ein Schlückchen in der Bahnhofsbar.«

»Gut«, willigte mein Bruder ein, »meinetwegen.«

»Als ich dich zuerst sah«, sagte der Mann, »dachte ich, du kommst aus den Highlands, aber jetzt, wo ich dich reden höre, klingt es eher nach Kanada.«

»Ja, ich komme aus Kanada. Von Cape Breton.«

»Oh«, erwiderte der Mann, »aus dem Land der Bäume. Dorthin hat es viele Leute verschlagen, nachdem das alles passiert war. Ich habe wahrscheinlich mehr Verwandte in Kanada als hier. Schade drum.«

»Ja, allerdings.«

»Nun«, sagte der Mann, und sein Gesicht hellte sich auf, »du bist vielleicht lange fort gewesen, aber so wie du aussiehst und sprichst, ist jedenfalls kein Fremder aus dir geworden. Irgendwann schließt sich eben jeder Kreis. Bei mir in der Nähe gibt es eine Fischfarm. Komm mit und schau sie dir an. Vielleicht willst du eine Zeit lang bleiben. Wir können jederzeit Platz schaffen und dich unterbringen. ›Komm in die Highlands mit mir‹, wie es im Lied heißt.«

»Warum nicht«, entgegnete mein Bruder. »Es ist einiges passiert. Ich wollte die Vergangenheit gerade eine Weile hinter mir lassen.«

»Da hast du dir den richtigen Ort ausgesucht«, lachte der Mann. »Vielleicht landest du jetzt erst recht in der Vergangenheit. Jetzt besorg dir eine Fahrkarte. Dann gehen wir in die Bar. Und plaudern über *Bliadhna Thearleich* – Charlies Jahr: 1745–46. Wären doch bloß die Schiffe aus Frankreich gekommen!«

41 Opa starb, als er in die Luft sprang und dabei versuchte, zweimal die Hacken aneinander zu schlagen. An dem Abend war das Haus voller Leute, und er hatte schon zwei Versuche hinter sich. Oma, die ihn wie immer ermutigte, sagte: »Probier's noch mal. Aller guten Dinge sind drei.« Er sprang hoch und brach dann zum letzten Mal auf dem Fußboden zusammen. Weder meine Schwester noch ich oder meine Brüder sahen seinen endgültigen Fall. Früher am Abend hatten sie Karten gespielt, Auktionsbridge, und bei jedem Herz-Ass in seiner Hand hatte er begeistert mit der Faust auf den Tisch geschlagen. »Wenn mir das Herz-Ass nur auch so viel Befriedigung verschaffen könnte«, hatte Großvater oft gesagt.

Opas Tod kommentierte Großvater mit den Worten: »Was für ein absolut unsinniger Tod.« Er drückte seine Hände fest zusammen, bis die Knöchel weiß hervortraten. Seit dem Tod seiner Tochter hatte ihn keiner jemals weinen sehen.

Oma sagte später: »Die beiden waren zwar sehr verschieden, aber trotzdem die besten Freunde. Ihr ganzes Leben lang haben sie einander gut ergänzt.«

Großvater starb bei der Lektüre eines Buches mit dem Titel »A History of the Scottish Highlands«. Sein Finger markierte noch die Seite, das Buch klappte über seiner Hand zu und seine Brille rutschte die Nase herunter. Er las gerade eine Stelle über das Massaker von Glencoe, die altbekannte Geschichte vom Verrat in den eigenen Reihen und von außen. Er las von dem »schwierigen« Mann, der heimtückisch gemeuchelt wurde, um denen als Beispiel zu dienen, die das Gesetz absichtlich brachen. Der selbstbewusste Mann, den die eigene Geschichte einholte.

Wie nicht anders zu erwarten, hinterließ Großvater geordnete Verhältnisse. Er hatte eine Liste mit den Sargträgern und der Musik, die bei seiner Trauerfeier gespielt werden sollte. Als sein Sarg durch das Seitenschiff getragen wurde, spielte der Geiger »Patrik MacCrimmon's Lament for the Children«, und auf dem Weg zum Friedhof gab es »I Mourn for the Highlands« auf dem Dudelsack. Als wir die Kirche verließen, sagte eine Frau: »Wer kümmert sich jetzt um uns?«

Mich hatte er zum Testamentsvollstrecker ernannt. Die Bücher und das Haus überließ er meiner Schwester, seinem einzigen weiblichen Nachfahren, und was an Geld vorhanden war, bekamen die Enkel.

Keiner meiner Großväter starb in dem Krankenhaus, das der eine erbaut und der andere instand gehalten hatte. Calum konnte an beiden Beerdigungen nicht teilnehmen.

Oma erreichte das gleiche Alter wie ihr Vorfahr *Calum Ruadh* – sie wurde hundertzehn Jahre alt. Nach Opas Tod ließ sie all seine Kleider dort hängen, wo er sie zurückgelassen hatte. Seine Jacken und Mützen hingen an Nägeln auf der Veranda, und sein vertrauter Geruch schlug einem beim Betreten des Hauses noch lange entgegen, erinnerte an den speziellen Duft seines Tabaks und sein verschüttetes Bier, an seinen Humor und seine fröhliche Art. Monatelang lagen die braunen Hunde unter der braunen Kleidung, ihre Nasen ruhten auf den überkreuzten Pfoten. Immer treu und stets bemüht.

Einmal hatte er zu Großvater gesagt: »Du solltest dir eine Freundin suchen.«

»Und du«, entgegnete Großvater, »solltest dich um deine eigenen Angelegenheiten kümmern.«

Oma arbeitete weiterhin hart. Mit der Zeit jedoch überstiegen ihre körperliche Kraft und Ausdauer ihre anderen Fähigkeiten. Gegen Ende sahen Nachtschwärmer um zwei Uhr morgens die Lichter bei ihr brennen. Im Haus deckte sie den Tisch für elf Personen. Ihre Töpfe köchelten munter auf dem Herd und sie wischte sich die Hände an der Schürze ab. »Das wäre geschafft«, sagte sie zu den braunen Hunden, wenn sie den Inhalt der Backröhre überprüft hatte. »Fast fertig. Wir brauchen nur noch die Pickles, dann kann's losgehen. Dauert nur noch eine Minute. Gleich getan ist viel gespart.«

Nach ihrem Umzug ins Pflegeheim nahmen unsere Besuche eine fremde und zugleich vertraute Form an. Manchmal versuchte ich über sie an meine Vergangenheit heranzukommen, doch die ihre war einfach stärker. An diese Besuche in der Vergangenheit denke ich stets in der Gegenwart.

»Heute ist ein schöner Tag«, sagt sie. »Da kann man gut fischen und die Wäsche im Freien aufhängen.«

»Ja«, entgegne ich.

»Bist du aus der Gegend hier?«, fragt sie.

»Ja, das heißt nein. Irgendwie doch.«

»Schön angezogen bist du«, sagt sie. »Du musst eine gute Stellung haben. Mein Mann hatte eine gute Arbeit. Er hat das Krankenhaus geleitet. Wir hatten immer ein regelmäßiges Einkommen. Uns hat es an nichts gefehlt. Mein Mann war sehr großzügig.«

Sie macht eine Pause.

»Einer meiner Söhne hat auch eine gute Stellung«, fährt sie fort. »Er war im Krieg, bei der Marine. Jetzt ist er Leuchtturmwärter da drüben, auf der Insel. Schau, du kannst sie durchs Fenster sehen. Die Regierung stellt ihm ein großes Boot und alles. Er ist mit einem hübschen Mädchen verheiratet. Der Tochter von unserem Freund. Sie haben sechs Kinder. Die jüngsten sind Zwillinge. Ein Junge und ein Mädchen. Manchmal bleiben die zwei eine Zeit lang bei uns. Sie machen nie Schwierigkeiten. Hast du Kinder?«

»Ja.«

»Machen sie ihre Betten selber?«

»Na ja, manchmal«

»Du solltest sie dazu anhalten, ihre Betten selber zu machen«, erklärt sie. »Das ist eine gute Übung fürs Leben. Ich habe einen Enkel, der in Südontario lebt. Einmal habe ich ihn besucht. Er ist Zahnarzt und sehr reich. Er wohnt mit seiner Frau in einem schönen großen Haus. Sie haben eine Putzfrau. Das muss man sich vorstellen! Als ich zu Besuch war, wollte ich immer sauber machen, bevor die Putzfrau kam. Ich wollte nicht, dass jemand in so eine Unordnung kommt und ungemachte Betten und dergleichen vorfindet. Du machst dein Bett doch hoffentlich selber. Oder?«

»Na ja«, sage ich, »vielleicht nicht mehr so oft wie früher.«

»Das solltest du aber. Es dauert nur eine Minute.«

Sie macht wieder eine Pause.

»Ich habe eine Enkelin«, fährt sie fort, »die tritt in Theaterstücken und solchen Sachen auf. Wie diese Filme im Fernsehen. Siehst du fern?«

»Nein«, antworte ich, »selten.«

»Manchmal sitzen die Bewohner hier nachmittags im Aufenthaltsraum und sehen fern. Ach, diese Leute im Fernsehen« – sie hebt die Hände mitfühlend aus dem Schoß –, »die haben vielleicht Probleme.«

Nach einer Weile setzt sie erneut an. »Die meisten hier sind Schotten. Hochländer. Die ganze Küste rauf und runter, auch die aus dem Binnenland. Viele von uns sind Nachkommen von einem Mann, der vor langer Zeit hierher kam. In Schottland war er mit einer Frau verheiratet, sie hatten sechs Kinder. Als sie starb, heiratete er ihre Schwester, und sie bekamen noch mal sechs Kinder. Auf der Überfahrt starb auch diese Frau. Er war nicht mehr ganz jung, als er hier ankam, aber auch noch nicht alt. Fünfundfünfzig. Ich glaube, er fühlte sich oft einsam, aber er war entschlossen und gab sein Bestes. Er liegt ganz allein unten am Wasser begraben.

Lange Zeit ging keiner von uns hier weg«, erklärt sie. »Wir haben alle Gälisch gesprochen, und viele haben die Insel nie verlassen. Mein Mann erzählte oft einen kleinen Witz. Fragt ein Mann einen anderen: ›Hast du Cape Breton jemals verlassen?‹ Antwortet der Mann: ›Nur einmal. Als ich auf einen Baum geklettert bin.‹ So war mein Mann. Immer hatte er einen kleinen Witz auf Lager. Er hat sie in den Kneipen aufgeschnappt oder wo er gerade war, und wenn wir dann abends im Bett lagen, hat er sie mir erzählt.«

Sie blickt auf ihre Hände hinab.

»Dann fingen die Männer an fortzugehen. Anfangs arbeiteten sie im Winter in den Wäldern. Auf dem Festland in Nova Scotia, dann in New Brunswick, am Miramachi und später in Maine. Manche kamen nie wieder heim. Dann gingen die Familien fort. Meine Schwester und ich waren mit zwei Brüdern verheiratet. Ich war ihre Brautjungfer. Sie sind nach San Francisco gezogen, und wir haben sie nie wiedergesehen, nur jahrelang geschrieben. ›Blut ist dicker als Wasser‹, sagten wir immer.

Später gingen viele in den Steinminen arbeiten. In ganz Kanada und den Staaten. Und in Südamerika und Afrika, überall. Sie haben immer Bilder und Postkarten geschickt; einige haben auch afrikanische Masken mitgebracht. Und unsere Enkel haben uns einmal sogar ein Kätzchen aus Nordontario geschenkt.«

Sie schweigt einen Augenblick.

»Ich weiß gar nicht, was aus einigen geworden ist«, sagt sie.

Hundekrallen klacken auf dem polierten Fußboden, und

zwei braune Hunde tappen in den Raum. Sie gehen zu ihr und lecken ihr die Hand. Plötzlich ist sie wieder in der Gegenwart. Sie beugt sich vor, als wären wir Verschworene. »Hunde sind hier verboten«, flüstert sie. »Das ist eine Vorschrift, aber da viele Mitarbeiter hier meine Verwandten sind, drücken sie ein Auge zu, wenn die Hunde kommen. Die Hunde besuchen mich jeden Tag. Sie sind sehr treu. Alle mögen sie.

Hast du Hunde?«, fragt sie.

»Nein.«

»Das solltest du aber«, sagt sie. »Hunde sind des Menschen bester Freund. Manchmal denke ich, Hunde sind klüger als die halbe Menschheit.« Und dann fragt sie: »Kennst du Franzosen?«

»Ja«, sage ich lächelnd, »ein paar kenne ich.«

»Als ich noch gelesen habe, dachte ich oft, dass sie uns in vielem ähneln. Sie waren auch sehr lange mit ihrem Land allein. Das hat sie irgendwie geprägt. Unser Freund sagte immer, dass sie vor langer Zeit in Schottland unsere Freunde waren, ein Teil der ›Alten Bekanntschaft‹, wie sie es nannten. Hast du davon mal gehört?«

»Ja, natürlich.«

»Sind sie nett?«

»Wer?«

»Na, die Franzosen.«

»Ja, ich glaube schon.«

»Wahrscheinlich sind sie wie wir alle. Manche sind nett, andere sind weniger nett.«

»Wahrscheinlich«, sage ich.

»Bist du verheiratet?«, fragt sie.

»Ja«, antworte ich.

»Ich war es auch«, sagt sie. »Ich habe sehr jung geheiratet. Mein Mann hat mir ständig in den Ohren gelegen. Er hat versprochen, dass wir glücklich werden, und er hatte Recht. Keinem von uns kamen jemals Zweifel. Er hat oft gesagt: ›Wir sind alle bessere Menschen, wenn uns jemand liebt.‹ So einen Satz hätten ihm viele nicht zugetraut.

Wenn er von einem Besuch bei unserem Freund zurückkam, erzählte er mir lauter Geschichten aus Schottland. Die MacDonalds waren für ihn die besten Menschen der Welt. Unser Freund sagte immer zu ihm, er könnte vor lauten Bäumen den Wald nicht sehen.

Wenn er mir die Geschichten erzählte, traten ihm oft Tränen in die Augen. Die Leute hielten ihn deswegen für sentimental, dabei war es ihm doch nur wichtig. Er hat alles sehr tief empfunden. Männer wie er wurden hier in der Gegend als ›weich‹ bezeichnet. ›Kann schon sein‹, sagte er, ›aber wenn's drauf ankommt, bin ich immer hart, das weißt du.‹ Mein Mann steckte voll solcher kleiner Zweideutigkeiten.«

Sie tätschelt einem der Hunde den Kopf. Er leckt ihre Hand. Sie lächelt versonnen. »Wir sind alle bessere Menschen, wenn uns jemand liebt«, sagt sie und fragt dann: »Bist du ein Geschichtsforscher?«

»Nein«, entgegne ich, »das sicher nicht.«

»Hier in der Gegend gibt es jetzt viele Geschichtsforscher«, erklärt sie. »Sie sammeln fleißig die alten Lieder. Wir haben immer gesungen. Erst bei der Arbeit und dann, weil es uns einfach Spaß gemacht hat. Es hat einfach dazugehört. Manche Lieder waren lang, eine Strophe um die andere. Erst als das Radio aufkam, haben wir überlegt, ob unsere Lieder vielleicht zu lang sind. Die im Radio dauerten nur ein paar Minuten.

Mein Mann und ich hatten einen Freund«, fährt sie fort, »der kannte viele Lieder. Er wusste alle Strophen auswendig und machte nie einen Fehler. Er konnte sich an jede Zeile erinnern. Wir hätten uns die Texte aufschreiben sollen, als er noch unter uns weilte. In ein Notizbuch oder so was, aber irgendwie kamen wir nie dazu. Unser Freund war fast sein ganzes Leben lang allein.«

Sie blickt mich scharf an.

»Irgendwie erinnerst du mich an unseren Freund«, sagt sie. »Du siehst ihm sogar ein bisschen ähnlich. Kannst du singen?«

»Nein«, entgegne ich. Und dann, weil ich nicht ständig nein sagen will, verbessere ich mich: »Doch, ich kann singen.«

Ich stimme an: »*O Siud An Taobh A Ghabhainn*«. Sie setzt augenblicklich ein, streckt mir ihre Hand entgegen, und vereint im alten Rhythmus lassen wir uns davontragen – sie ist wieder ganz das junge Mädchen. Als wir zu der Strophe über die MacDonalds kommen, fängt sie an zu lachen.

Dòmhnullaich 'us gu'm bu dual dhaibh
Seasamh direach ri achd cruadail,
A bhith diann a'ruith na ruaige,
Dheas, cruaidh gu dòruinn.

Die MacDonalds waren es gewohnt,
Gefahren kühn ins Aug zu sehn;
Ihre Feinde ordentlich zu verhaun,
Alle Not zu überstehn.

Einige Heimbewohner kommen an die Tür und singen mit uns. Spontan fassen sie sich an den Händen. Und dann auch ein paar jüngere Angestellte, ihre kräftigen Stimmen mischen sich unbeschwert in den Rhythmus. Die braunen Hunde blicken vom Fußboden auf, als wäre die Welt wieder einmal in Ordnung.

Falbhaidh sinn o thìr nan uachdran;
Ruigidh sinn an dùthaich shuaimhneach,
Far am bidh crod laoigh air bhuailtean,
Air na fuarain bhòidheàch.

Wir ziehn vom Land der feinen Herrn
Ins Land, wo's uns wohl ergeht,
Wo die Herde satt im Pferch
Und um die Tränke steht.

Als wir fertig sind, schaut sie mich bewundernd an. »Du singst sogar wie unser Freund«, sagt sie, »nur nicht ganz so gut. Aber das konnte noch nie jemand. Wie schade, dass du ihn nie kennen gelernt hast. Ich glaube, du hättest ihn gemocht.«

Ich ertrage es nicht mehr länger. »Er war mein Großvater«, sage ich. »Oma, ich bin's doch, *gille beag ruadh.*«

Sie sieht mich verwirrt an, als sei diese Bemerkung mehr als absurd.

»Oh, der *gille beag ruadh*«, sagt sie. »Unser *gille beag ruadh* ist Tausende von Meilen entfernt. Aber ich würde ihn sofort erkennen, wenn er mir irgendwo auf dieser großen weiten Welt begegnen würde. Er wird immer einen Platz in meinem Herzen haben.«

Wir sind alle bessere Menschen, wenn uns jemand liebt.

42 Und jetzt weicht die Dämmerung langsam der Dunkelheit, während mein Auto weiter in Richtung Süden fährt. Nicht weit entfernt, gleich über dem Fluss, liegen die Vereinigten Staaten – dieses durch eine Revolution entstandene Land – und strecken ihre Türme in den Himmel.

Am Montag werde ich jenen, die in meine Praxis kommen, Trost, Veränderung und vielleicht sogar hoffnungsfroh Verschönerung anbieten. Wir werden über Retrusion und Okklusion sprechen oder über die Probleme, die ein Überbiss verursacht. »Beiß nicht mehr ab, als du kauen kannst«, sagte Oma oft.

In meiner Anfangszeit als Zahnarzt sah ich mich manchmal in meinem weißen Kittel mit dem Bohrer in der Hand als Fortsetzung meines früheren Selbst mit dem Pressluftbohrer. Als ich mich gegen das Gestein lehnte, das ich aufmeißelte, während mir das Kühlwasser ins Gesicht spritzte. Tief bohren, aber nicht zu tief. Immer das richtige Maß finden.

In der Landschaft ringsum haben die Leute, die den Überfluss der Erde ernten, die Arbeit für heute getan. Trotzdem sind sie irgendwo in der nahenden Dunkelheit, mit ihren Hoffnungen, Träumen und Enttäuschungen. Auch die an der Ostküste Heimischen, die als Erntearbeiter über Land ziehen, sind zur Ruhe gekommen. Morgen werden sie wieder über die Grenzen pendeln, der Kartoffelernte folgen und den Blaubeeren, von New Brunswick nach Maine und dann wieder zurück. Sie sind älter als die Grenzen und Schranken zwischen Ländern und schenken ihnen kaum einen Gedanken.

In Kenia, am Fuße des Kilimandscharo, folgen die stattlichen und arroganten Massai ihren Herden. Zur Stärkung trinken sie das Blut ihrer Tiere. Sie ziehen im Zyklus der Jahreszeiten und ignorieren die Grenzen der Parks und Wildreservate. Sie waren zuerst da, argumentieren sie. Im Gegensatz zu den Zulus hat man sie noch nicht in so genannte »Homelands« gesperrt, die alles andere bieten als ein Zuhause. Vielleicht wissen die Massai gar nicht, dass andere vorhaben, etwas mit ihnen zu »unternehmen«. Vielleicht schon »bald«.

Im Zuchthaus von Kingston, erzählte Calum, gehörte eine unverhältnismäßig hohe Zahl der Gefangenen der eingeborenen Bevölkerung an. Oft verstanden sie nicht einmal richtig die Sprache der Leute, denen man sie auf Gedeih oder Verderb anvertraut hatte. Sie hängten ihre geflochtenen Traumfänger an die Zellenwände, sagte er. Aber im Kingston Penitentiary gab es nicht viele Träume zum Einfangen. Das war seine einzige Bemerkung über die Jahre seiner Einkerkerung.

In der Juristensprache bedeutet eine lebenslange Haftstrafe in Wirklichkeit fünfundzwanzig Jahre, und nach zehn Jahren kann die Strafe auf Bewährung ausgesetzt werden. Nur deshalb kann ich ihn überhaupt besuchen. Ich bemühe mich, es regelmäßig zu tun.

Vielleicht schwimmt der mythische »Heringskönig« noch immer in den Gewässern bei Glencoe. Wenn es ihn gibt, ist er vermutlich ebenso kompliziert wie viele andere Anführer. Manche wähnen ihn als Freund, doch die ihm folgen, tun es auf eigene Gefahr. Jedenfalls gibt es keine MacDonalds, die ihn mit seinem Silberschatz erwarten, und ohne ihren Glauben ist er vielleicht doch nur ein Fisch unter vielen, der darauf achten sollte, wohin er schwimmt.

Ein Stück weiter wartet zu Hause meine Frau mit den Kindern. Als sie noch ein kleines Mädchen war, bekam ihre Familie in der Hölle Osteuropas von einem Beamten Besuch. Der Mann hatte eine Liste, auf der die Namen ihres Vaters und ihrer beiden Brüder standen. Am nächsten Morgen, sagte er, hätten sich die Männer am Bahnhof einzufinden. Als er die Tür hinter sich schloss, sagte ihr Vater, dass er am besten noch in der Nacht mit seinen Söhnen verschwinden sollte. Dann wären sie morgens weit weg, und später könnte man sich etwas einfallen lassen. Ihre Mutter hielt entgegen, sie sollten besser die Regeln und Vorschriften befolgen, die man für sie gemacht hatte. Sie meinte, es sei nicht richtig, das Gesetz zu brechen, auch wenn man ihm nicht traue. Sie diskutierten bis spät in die Nacht. Schließlich beugte sich ihr Vater widerstrebend dem Rat der Mutter. Am nächsten Morgen verabschiedete sie sich von ihrem Mann und den Söhnen, die dann zum Bahnhof gingen. Sie sah keinen von ihnen jemals wieder.

Meine Frau ist für die Besuche bei meinem Bruder. »Man weiß nie, was kommt«, sagt sie. »Die Zeit reicht nie.«

Ich schalte die automatische Geschwindigkeitskontrolle und die Klimaanlage aus, als ich die »Gefilde« erreiche, die ich bewohne. Meine Frau hat sich schon für unsere Abendeinladung umgezogen.

»Wie war die Fahrt?«, fragt sie.

»Oh, gut.«

»Ist etwas passiert? Du wirkst müde und blass.«

»Nein, alles in Ordnung.«

Oma sagte immer: »Jeder ist müde.«

Ich dusche und ziehe mich um. Dann gehe ich zum Telefonbuch, um die Adresse unserer Verabredung zu überprüfen. Auf einer Seite lese ich am Rand »*Le pays des Laurentides*« und eine Telefonnummer. Darunter steht in der Handschrift meines Sohnes: »Dad sagen.«

»Was ist das?«, frage ich meinen Sohn. »Wann kam dieser Anruf?«

»Oh«, antwortet er verlegen, »das ist schon lange her. Ich wollte es dir erzählen, hab's aber vergessen. Der Mann hörte sich französisch an. Sein Name klang so ähnlich wie ›Gingerale‹. Das mit ›*Le pays*‹ musste ich ihm vorbuchstabieren. Er meinte, du wüsstest Bescheid.«

Ich wähle die Nummer, und eine freundliche Frau nimmt ab. Ich erzähle ihr mein Anliegen.

»Oh«, sagt sie, »sie haben hier in der Pension gewohnt.

Sie sind aber nur kurz geblieben. Der Verdienst war nicht gut genug, meinten sie, deshalb sind sie über die Grenze in die Staaten. Ich entsinne mich noch an einige Namen – Gingras, MacKenzie, Belanger. Sagen Ihnen die Namen etwas?«

»Ja«, antworte ich. »Allerdings. Haben Sie vielen Dank.«

43

Inzwischen sind sechs Monate verstrichen, und das Telefon klingelt. Es ist Abend. Vor meinem Fenster wirbelt stürmischer Schnee. »Der März mag kommen wie ein Lamm, aber er geht wie ein Wolf«, sagte Oma oft.

»Hallo«, sage ich.

»Es ist Zeit«, entgegnet er.

»Was soll das heißen?«

»Es ist Zeit«, wiederholt er. »Zeit zu gehen.« Er hustet in den Hörer.

»Du meinst jetzt?«, frage ich. »Draußen schneit es. Es ist dunkel, wir haben März.«

»Ich weiß genauso gut wie du, dass März ist«, erwidert er.

»Ist das dein Ernst?«

»Natürlich ist das mein Ernst«, erwidert er. »Ich meine immer, was ich sage. Oder habe ich dich schon jemals angerufen?«

»Nein, nie.«

»Na also.«

Die Vermittlung schaltet sich ein und bittet darum, weitere Münzen einzuwerfen. Er steht natürlich in einem öffentlichen Fernsprecher.

»Leg auf«, sage ich, »und melde ein R-Gespräch an.«

»Nicht nötig«, lacht er. »Kümmere dich immer um deine Familie«, setzt er an, dann ist die Leitung tot.

Es gibt keine Möglichkeit, ihn zurückzurufen.

»Sei vorsichtig«, sagt meine Frau. »Die Verkehrsmeldungen verheißen nichts Gutes.«

»Ich tu mein Bestes«, erwidere ich. »Vielleicht sollte ich etwas zu trinken mitnehmen?«

»Nimm mit, so viel du willst«, sagt sie, »aber sei vorsichtig.«

Ich packe eine Flasche Brandy ein. Wir umarmen uns zum Abschied.

Die Fahrt auf dem Highway 401 ist nicht so schlimm wie vorausgesagt. Der Wetterbericht übertreibt oft, um die Leute von der Straße fern zu halten. Manchmal schlingert mein Auto, aber ich kann ein gleichmäßiges Tempo halten. Die Schneepflüge mit ihren Flackerlichtern kommen und gehen. Die Salzlaster streuen ihre Kügelchen auf die weiße Fahrbahn. Heute Nacht herrscht nicht viel Verkehr.

Als ich in Toronto ankomme, sitzt mein Bruder auf dem Bett. Sein weißes welliges Haar ist gekämmt. Er war beim Friseur. Zu seinen Füßen steht eine Sporttasche.

»Danke fürs Kommen«, sagt er. »Bist du bereit? Beim Fahren werde ich mit dir abwechseln.«

Wir lassen die Tür auf, damit die Armen sich holen mögen, was immer sie möchten.

»Willst du den Brandy?«, frage ich.

»Nein«, antwortet er, »lass ihn auf dem Fensterbrett. Er wird nicht lange da stehen.«

Wir machen uns auf in die Nacht.

Er sitzt ruhig neben mir im Auto. Manchmal meine ich, er schläft oder döst, aber wenn ich ihn anblicke, sind seine Augen offen. Er hustet wieder und wieder.

Die Nacht zieht vorbei wie der Highway, während wir in Richtung Nordosten fahren. Manchmal geraten wir in Schneeböen, die sich aber wieder aufklären. Der bleierne

Himmel erhellt sich langsam. Schon weit in Quebec, halten wir an und machen Pause. Das Spezialfrühstück besteht aus Eiern, Toast, Speck oder Würstchen und Bohnen.

Die Bedienung bringt unsere Bestellung, doch statt der Bohnen serviert sie ein zusätzliches Würstchen. Die Frankokanadier ringsum essen alle Bohnen.

Calum lacht. »Sie glauben, wir machen uns über sie lustig, weil wir Bohnen bestellt haben«, sagt er. »Ich nehme an, das ist wie mit unserem Haferbrei.«

Wir fragen nach den Bohnen. Die Bedienung mustert uns. »Sie wollen wirklich Bohnen?«, fragt sie. »Also, ich habe Sie gesehen und na ja, Sie wissen schon …«

Sie bringt die Bohnen in zwei Dessertschalen.

»Wird nicht berechnet«, sagt sie.

»*Merci*«, erwidern wir.

Der Highway 20 ist flach und schnell. Wir fahren am eisverkrusteten St.-Lawrence-Strom entlang.

Bei Rivière du Loup biegen wir in südlicher Richtung nach Brunswick ab. Die Straße wird zweispurig, wir kommen nicht mehr so schnell voran. Trotzdem geht es weiter. Wir trinken Kaffee aus Styroporbechern, und als sie leer sind, wirft Calum sie zum Fenster hinaus, wo sie mit dem weißen Schnee verschmelzen.

Kurz vor Grand Falls hebe ich fragend die Augenbrauen. »Wir fahren durch Plaster Rock«, sagt er, »das ist kürzer, und da ist kein Verkehr. Durch das Waldstück werde ich fahren.«

»Hast du einen Führerschein?«, frage ich.

»Nein«, antwortet er. »Meiner ist schon lange verfallen. Ich brauchte ja keinen.«

Er fährt ruhig und sicher. Es ist kein Verkehr. Die Schilder warnen vor Wildwechsel. »Die Straße ist gut«, sagt er. »Wann sie die wohl geteert haben? Früher war sie nur mit

Kies bestreut. Jedenfalls als wir damals aus Timmins kamen. Mit dem Kompressor und dem Kätzchen.«

Wir passieren Renous, wo die Strafvollzugsanstalt ist. Wir fahren durch all die kleinen Dörfer mit leer stehenden Schulen und verlassenen Rathäusern. Wir kommen nach Rogersville.

»Über diese Ortschaft habe ich mich immer gewundert«, sagt er. »Der Friedhof ist so groß und die Gemeinde so klein. Auf dem Friedhof liegen mehr Menschen als im Dorf wohnen. In den Bergwerken gab es nie Friedhöfe. Die Leute blieben nie so lange dort, um zu sterben.«

»Obwohl es einige Tote gab«, sage ich.

»Ja«, entgegnet er. »Einige sind umgekommen. Aber auf andere Weise. So, jetzt fährst du wieder ein Stück.«

Wir nähern uns Moncton. Hinter Sackville überqueren wir die Grenze nach Nova Scotia. Kein Dudelsackspieler begrüßt uns wie im Sommer pfeifend. Nur Schneefetzen wehen uns entgegen.

Im Dunkeln fahren wir durch Antigonish, und der Wind rüttelt mächtig an unserem Auto. Die Straßenschilder warnen vor Schneewehen. Der Sturm hat zugenommen. Am Fuß des Havre Boucher sagt Calum: »Jetzt werde ich fahren. Ich habe mehr Erfahrung mit den verschneiten Hügeln als du.«

Dann beginnt die zwei Meilen lange Steigung. Außer uns sind keine anderen Fahrzeuge auf der Straße. Das Auto schlittert und bockt, aber Calum hält es in der Spur. Das rote Licht leuchtet auf und zeigt an, dass der Motor überhitzt ist. Wir schaffen es bis zur Spitze, und die kurze Talfahrt beginnt. Der Berg, von dem aus der Canso-Damm gebaut wurde, ragt rechts vor uns auf.

»Kennst du das Lied ›Causeway Crossing‹ von Albert MacDonald?«, fragt er.

»Ja, kenne ich.«

»Schönes Lied«, sagt er.

Vor uns tauchen die flackernden Lichter eines Streifenwagens auf. Der Polizist winkt uns an die Seite.

»Wohin fahren Sie?«, will er wissen. »Kommt nicht oft vor, dass wir um diese Jahreszeit ein Auto aus Ontario sehen.«

»Nach Cape Breton«, antworten wir. »Wir versuchen rüberzukommen.«

»Das geht nicht«, erwidert er. »Die Wellen haben die ganze Straße überspült. Der Damm ist geschlossen.«

Sein Akzent stammt nicht aus der hiesigen Region.

»Wie heißen Sie?«, fragt er.

»Wir sind MacDonalds.«

»MacDonalds?«, fragt er. »Seid ihr die Jungs mit den Hamburgern?«

»Nein«, gibt Calum zurück, »mit den Hamburgern haben wir nichts zu tun.«

Der Schnee nimmt zu, und der Wind bläst so stark, dass der Polizist seinen Hut festhalten muss. Er rennt zurück in die Sicherheit seines Straßenkreuzers.

Calum lässt den Motor an.

»Was hast du vor?«, frage ich.

»Wir fahren rüber«, sagt er. »Deswegen sind wir doch gekommen.«

Als wir uns der Einfahrt zum Damm nähern, können wir die sich überschlagenden Wellen sehen. In der Luft hängt ein Dunstschleier, vor uns schweben schmutzige braune Schaumkugeln. »Diese Seite ist am schlimmsten«, sagt Calum. Er steuert das Auto an eine Stelle, wo er die Lage im Griff hat. Die Wellen kommen von links, brechen sich und weichen dann zurück. Sobald sie sich überschlagen, ist die Straße unsichtbar, begraben unter schäumenden Wasserfluten.

Calum beginnt, die Wellen zu zählen.

»Nach der dritten großen Welle«, erklärt er, »kommt eine Pause, in der fahren wir los. Wenn der Motor zu nass wird, säuft er ab. Aller guten Dinge sind drei.« Durch das Donnern des Sturms sagt er: »Also los!«

Das Auto hüpft vorwärts. Das rote Lämpchen leuchtet, der Motor röhrt, und unten an den Türen dringt Wasser herein. Die Scheibenwischer sind voller Eis und bleiben stehen. Er kurbelt das Fenster herunter und steckt den Kopf in den Sturm hinaus, damit er sieht, wo er auf der unsichtbaren Straße fährt. Eine Welle peitscht auf uns ein und dann noch eine. Das Auto schwankt unter der Wucht der Schläge. Holzstücke und tote Fische liegen auf dem Damm. Er umfährt die Hindernisse. Die Räder berühren die andere Seite.

»So«, sagt er, »jetzt kannst du wieder fahren. Wir sind fast zu Hause.«

Wir tauschen die Plätze. Abseits der donnernden Wellen ist es relativ ruhig. Wir können die Lichter einiger Häuser sehen. Langsam fahre ich die Küste entlang. Calum macht es sich im Beifahrersitz bequem. Die Straße, auf der wir jetzt fahren, liegt nicht direkt unter dem Sturm. Allmählich taut die Windschutzscheibe auf und das rote Lämpchen erlischt.

Opa erzählte oft, dass er als junger Mann eine Erektion bekam, sobald seine Füße Cape Breton betraten. Das war noch die Zeit, sagte er, als Männer Knöpfe an den Hosen trugen. Bei uns, seinen nicht mehr ganz jungen Enkelkindern, stellen sich solche Zeichen überschwänglicher Begeisterung nicht ein. Aber wir sind trotzdem hier.

Morgen, wenn der Tag anbricht, werden wir sehen, was im Augenblick ringsum unsichtbar ist. Nicht alles wird schön sein. Am offenen Wasser werden sich die Weißkopf-Seeadler mit mächtigen Krallen auf die Seehundbabys mit dem weißen Pelz stürzen. Sie werden in verschiedenen Tönen kreischen, wenn sie über dem blutbefleckten Eis emporschweben. »So ist das Leben, und so muss man es nehmen«, sagte Oma immer. »Keine Rose ohne Dornen.«

Trotz der Dunkelheit und den Massen von Schnee erkenne ich all die wohl bekannten Zeichen. Hier ist die Stelle, an der Opa am Tag der Heimfahrt von meiner Abschlussfeier den Stöpsel der Whiskeyflasche zum Fenster hinauswarf. Dem Tag, als der rothaarige Alexander MacDonald umkam, auch wenn wir es in dem Augenblick noch nicht wussten. Der Tag, an dem seine Mutter ihm das Hemd kaufte.

Ich wende mich Calum zu, er ist ruhig, doch seine Augen sind weit geöffnet und starren auf die Straße vor uns. An einem Sommertag sangen wir den Grindwalen einmal Lieder vor. Vielleicht lockten wir den riesigen Wal aus seiner sicheren Tiefe heraus. Und er starb, aufgeschlitzt von den scharfen Felsen, die er nicht sehen konnte. Später wurde sein Kadaver landeinwärts gespült, doch sein großes Herz blieb zurück.

Im Schimmer der Armaturenbeleuchtung sehe ich die dünne Narbe auf Calums Unterlippe langsam erbleichen. Das ist der Mann, der sich von einem Pferd einen Zahn ziehen ließ. Der Mann, der in seiner jugendlichen Verzweiflung aufs Meer hinausfuhr und einen Regenbogen suchte, während andere dachten, er verschwende nur Benzin.

Das Auto erklimmt einen hohen Hügel, und in der Ferne, über dem weiten weißen Eis, kann ich das regelmäßige Blinken des heute vollautomatisierten Leuchtturms sehen. Er ist noch Meilen entfernt. Aber er schickt seine Botschaft vom höchsten Punkt der Insel aus. Ein Licht, das warnt und vielleicht ermutigt.

Ich wende mich noch einmal Calum zu und greife nach seiner erkaltenden Hand, die neben ihm auf dem Sitz liegt. Ich berühre den keltischen Ring. Das ist der Mann, der mich auf seinen Schultern trug, als ich drei war. Er trug mich von der Insel quer übers Eis, doch zurücktragen konnte er mich nicht mehr.

Drüben auf der Insel gießt die vernachlässigte Quelle ihre süße Gabe in das helle Dunkel der Nacht.

Reise zu den Toten. *Fois do t'anam*. Friede seiner Seele.

›Wir sind alle bessere Menschen, wenn uns jemand liebt.‹

Dank

Ich möchte allen danken, die mich beim Schreiben des Romans unterstützt und mir geholfen haben, dem Hawthornden Castle International Retreat For Writers in Lasswade, Schottland, dafür, dass es mir einen Ort zur Verfügung stellte, wo man »in entspanntem Streben in Frieden zu leben« vermochte.

Mein Dank gilt auch Doug Gibson für seine freundliche Beharrlichkeit und Ed. Ducharme für seine Zuwendung und Aufmerksamkeit.

Cape Breton, August 1999